SLYTHERIN

자긍심

야망

교묘함

해리 포터 시리즈

읽는 순서:
해리 포터와 마법사의 돌
해리 포터와 비밀의 방
해리 포터와 아즈카반의 죄수
해리 포터와 불의 잔
해리 포터와 불사조 기사단
해리 포터와 혼혈 왕자
해리 포터와 죽음의 성물

라틴어로도 읽을 수 있는 책:
해리 포터와 마법사의 돌
해리 포터와 비밀의 방

웨일스어, 고대 그리스어, 아일랜드어로도 읽을 수 있는 책:
해리 포터와 마법사의 돌

함께 읽을 책
신비한 동물 사전
퀴디치의 역사
(코믹 릴리프와 루모스를 돕고자 출간되었음)
음유시인 비들 이야기
(루모스를 돕고자 출간되었음)

이 세 권은 또한 다음의 시리즈로 출간되었습니다:
호그와트 라이브러리
(코믹 릴리프와 루모스를 돕고자 출간되었음)

일러스트 에디션
짐 케이 일러스트
해리 포터와 마법사의 돌
해리 포터와 비밀의 방
해리 포터와 아즈카반의 죄수
해리 포터와 불의 잔

올리비아 L. 길 일러스트
신비한 동물 사전

크리스 리델 일러스트
음유시인 비들 이야기

J.K. ROWLING

해리포터

HARRY POTTER

죽음의 성물

2

J.K. 롤링 지음 | 강동혁 옮김

문학수첩

"이 책을

　　일곱 갈래로

　　나누어 바칩니다.

　닐에게,

제시카에게,

　데이비드에게,

　　켄지에게,

　디에게,

앤에게,

그리고 당신에게.

　만약 당신이

　　마지막 순간까지

　해리와

함께했다면."

CONTENTS

11장

뇌물

크리처가 인페리우스로 가득한 호수에서 탈출할 수 있었다면 먼덩거스를 잡아 오는 일은 오래 걸려 봐야 몇 시간일 거라고 해리는 확신했다. 해리는 아침 내내 기대감에 차서 집 안을 돌아다녔다. 하지만 크리처는 그날 아침에도, 오후에도 돌아오지 않았다. 해가 질 때쯤 해리는 실망감을 느끼고 불안해졌다. 헤르미온느가 다양한 변환 마법을 시도했지만 성공하지 못했기에 곰팡이가 잔뜩 핀 빵으로 저녁을 때워야 했는데, 그것도 별 도움이 되지는 않았다.

크리처는 다음 날에도, 그다음 날에도 돌아오지 않았다. 대신 망토를 두른 남자 두 명이 12번지 앞 광장에 나타나, 보이지 않는 집 쪽을 밤이 될 때까지 계속 응시했다.

"죽음을 먹는 자들이야. 분명해." 론이 말했다. 세 사람이 함께 거실 창가에서 지켜보고 있을 때였다. "우리가 여기 있는 걸 아는 걸까?"

"그렇지는 않을 거야." 헤르미온느는 겁에 질린 얼굴을 하면서도 그렇게 말했다. "알았다면 스네이프를 들여보내서 우릴 붙잡았겠지. 안 그래?"

"스네이프가 여기에 들어왔다가 무디의 저주에 걸려서 혀가 묶였을까?" 론이 물었다.

"응." 헤르미온느가 말했다. "그게 아니라면 스네이프가 저자들한테 이 집에 들어오는 방법을 알려 줄 수 있었겠지. 안 그래? 하지만 저자들은 아마 우리가 나타나는지 지켜보려는 걸 거야. 어쨌든 해리가 이 집 주인이라는 걸 알고 있으니까."

"놈들이 어떻게……?" 해리가 입을 열었다.

"정부에서 마법사들의 유언을 조사하잖아. 기억 안 나? 정부는 시리우스가 너한테 이 집을 남겼다는 사실을 알고 있을 거야."

바깥에 있는 죽음을 먹는 자들 때문에 12번지 안의 분위기는 더욱 불길해졌다. 세 사람은 위즐리 씨의 패트로누스가 찾아온 뒤로 그리몰드가 밖에 있는 사람들 소식은 한 마디도 듣지 못했다. 긴장감이 겉으로 드러나기 시작했다. 론은 초조하고 예민해진 탓에 주머니 속에서 딜루미네이터를 가지고 노는 짜증 나는 버릇이 생겼다. 이는 특히 헤르미온느의 화를 돋웠다. 《음유시인 비들 이야기》를 열심히 읽으며 크리처를 기다리던 그녀에게는 불이 계속 깜빡거리며 켜졌다 꺼졌다 하는 것이 신경에 거슬렸던 것이다.

"그만 좀 할래?" 크리처가 떠나고 사흘째 되는 날 저녁, 또 한 번 거실의 빛이 모두 사라지자 그녀가 소리쳤다.

"미안, 미안!" 론이 딜루미네이터를 찰칵 눌러 불빛을 되돌려 놓으며 말했다. "나도 모르게 그랬어!"

"뭔가 좀 도움이 될 만한 일을 찾아서 할 수는 없어?"

"뭐, 동화 읽기 같은 것 말이야?"

"이 책은 덤블도어 교수님이 나한테 남겨 주신 거야, 론."

"그리고 나한테는 딜루미네이터를 남겨 주셨고. 어쩌면 내가 이걸 써야 하는 걸지도 모르잖아!"

해리는 둘의 말다툼을 견딜 수가 없어서 두 사람 몰래 거실을 슬며시 빠져나왔다. 그는 부엌으로 내려갔다. 크리처가 다시 나타날 가능성이 가장 큰 곳이라는 확신이 들어서 계속 들락날락하고 있었던 것이다. 그러나 복도로 향하는 계단을 반쯤 내려가던 중 그는 현관문 두드리는 소리와 금속성의 찰칵거리는 소리, 뒤이어 쇠사슬이 끌리는 소리를 들었다.

온몸의 신경이 곤두서는 듯했다. 해리는 마법 지팡이를 꺼내고 참수된 집요정들의 머리 옆 어둠 속으로 들어가서 기다렸다. 문이 열렸다. 가로등이 밝혀진 바깥 광장이 잠깐 보이는가 싶더니 망토를 걸친 사람이 살금살금 복도로 들어와 문을 닫았다. 침입자가 앞으로 한 걸음 내딛자 무디의 목소리가 물었다. "세베루스 스네이프?" 이윽고 먼지 형상이 복도 끝에서 일어나 죽은 손을 들어 올리며 침입자에게 달려들었다.

"당신을 죽인 건 제가 아닙니다, 알버스." 조용한 목소리가 말했다.

저주 마법이 깨졌다. 먼지 형상이 폭발하면서 짙은 잿빛 구름이 자욱하게 남은 탓에 방문자를 알아보기가 어려웠다.

해리는 연기구름 한가운데를 마법 지팡이로 겨눴다.

"움직이지 마!"

블랙 부인의 초상화를 깜빡 잊었다. 그의 외침에 블랙 부인을 가리고 있던 커튼이 홱 젖혀지고 그녀가 비명을 지르기 시작했다. "내 집의 명예에 먹칠을 하는 머드블러드와 쓰레기들……."

론과 헤르미온느도 쿵쿵거리며 계단을 내려와 해리 뒤에 서서, 이제는 저 아래 복도에서 두 팔을 들고 서 있는 누군지 모를 남자에게 지팡이를 겨눴다.

"안심해라. 나야, 리머스!"

"아, 세상에." 헤르미온느는 힘없이 내뱉고 마법 지팡이를 대신 블랙 부인 쪽으로 돌렸다. 큰 소리와 함께 커튼이 다시 휙 닫히고 침묵이 내려앉았다. 론도 지팡이를 내렸지만 해리는 아니었다.

"모습을 보여요!" 그가 마주 고함쳤다.

루핀은 불빛 속으로 나왔다. 두 손은 아직도 항복하는 의미로 높이 든 채였다.

"나는 늑대인간 리머스 존 루핀이다. 무니로 알려져 있기도 하고, 도둑 지도를 만든 네 사람 중 한 명이며, 보통 통스라고 불리는 님파도라와 결혼했고, 너에게 패트로누스 불러내는 방법을 알려 줬다, 해리. 네 패트로누스는 수사슴 형상이지."

"아, 그만하면 됐어요." 해리가 마법 지팡이를 내리며 말했다. "어쨌든 확인은 해 봐야 하잖아요?"

"너를 가르친 어둠의 마법 방어법 선생으로서 확인해 봐야 한다는 말에 동의한다. 론, 헤르미온느. 그렇게 빨리 방어를 풀면 안 돼."

그들은 루핀을 향해 계단을 달려 내려갔다. 두꺼운 검은색 여행용 망토를 두른 그는 기진맥진한 얼굴이었지만 그들을 만나 기쁜 듯했다.

"세베루스의 흔적은 없는 거니?" 그가 물었다.

"네." 해리가 대답했다. "어떻게 되어 가고 있나요? 다들 무사해요?"

"그래." 루핀이 말했다. "하지만 우리 모두 감시당하고 있어. 바깥의 광장에도 죽음을 먹는 자들이 두 명 있어서……."

"저희도 알아요."

"……저자들이 나를 보지 못하도록 현관 앞 계단 꼭대기로 정확하게 순간이동을 해야 했다. 놈들은 너희가 여기 있는 걸 모르는 게 분명해. 그렇지 않았다면 저 바깥에 더 많은 사람을 뒀겠지. 놈들은 너랑 관련 있는 곳이라면 어디든 감시하고 있어, 해리. 아래층으로 내려가자. 너희들한테 해 줄 얘기도 아주 많고 너희들이 버로를 떠난 다음에 무슨 일을 겪었는지도 알고 싶구나."

그들은 부엌으로 내려갔다. 헤르미온느가 벽난로에 마법 지팡이를 겨누자 곧바로 불길이 일었다. 불빛이 삭막한

돌벽에 아늑한 환상을 불러일으키고 긴 나무 탁자에 드리워져 아른아른 빛났다. 루핀이 여행 망토 안에서 버터맥주 몇 병을 꺼내자 그들은 자리에 앉았다.

"사흘 전에도 여기 왔었는데, 그때는 나를 미행하던 죽음을 먹는 자를 따돌려야 했다." 루핀이 말했다. "그럼, 결혼식이 끝나고 곧장 이리로 온 거니?"

"아뇨." 해리가 말했다. "여기 오기 전에 토트넘 코트로드의 한 카페에서 죽음을 먹는 자를 두 명 마주쳤어요."

루핀은 버터맥주 대부분을 앞에다 쏟고 말았다.

"뭐라고?"

그들은 무슨 일이 있었는지 설명했다. 이야기를 다 들은 루핀은 경악한 표정을 지었다.

"그런데 놈들이 너흴 어떻게 그렇게 빨리 찾아낸 거지? 순간이동 하는 사람을 추적하는 건 불가능해. 사라지는 그 순간에 꽉 붙잡고 있었던 게 아니라면 말이야!"

"그리고 마침 그때 놈들이 토트넘 코트로드를 어슬렁거리고 있었을 가능성도 크지는 않을 거고요. 맞죠?" 해리가 말했다.

헤르미온느가 자신 없는 목소리로 말했다. "우리는 혹시 해리한테 아직 추적 마법이 걸려 있는 게 아닐까 했어요."

"그건 불가능해." 루핀이 말했다. 론은 우쭐하는 표정이었고 해리는 마음이 놓였다. "다른 건 몰라도, 아직 추적 마법이 걸려 있었다면 놈들도 해리가 여기 있다는 사실을 확실히 알았을 거다. 안 그러니? 하지만 놈들이 토트넘 코트로드까지 어떻게 너를 추적할 수 있었는지는 모르겠다. 그건 아주 걱정스러운 일이야."

그는 심란한 표정이었지만 해리 생각에 그건 그렇게 급한 문제가 아니었다.

"우리가 떠난 다음에 무슨 일이 있었는지 얘기해 주세요. 론네 아빠가 가족들이 무사하다고 말씀해 주신 다음에는 아무 소식도 못 들었어요."

"그래, 킹슬리가 우릴 구했다." 루핀이 말했다. "킹슬리의 경고 덕분에 결혼식 손님들 대부분은 놈들이 도착하기 전에 순간이동을 할 수 있었어."

"죽음을 먹는 자들이었어요, 정부 쪽 사람들이었어요?" 헤르미온느가 끼어들었다.

"섞여 있었어. 하지만 이제 그 둘은 의도에서나 목표에서나 같은 입장이야." 루핀이 말했다. "열 명이 넘는 자들이 왔지만 네가 그곳에 있었다는 사실은 모르고 있었어. 아서가 들은 소문에 따르면, 놈들은 네가 있는 곳을 알아

내기 위해 스크림저를 고문한 다음 죽였다는구나. 그게 사
실이라면 스크림저는 너를 팔지 않은 셈이다."

해리는 론과 헤르미온느를 바라보았다. 해리가 느낀 충
격과 고마운 마음이 그들의 표정에도 드러나 있었다. 그는
스크림저를 별로 마음에 들어 하지 않았다. 하지만 루핀의
말이 사실이라면, 스크림저가 죽기 전에 마지막으로 한 행
동은 해리를 지키기 위해 노력한 것이었다.

"죽음을 먹는 자들은 버로를 샅샅이 뒤졌다." 루핀이 말
을 이었다. "굴을 발견하기도 했지만 별로 가까이 가고 싶
어 하지 않았지……. 그런 다음에는 남아 있는 사람들을
몇 시간 동안 심문했다. 놈들은 해리 너에 대한 정보를 빼
내려고 했지만, 당연히 기사단을 제외하고는 누구도 네가
거기에 있었다는 건 몰랐지. 놈들이 결혼식을 난장판으로
만들던 바로 그때, 또 다른 죽음을 먹는 자들은 전국의 기
사단과 관련 있는 집이라면 어디든 침입하려고 했다. 다행
히 죽은 사람은 없어." 이어질 질문을 예상한 그가 재빨리
덧붙였다. "하지만 놈들은 난폭했다. 디덜러스 디글의 집
을 불태워 버렸지. 하지만 너도 알다시피 디글은 집에 없
었어. 통스의 가족에게는 크루시아투스 저주를 사용했다.
네가 그 집에 들른 뒤에 어디로 갔는지 알아내려고 말이

야. 그분들은 괜찮다……. 물론 놀라시긴 했지만 다른 건 괜찮아."

"죽음을 먹는 자들이 그 보호 마법을 전부 깼다는 거예요?" 해리는 통스의 부모님 집 정원에 추락했던 날 밤 그 주문들이 얼마나 효과적이었는지를 떠올리고 물었다.

"해리, 넌 죽음을 먹는 자들이 이제 정부의 권력을 장악한 상태라는 걸 알아야 해." 루핀이 말했다. "놈들은 신분이 발각되거나 체포당할지도 모른다는 두려움 없이 잔인한 주문들을 사용할 권한을 갖게 된 거야. 놈들은 우리가 걸어 놓은 방어 주문을 모두 뚫고 들어왔고, 일단 안으로 들어오자 자기들이 온 이유를 확실히 밝혔다."

"해리의 행방을 알아내려고 사람들을 고문한 것에 대해 무슨 핑계라도 댔다는 거예요?" 헤르미온느가 목소리에 날을 세우고 물었다.

"글쎄." 루핀이 말했다. 그는 머뭇거리더니 접어 둔 《예언자일보》 한 부를 꺼냈다.

"이걸 봐라." 그가 신문을 식탁 건너편의 해리에게 밀어 놓으며 말했다. "어쨌든 곧 알게 될 테니까. 놈들이 너를 쫓는 구실이 그거야."

해리는 신문의 접힌 부분을 폈다. 그의 얼굴이 실린 커다란 사진이 1면을 꽉 채우고 있었다. 해리는 사진 위의 헤드라인을 읽었다.

알버스 덤블도어 살해 혐의로 지명 수배

론과 헤르미온느가 분노 어린 고함을 내질렀지만 해리는 아무 말도 하지 않았다. 그는 신문을 멀리 밀어냈다. 더는 읽고 싶지 않았다. 뭐라고 적혀 있을지 알 것 같았다. 덤블도어가 죽었을 당시 탑 꼭대기에 있던 사람들을 제외하면 누가 정말 그를 죽였는지 아는 사람이 없는데, 리타 스키터가 이미 마법사 세계에 알렸듯이, 덤블도어가 추락하고 나서 얼마 뒤 탑에서 달려 나가는 해리의 모습이 목격되었던 것이다.

"유감이다, 해리." 루핀이 말했다.

"그럼 죽음을 먹는 자들이 《예언자일보》도 장악한 거예요?" 헤르미온느가 잔뜩 화가 나서 물었다.

루핀이 고개를 끄덕였다.

"하지만 사람들도 당연히 무슨 일이 벌어지고 있는지는 알죠?"

"쿠데타는 순조롭게, 거의 침묵 속에서 진행됐어." 루핀이 말했다. "스크림저의 죽음에 대한 공식 입장은 그가 사임했다는 거다. 스크림저의 자리는 임페리우스 저주에 걸린 파이어스 시크니스가 대신하고 있지."

"볼드모트는 왜 직접 마법 정부 총리가 되지 않는 거죠?" 론이 물었다.

루핀이 웃음을 터뜨렸다.

"그럴 필요가 없지, 론. 실질적으로 총리가 맞지만, 굳이 정부의 책상 앞에 앉아 있을 이유가 뭐가 있겠니? 꼭두각시 시크니스가 일상적인 업무를 처리해 주면 권력을 정부 너머로까지 마음껏 넓혀 나갈 수 있는데 말이다. 물론 실제로 무슨 일이 있었는지 추론해 낸 사람도 많아. 지난 며칠 동안 정부 정책에 너무 급격한 변화가 일어나서, 많은 사람들이 그 배후에 볼드모트가 있는 게 틀림없다고 수군대고 있다. 하지만 바로 그게 문제야. 수군대기만 한다는 거지. 사람들은 감히 서로에게 속내를 털어놓지 못해. 누구를 믿어야 할지 모르니까. 자기가 의심하는 내용이 사실일까 봐, 자기 가족들이 표적이 될까 봐 두려워서 목소리를 내지 못하는 거다. 그래, 볼드모트는 아주 영리하게 게임을 하고 있는 거야. 공공연하게 모습을 드러내면 노골적인 반란이 일어났겠지. 하지만 계속 얼굴을 감추고 있었기에 혼란과 불확실함과 공포가 생겨난 거다."

"정부 정책의 급격한 변화란……." 해리가 말했다. "마법사 세계에 볼드모트가 아니라 저를 경계하라고 경고한다는 건가요?"

"확실히 그것도 변화의 일부이긴 하지." 루핀이 말했다. "절묘한 한 수이기도 하고. 덤블도어 교수님이 돌아가신 지금은 너, 살아남은 아이가 볼드모트에 대한 저항의 상징이자 집결지가 되는 게 당연하거든. 하지만 볼드모트는 네가 옛 영웅을 죽이는 데 관여했다는 식의 정보를 흘리면서 네 목에 현상금을 걸었을 뿐만 아니라, 너를 지지할 수도 있었을 수많은 사람들에게 의심과 두려움을 심어 주었어. 동시에, 정부는 머글 태생들에게 적대적인 행동을 시작했다."

루핀이 《예언자일보》를 가리켰다.

"2면을 보거라."

헤르미온느는 《가장 어두운 마법의 비밀》을 만졌을 때 그랬던 것처럼 역겹다는 표정을 지으며 신문을 넘겼다.

"'머글 태생 등록.'" 그녀가 소리 내어 읽었다. "'마법 정부는 이른바 '머글 태생'들이 마법의 은밀한 비밀들을 알게 된 경위를 이해하기 위해 이들에 대한 조사를 실시하고 있다. 최근 미스터리부에서 조사한 바에 따르면 마법 능력은 마법사들이 자녀를 낳을 경우에만 직접 전달될 수 있다. 그러므로 마법 혈통이 입증되지 않은 경우, 이른바 머글 태생들은 절도나 위력으로써 마법 능력을 얻었을 가능성이 크다. 정부는 마법 능력을 강탈한 자들을 뿌리 뽑기로 결단하고, 이를 위해 이른바 머글 태생 전원에게 새로 창설된 머글 태생 등록 위원회의 심문에 응하라는 내용의 소환장을 발부했다.'"

"사람들이 가만있지 않을걸요." 론이 말했다.

"지금 일어나고 있는 일이야, 론." 루핀이 말했다. "우리가 이야기를 나누는 이 순간에도 머글 태생들이 검거되고 있다."

"하지만 어떻게 마법을 '훔쳤다'는 거죠?" 론이 말했다. "미친 소리잖아요. 마법을 훔칠 수 있다면 스큅은 존재하지도 않아야죠. 안 그래요?"

"그러게 말이다." 루핀이 말했다. "하지만 가까운 친척 중에 마법사가 적어도 한 명이라도 있다는 걸 증명하지 못하면, 이제는 마법 능력을 불법적으로 얻은 것으로 간주되어 처벌받아."

론은 헤르미온느를 슬쩍 바라보더니 말했다. "순수 혈통들과 혼혈들이 머글 태생도 자기 가족이라고 증언하면요?

전 사람들한테 헤르미온느가 제 사촌이라고 말할 거예요."

헤르미온느는 론의 손을 감싸 쥐었다.

"고마워, 론. 하지만 네가 그렇게 하도록 둘 수는······."

"안 그러면 어쩔 건데?" 론이 사납게 말하며 그녀의 손을
마주 꽉 잡았다. "네가 질문에 대답할 수 있도록 우리 집
가계도를 가르쳐 줄게."

헤르미온느는 떨리는 목소리로 웃었다.

"론, 수배 대상 1순위인 해리 포터랑 같이 도주 중인데
그런 건 문제가 아닐 것 같아. 학교로 돌아갈 거라면 또 모
를까. 볼드모트는 호그와트를 어떻게 할 계획이래요?" 그
녀가 루핀에게 물었다.

"이제 미성년 마법사는 모두 의무적으로 학교 출석을 해
야 해." 루핀이 대답했다. "어제 그런 발표가 있었어. 이것
도 달라진 점이지. 예전에는 결코 의무가 아니었으니까.
물론, 영국에 사는 마법사들 대부분은 호그와트에서 교육
을 받았지만, 부모들이 원한다면 집에서 아이들을 가르치
거나 유학을 보낼 권리가 있었다. 볼드모트는 이런 식으로
마법사 전체를 어린 나이부터 감시하려는 거야. 머글 태생
을 뿌리 뽑는 또 한 가지 방법이기도 하고. 학생들은 혈통
증명서를 제출해야 하거든. 입학 허가를 받기 전에 정부에

마법사 후손이라는 걸 증명해야 한다는 뜻이야."

　해리는 역겨움과 분노를 느꼈다. 지금 이 순간에도 잔뜩 신이 난 열한 살짜리들은 호그와트를 다시 볼 일이 없다는 사실을, 어쩌면 가족들을 다시 볼 수 없으리라는 사실을 모른 채 새로 산 마법 책들을 들여다보고 있을 것이다.

　"그건…… 그건……." 해리는 자신이 떠올린 생각의 끔찍함을 제대로 표현할 만한 단어를 찾으려 애쓰며 웅얼거렸지만 루핀이 조용히 말했다. "나도 안다."

　루핀은 잠깐 머뭇거렸다.

　"해리, 네가 확실히 밝힐 수 없다고 해도 이해한다만, 기사단 사람들은 덤블도어 교수님이 너에게 어떤 임무를 맡겼다고 생각하고 있어."

　"맞아요." 해리가 대답했다. "론이랑 헤르미온느도 함께 하고 있어요. 저랑 같이 갈 거예요."

　"그 임무가 뭔지 나한테 말해 줄 수 있니?"

　해리는 숱은 많지만 희어 가는 머리카락에 때 이른 주름이 진 그의 얼굴을 바라보며 다른 대답을 할 수 있었으면 좋겠다고 생각했다.

　"그럴 수는 없어요, 리머스. 죄송해요. 덤블도어 교수님이 말해 주지 않으셨다면 저도 말해 드릴 수 없을 것 같아요."

"그렇게 말할 줄 알았다." 루핀이 실망한 표정을 지으며 말했다. "하지만 내가 어느 정도 쓸모 있을지도 몰라. 너는 내 정체를 알고, 내가 뭘 할 수 있는지도 알잖아. 내가 너희와 함께 다니며 보호해 줄 수도 있다. 너희가 무슨 일을 하려고 하는지 정확히 말해 줄 필요는 없어."

해리는 망설였다. 아주 매력적인 제안이었다. 하지만 루핀과 항상 함께 다니면서 그에게 임무를 비밀로 할 방법이 전혀 떠오르지 않았다.

반면 헤르미온느는 어리둥절한 얼굴이었다.

"그럼 통스는요?" 그녀가 물었다.

"통스가 왜?" 루핀이 말했다.

"뭐……." 헤르미온느가 얼굴을 찌푸리며 말했다. "두 분은 결혼했잖아요! 교수님이 우리랑 같이 떠나면 통스 기분이 어떻겠어요?"

"통스는 완벽하게 안전할 거야." 루핀이 말했다. "부모님 댁에 있을 거니까."

루핀의 말투에는 어딘지 이상한 구석이 있었다. 거의 차갑게 느껴지는 말투였다. 통스가 부모님 집에 숨어 있을 거라는 대답도 뭔가 이상했다. 어쨌든 그녀는 불사조 기사단의 일원이었고, 해리가 알기로는 전투의 한복판에 있고 싶어 할 가능성이 컸다.

"리머스." 헤르미온느가 머뭇거리며 입을 열었다. "다 괜찮은 거예요? 그러니까…… 교수님이랑……."

"고맙지만, 아무 일 없다." 루핀이 날카롭게 말했다.

헤르미온느의 얼굴이 붉어졌다. 또 한 번 어색하고 당혹스러운 침묵이 흐른 뒤 루핀이 뭔가 불쾌한 일을 어쩔 수 없이 인정하듯 말했다. "통스는 아기를 낳을 예정이야."

"아, 정말 잘됐네요!" 헤르미온느가 소리를 질렀다.

"멋진데요!" 론이 열성적으로 말했다.

"축하드려요." 해리가 말했다.

루핀은 찡그린 표정에 더 가까운 억지스러운 미소를 지으며 말했다. "그래서…… 내 제안을 받아 주겠니? 셋이 아니라 넷이 될 수 있을까? 덤블도어 교수님이 허락하지 않으셨을 거라는 생각은 안 든다. 어쨌든 그분은 나를 너희 어둠의 마법 방어법 교수로 임명하셨으니까. 그리고 이 말도 해야겠는데, 내 생각에 너희는 많은 사람들이 겪어 보거나 상상조차 해 본 적 없는 마법을 마주하게 될 거야."

론과 헤르미온느 둘 다 해리를 바라보았다.

"그냥…… 그냥 확인하려고 여쭤보는 건데요." 해리가 말했다. "통스를 부모님 댁에 두고 우리랑 같이 가고 싶으신 거예요?"

"거기 있으면 틀림없이 안전할 거야. 두 분이 돌봐 주실 테니까." 루핀이 말했다. 그는 냉담하게 느껴질 만큼 단호한 태도로 말하고 있었다. "해리, 제임스라면 분명 내가 너와 꼭 붙어 있기를 바랐을 거다."

"글쎄요." 해리가 천천히 말했다. "제 생각은 달라요. 솔직히 아버지라면 왜 교수님이 자기 아이랑 꼭 붙어 있지 않으려고 하는지 그 이유를 알고 싶어 했을 것 같은데요."

루핀의 얼굴에서 핏기가 빠져나갔다. 부엌 안의 온도가 10도는 떨어진 듯했다. 론은 부엌의 광경을 머릿속에 담아 두라는 지시라도 받은 듯 주위를 두리번거렸고 헤르미온느의 눈은 해리와 루핀 사이를 왔다 갔다 했다.

"이해를 못 하는구나." 마침내 루핀이 입을 열었다.

"그럼 설명해 주세요." 해리가 말했다.

루핀이 침을 삼켰다.

"내가…… 통스와 결혼한 건 엄청난 실수였다. 그러면 안 되는 걸 알면서 했고, 결혼한 이후로 아주 많이 후회했어."

"알겠어요." 해리가 말했다. "그러니까 그냥 통스랑 아이를 버리고 우리와 도망가겠다는 거네요?"

루핀이 벌떡 일어서는 바람에 의자가 뒤로 넘어졌다. 그들을 바라보는 루핀의 눈길이 어찌나 사나운지, 해리는 처음으로 인간 루핀의 얼굴에 깃든 늑대의 그림자를 보았다.

"내가 내 아내와 태어나지도 않은 자식에게 무슨 짓을 했는지 모르겠니? 나는 통스와 결코 결혼하지 말았어야 했어. 내가 통스를 버림받은 존재로 만들었단 말이다!"

루핀은 자신이 넘어뜨린 의자를 걷어찼다.

"너는 기사단에 속해 있거나, 호그와트에서 덤블도어 교수님의 보호 아래 있는 내 모습만 봐 왔어! 그래서 마법사 세계의 대부분이 나 같은 존재를 어떻게 보는지 몰라! 내가 가진 고통의 원인에 대해 알면 다들 나와 말도 섞지 않으려 든다고! 내가 무슨 짓을 했는지 모르겠니? 통스의 가족조차 우리의 결혼을 싫어했어. 어느 부모가 하나뿐인 딸이 늑대인간과 결혼하기를 바라겠니? 게다가 아이는⋯⋯ 아이는⋯⋯."

루핀은 실제로 머리카락을 한 움큼 쥐어뜯었다. 정신이 나간 듯한 모습이었다.

"내 종족은 보통 번식을 하지 않아! 아이는 나처럼 될 거야. 확실해⋯⋯. 그런데 내가 어떻게 나 자신을 용서할 수 있겠니? 뻔히 알면서 아무 죄 없는 아이에게 내 처지를 물려줄 위험을 무릅썼는데. 그리고 설령 기적이 일어나 아이가 나처럼 되지 않더라도, 언제나 부끄러워해야만 하는 아버지는 없는 편이 백배는 더 나을 거다!"

"리머스!" 헤르미온느가 눈에 눈물이 괸 채 속삭였다. "그런 말 하지 마세요. 어떤 아이가 교수님을 부끄러워할 수 있겠어요?"

"아, 난 잘 모르겠는데, 헤르미온느." 해리가 말했다. "나라면 되게 부끄러울 것 같아."

해리는 스스로도 알 수 없는 분노에 떠밀려 자리에서 일어났다. 루핀은 해리한테 한 대 얻어맞기라도 한 듯한 표정이었다.

해리가 말했다. "새 정부는 머글 태생도 벌레 취급 한다는데, 아버지가 불사조 기사단에 속해 있는 반 늑대인간은 어떻겠어? 우리 아빠는 엄마랑 저를 지키려다가 돌아가셨어요. 아빠가 교수님한테 자식을 버리고 우리랑 같이 모험을 떠나라고 했을 것 같으세요?"

"어떻게…… 어떻게 그런……?" 루핀이 말했다. "이건 위험이나 개인의 영광을 좇는 욕망과는 상관없는 일이야. 어떻게 그런 식으로……."

"제가 보기엔 교수님이 무모하게 굴고 싶어 하는 것 같거든요." 해리가 말했다. "시리우스의 역할을 대신하고 싶은 거죠……."

"해리, 그만해!" 헤르미온느가 애원하듯 말했지만 해리
는 계속 루핀의 화난 얼굴을 노려보았다.

"이럴 줄은 전혀 몰랐어." 해리가 말했다. "나한테 디멘
터와 싸우는 방법을 가르쳐 준 사람이…… 겁쟁이라니."

루핀이 워낙 빠르게 지팡이를 뽑아 드는 바람에 해리는
지팡이로 손을 뻗을 시간조차 없었다. 시끄러운 굉음이 울
리고 해리는 한 대 얻어맞은 것처럼 몸이 뒤로 날아가는
느낌을 받았다. 부엌 벽에 부딪쳐 바닥으로 미끄러지는데
문밖으로 사라지는 루핀의 망토 자락이 보였다.

"리머스, 리머스, 돌아와요!" 헤르미온느가 소리쳤지만
루핀은 대답하지 않았다. 잠시 후 현관문이 쾅 닫히는 소
리가 들렸다.

"해리!" 헤르미온느가 울부짖었다. "어떻게 그럴 수 있
어?"

"별로 어렵지 않던데." 해리가 말했다. 그는 바닥에서 일
어섰다. 벽에 부딪친 머리에 혹이 부풀어 오르는 것이 느
껴졌다. 그는 여전히 분노에 가득 차서 부들부들 떨었다.

"그런 식으로 쳐다보지 마!" 그가 헤르미온느에게 쏘아
붙였다.

"헤르미온느한테 뭐라고 하지 마!" 론이 버럭 화를 냈다.

"아냐, 아냐, 우리끼리 싸우면 안 돼!" 헤르미온느가 둘 사이에 뛰어들며 말했다.

"루핀한테 그런 얘기를 하면 안 되는 거였어." 론이 해리에게 말했다.

"그럴 만하니까 한 거야." 해리가 말했다. 조각 난 이미지들이 그의 머릿속에서 정신없이 지나가고 있었다. 베일 너머로 쓰러지던 시리우스, 공중에 내던져져 부서진 덤블도어, 번뜩이던 녹색 빛과 해리를 살려 달라고 애원하는 어머니의 목소리…….

"부모는" 하고, 해리가 입을 열었다. "자식을 버리면 안 돼. 만에 하나…… 만에 하나 어쩔 수 없는 경우가 아니라면."

"해리……." 헤르미온느가 위로하듯 손을 내밀었지만 그는 어깨를 움츠려 그 손길을 피하고, 그녀가 불을 지펴 놓은 벽난로에 눈길을 고정한 채 저쪽으로 걸음을 옮겼다. 한때는 그 벽난로 속에서 제임스에 대한 확신을 얻고자 루핀과 이야기 나눈 적이 있었다. 그때 루핀은 그를 위로해 주었다. 지금은 하얗게 질린 채 고통스러워하는 루핀의 얼굴이 눈앞에 어른거리는 듯했다. 구역질이 날 정도로 후회가 솟구쳤다. 론도, 헤르미온느도 입을 열지 않았지만 해리는 그들이 등 뒤에서 서로를 바라보며 조용히 대화하고 있다는 확신이 들었다.

돌아보니, 서로 시선을 주고받다가 서둘러 고개를 돌리는 두 사람의 모습이 보였다.

"겁쟁이라고 하지 말았어야 한다는 건 알아."

"그래, 그건 잘못했어." 론이 즉시 말했다.

"하지만 겁쟁이처럼 굴잖아."

"그렇더라도⋯⋯." 헤르미온느가 말했다.

"나도 알아." 해리가 말했다. "하지만 그 덕에 루핀이 통스한테 돌아간다면 그럴 만한 가치가 있지 않아?"

해리는 목소리에서 변명하는 기색을 감출 수 없었다. 헤르미온느는 연민을 느끼는 듯했고 론은 잘 모르겠다는 표정이었다. 해리는 발밑을 내려다보며 아버지를 떠올렸다. 제임스라면 해리가 루핀에게 한 말을 두고 그의 편을 들어주었을까? 아니면 아버지의 오랜 친구를 대하는 그의 태도에 화를 냈을까?

조용한 부엌이 조금 전의 장면이 남긴 충격, 그리고 론과 헤르미온느의 말 못 한 책망으로 웅웅거리는 듯했다. 루핀이 가져온 《예언자일보》가 여전히 식탁에 놓여 있고,

1면에 실린 해리 자신의 얼굴이 천장을 올려다보고 있었다. 해리는 식탁에 다가가 앉은 뒤 신문을 아무 데나 펼치고 읽는 척했다. 루핀과 충돌한 일이 아직도 머릿속에 가득해 단어들이 눈에 들어오지 않았다. 그는 론과 헤르미온느가 《예언자일보》 너머에서 다시 침묵 속 대화를 시작했을 거라고 확신했다. 그는 시끄러운 소리를 내며 신문을 넘겼다. 순간 덤블도어의 이름이 눈에 들어왔다. 일가족을 보여 주는 사진이 무엇을 뜻하는지를 이해한 건 잠시 후의 일이었다. 사진 밑에는 이렇게 적혀 있었다. '덤블도어 가족: 왼쪽부터, 알버스, 갓 태어난 아리아나를 안고 있는 퍼시벌, 켄드라, 애버포스.'

거기에 관심이 끌린 해리는 그 사진을 더 유심히 살펴보았다. 덤블도어의 아버지 퍼시벌은 빛바랜 낡은 사진 속에서도 반짝거리는 듯한 두 눈을 가진 잘생긴 남자였다. 아기 아리아나는 빵 덩이보다 조금 클 뿐 그 이상 독특한 모습은 없었다. 어머니 켄드라는 새까만 머리카락을 높이 말아 올렸으며 얼굴은 조각 같은 구석이 있었다. 그녀는 깃이 목 위로 높게 올라오는 실크 가운을 입고 있었는데 그 검은 눈과 높은 광대뼈, 곧은 코를 보자 해리가 예전에 교과서에서 봤던 아메리카 원주민이 떠올랐다. 알버스와 애버포스는 목깃에 레이스가 달린 재킷을 맞춰 입고 똑같이 어깨까지 내려오는 머리카락을 하고 있었다. 알버스가 몇 살 더 많아 보이긴 했지만 그 외에는 두 소년이 너무나 닮아 보였다. 알버스의 코가 아직 부러지기 전이고 안경을 쓰지도 않았던 때라 더욱 그랬다.

가족은 무척 행복하고 평범한 모습으로 평온하게 신문 밖을 향해 미소를 머금고 있었다. 아기 아리아나의 팔이 숄 밖으로 빠져나와 살포시 흔들렸다. 사진 위쪽의 헤드라인이 눈에 들어왔다.

출간을 앞둔 알버스 덤블도어 전기 독점 발췌
리타 스키터

해리는 지금보다 기분이 더 나빠질 수는 없을 거라 생각하며 기사를 읽기 시작했다.

남편 퍼시벌이 체포되어 아즈카반에 수감된 일이 세간에 널리 알려진 뒤로 콧대 높고 거만한 켄드라 덤블도어는 더 이상 몰드온더월드에서 살 수 없었다. 그래서 그녀는 가족의 보금자리를 통째로 옮겨 고드릭 골짜기라는 마을에 정착하기로 결심했다. 고드릭 골짜기는 이후 해리 포터가 '그 사람'에게서 살아남은 불가사의한 사건의 현장으로 유명해진 마을이다.

고드릭 골짜기도 몰드온더월드처럼 수많은 마법사 가족이 사는 곳이었지만 그곳에는 켄드라를 아는 사람이 아무도 없었다. 그래서 켄드라는 예전에 살던 마을에서와 달리 남편의 범죄에 대한 호기심에 시달리지 않을 수 있었다. 그녀는 새로운 마법사 이웃들의 친절한 접근을 계속 무시함으로써 곧 가족과 함께 철저히 고립되었다.

"집에서 만든 솥단지 케이크를 들고 인사하러 갔더니 눈앞에서 문을 닫아 버리더라고요." 바틸다 백숏은 말한다. "그 사람들이 온 첫해에는 두 아들만 겨우 봤어요. 그다음 겨울에 달빛 아래서 플랜전타인을 따다가 켄드라가 아리아나를 데리고 집 뒤뜰로 나오는 걸 보지 못했다면 딸이 있는 줄도 몰랐을 거예요. 아이를 단단히 붙잡고 잔디밭을 한 바퀴 돌게 하더니 다시 안으로 데려가더군요. 도대체 뭐 하는 건지 알 수 없었죠."

켄드라는 아리아나를 숨길 완벽한 기회로 보고 고드릭 골짜기로의 이사를 오랫동안 계획해 온 듯하다. 이사 시기도 의미심장했다. 아리아나가 사람들의 시야에서 사라진 건 겨우 일곱 살 때였는데, 일곱 살은 마법 능력이 존재할 경우 그 힘이 드러나는 나이라고 전문가들은 입을 모은다. 아리아나가 마법 능력의 기미를 희미하게나마 보여 준 일을 기억하는 사람은 현재 아무도 없다. 그러므로 켄드라가 스큅을 낳은 사실을 인정하는 수치를 감내하느니 딸의 존재를 감추기로 결정한 것은 분명해 보인다. 당연히, 아리아나를 알 만한 친구와 이웃 들에게서 멀리 떨어진 곳으로 이사하면서 그녀를 감금하기도 훨씬 쉬워졌을 것이다. 아리아나의 존재를 알고 있는 소수는 그 이후로도 비밀을 지킬 거라고 기꺼이 믿을 수 있는 사람들이었는데, 그들 중에는 아리아나의 두 오빠도 포함된다. 이들은 어머니가 가르쳐 준 대로 '여동생은 몸이 너무 약해서 학교에 못 다녀요'라는 대답으로 당혹스러운 질문들을 회피해 왔다.

다음 주: 호그와트의 알버스 덤블도어—영광과 위선.

해리의 생각이 틀렸다. 기사를 읽으니 기분이 더 나빠졌다. 그는 행복해 보이는 가족의 사진을 다시 바라보았다. 그게 사실일까? 어떻게 하면 진실을 알 수 있지? 그는 바틸다가 이야기할 수 있는 상태가 아니라 하더라도 고드릭 골짜기에 가 보고 싶었다. 그곳은 그와 덤블도어 둘 다 사랑하는 이들을 잃어버린 곳이었다. 그는 론과 헤르미온느의 의견을 물으려고 신문을 내렸다. 그때 귀가 먹을 듯한 '펑' 소리가 부엌 안에 울려 퍼졌다.

해리는 사흘 만에 처음으로 크리처의 존재를 까맣게 잊고 있었다. 처음에는 루핀이 다시 불쑥 들어온 줄 알고, 난데없이 의자 바로 옆에 나타나 싸우느라 뒤엉켜 있는 팔다리를 알아보지 못했다. 그가 벌떡 일어나자 크리처가 뒤엉킨 몸을 풀고 해리에게 깊숙이 허리 숙이며 쉰 목소리로 말했다. "크리처가 도둑놈 먼덩거스 플레처와 함께 돌아왔습니다요, 주인님."

먼덩거스가 허둥지둥 일어나 마법 지팡이를 꺼냈다. 하지만 그가 상대하기에는 헤르미온느가 너무 빨랐다.

"엑스펠리아르무스!"

공중으로 날아오른 먼덩거스의 지팡이를 헤르미온느가 낚아챘다. 먼덩거스는 눈을 휘둥그렇게 뜨고 계단을 향해 몸을 날렸다. 론이 럭비 선수처럼 그에게 달려들자 먼덩거스는 우적 하는 먹먹한 소리와 함께 돌바닥에 넘어졌다.

"뭐야?" 그가 론의 손아귀에서 풀려나려고 몸부림을 치면서 소리쳤다. "내가 뭘 어쨌다고? 나한테 망할 놈의 집요정을 붙이다니, 무슨 장난질이야? 내가 뭘 어쨌다고?

놔, 놔, 안 놓으면⋯⋯."

"협박할 처지가 아닐 텐데." 해리가 말했다. 그는 신문을 옆으로 던지고 몇 걸음 만에 부엌을 가로질러 먼덩거스 앞에 털썩 무릎을 꿇었다. 먼덩거스는 몸부림을 멈추고 겁에 질린 표정을 지었다. 론은 헐떡이며 자리에서 일어나, 해리가 마법 지팡이로 신중하게 먼덩거스의 코를 가리키는 모습을 지켜보았다. 먼덩거스에게서 퀴퀴한 땀내와 담배 연기에 찌든 악취가 풍겼다. 머리카락은 잔뜩 헝클어지고 로브는 때로 얼룩덜룩했다.

"크리처가 도둑놈을 데려오는 일이 늦어진 걸 사죄드립니다요, 주인님." 집요정이 꺽꺽대는 목소리로 말했다. "플레처는 붙잡히는 것을 피하는 방법은 물론, 숨을 구멍과 공범도 많이 알고 있지요. 그럼에도 크리처는 도둑놈을 구석에 몰아넣었습니다요."

"정말 잘했어, 크리처." 해리가 말하자 집요정은 깊숙이 허리를 숙였다.

"좋아, 몇 가지 질문할게" 하고 해리가 말을 걸자 먼덩거스는 곧바로 소리쳤다. "너무 무서워서 그랬어. 알겠냐? 난 결코 같이 가고 싶지 않았어. 기분 나쁘라고 하는 말은 아니지만, 난 절대 널 위해 목숨을 바치겠다고 자원한 적

이 없다고. 게다가 나한테 달려들던 건 염병할 '그 사람'이
었단 말이야. 그런 상황에서는 누구라도 도망쳤을걸? 난
처음부터 하기 싫다고 말했……."

"모를까 봐서 하는 말인데, 다른 사람들은 누구도 순간
이동으로 사라지지 않았어요." 헤르미온느가 말했다.

"뭐, 너희는 빌어먹을 영웅들이라 그렇겠지. 안 그래? 하
지만 나는 단 한 번도 자살하는 척이라도 하려고 나선 적
없……."

"당신이 왜 매드아이를 버리고 도망갔는지에는 관심 없
어." 해리가 잔뜩 충혈된 먼덩거스의 축 처진 눈에 마법 지
팡이를 좀 더 가까이 들이대며 말했다. "당신이 못 믿을 쓰
레기라는 건 진작 알고 있었으니까."

"그럼, 대체 왜 집요정이 나를 쫓는 건데? 아니면 또 그
잔 때문에 그래? 남은 건 하나도 없어. 남았다면 너한테 줬
겠……."

"잔 때문도 아니야. 조금 전보다는 감을 잡은 것 같지
만." 해리가 말했다. "입 다물고 들어."

뭔가 할 일이 있다니, 조금이나마 진실을 캐물을 수 있
는 사람이 있다니 참으로 기분이 좋았다. 먼덩거스는 이제
콧등에 너무 가까워진 해리의 지팡이를 계속 쳐다보느라

눈이 가운데로 몰려 있었다.

"당신이 이 집 귀중품을 다 털어 갔을 때⋯⋯." 해리가
입을 열었지만, 먼덩거스가 그의 말을 다시 끊었다.

"시리우스는 그 쓰레기들에 단 한 번도 관심을 가진
적⋯⋯."

타다닥 하는 발소리가 들리면서 구릿빛 무엇인가가 번
뜩이는가 싶더니 쨍그랑하는 소리가 울려 퍼지고 뒤이어
고통스러운 비명이 터져 나왔다. 크리처가 먼덩거스에게
달려들어서 냄비로 그의 머리를 내리친 것이다.

"이놈 말려, 이놈 좀 말리라고. 이런 놈은 가둬 놔야 해!"
크리처가 바닥이 두꺼운 냄비를 다시 들어 올리자 먼덩거
스가 몸을 움츠리며 비명을 질렀다.

"크리처, 하지 마!" 해리가 소리쳤다.

무거운 냄비를 계속 높이 치켜들고 있느라 크리처의 앙
상한 팔이 부들부들 떨렸다.

"딱 한 대만 더 때리면 안 될까요, 해리 주인님? 딱 한 대
만요."

론이 웃음을 터뜨렸다.

"먼덩거스가 의식을 잃어선 안 돼, 크리처. 하지만 달리
설득이 필요하다면 너한테 맡길게." 해리가 말했다.

"정말 고맙습니다, 주인님." 크리처가 허리를 숙이며 말하더니, 혐오감을 담은 큼직하고 흐릿한 눈으로 먼덩거스를 빤히 쳐다보면서 뒤로 물러났다.

"당신이 이 집에서 찾을 수 있는 귀중품이란 귀중품은 다 털어 갔을 때" 하고 해리가 다시 입을 열었다. "부엌 찬장에서도 물건들을 꺼내 갔지. 그중에 로켓이 있었어." 해리는 문득 입이 바싹 마르는 것 같았다. 론과 헤르미온느가 긴장하고 흥분하는 기색도 느껴졌다. "그건 어떻게 했어?"

"왜?" 먼덩거스가 물었다. "비싼 거야?"

"아직 가지고 있군요!" 헤르미온느가 소리쳤다.

"아니, 그럴 리가." 론이 눈치 빠르게 말했다. "돈을 더 받았어야 하는지 궁금해서 저러는 거야."

"더?" 먼덩거스가 말했다. "제기랄, 그럴 수는 없었을걸……. 젠장, 그냥 줘 버렸단 말이야. 어쩔 수 없었어."

"무슨 소리야?"

"다이애건 앨리에서 장사를 하고 있었는데 어떤 여자가 다가와서 마법 물품 거래 자격증이 있냐고 물어보잖아. 망할 염탐꾼 같으니라고. 벌금을 물리겠다더니, 그 로켓이 눈에 들어왔는지 그걸 주면 이번만 눈감아 주겠다는 거야. 운 좋은 줄 알라면서."

"그 여자가 누군데?" 해리가 물었다.

"몰라, 웬 정부 할망구였는데."

먼덩거스는 이마에 주름을 잡으며 잠시 생각에 잠겼다.

"키가 작았어. 머리 꼭대기에 리본을 달고 있었고."

그는 얼굴을 찌푸리더니 덧붙였다. "두꺼비처럼 생겼어."

해리는 마법 지팡이를 떨어뜨렸다. 지팡이가 먼덩거스의 코에 부딪치면서 빨간 불꽃이 발사되었다. 먼덩거스의 눈썹에 불이 붙었다.

"*아구아멘티!*" 헤르미온느가 소리치자 그녀의 마법 지팡이 끝에서 물줄기가 튀어나와 먼덩거스에게 퍼부어졌다. 그는 숨이 막혀서 어푸어푸 물을 뱉었다.

해리는 눈을 들었다. 그가 받은 충격이 론과 헤르미온느의 얼굴에도 똑같이 어려 있었다. 오른쪽 손등의 흉터가 다시 욱신거리는 듯했다.

12장
마법은 힘이다

8월이 지나면서 그리몰드가 한복판 광장의 무성한 잔디도 햇볕을 받아 버석버석해지고 갈색을 띠었다. 12번지에 사는 사람들은 이웃의 눈에 전혀 띄지 않았다. 12번지 자체도 마찬가지였다. 그리몰드가에 사는 머글들은 11번지 옆에 13번지가 배치된 까닭이 번지수를 매길 때 생긴 우스운 실수 탓이라고 생각하게 된 지 이미 오래였다.

하지만 이제 그곳에는 이런 이상한 번지수를 굉장히 흥미롭게 여기는 방문자들이, 많지는 않지만 끊임없이 꾀어들고 있었다. 별 볼 일이 없거나 겉으로는 그런 것처럼 보이는 사람 한두 명이 거의 하루도 빠짐없이 나타나 11번지와 13번지가 마주 보이는 난간에 기대 두 집이 맞닿은 곳을 지켜보았다. 이렇게 배회하는 사람들은 이틀 연속으로 같은 사람이 다시 오는 경우는 없었지만, 모두 평범한 옷차림을 싫어한다는 공통점을 가지고 있었다. 그들을 지나쳐 가는 대부분의 런던 사람들은 이상한 옷을 입는 사람들에게 익숙해져 있어서 별다른 눈치를 채지는 못했지만, 힐끔 뒤돌아보며 이렇게 더운 날에 왜 저런 긴 망토를 입고 있는지 의아해하는 사람들도 가끔 있기는 했다.

그 감시자들은 밤낮으로 지켜보면서도 그다지 만족스러운 결과는 얻지 못하는 듯했다. 간혹 그들 중 한 명이 마침내 뭔가 흥미로운 것을 발견한 듯 흥분해서 앞으로 불쑥 튀어나가기도 했지만 곧 실망한 표정을 지으며 다시 주저앉을 뿐이었다.

9월 첫째 날에는 광장을 어슬렁거리는 사람이 그 어느 때보다도 많았다. 긴 망토를 입은 남자 대여섯 명이 조용히 지키고 서서 11번지와 13번지 건물을 뚫어지게 바라봤지만, 그들이 기다리고 있는 것은 여전히 찾기 힘든 것 같았다. 저녁이 다가오면서 몇 주 만에 처음으로 예기치 않게 차가운 비가 쏟아졌고, 그들이 뭔가 흥미로운 것을 본 듯한 불가사의한 순간이 또 발생했다. 얼굴이 일그러진 남자가 손가락으로 가리키자 가장 가까운 곳에 있던 뚱뚱하

고 창백한 남자가 앞으로 달려 나갔다. 하지만 잠시 후 그
들은 답답하고 실망한 표정을 지으며, 무기력하게 가만히
있는 상태로 되돌아갔다.

한편 12번지 안에서는 해리가 막 복도에 들어선 참이었
다. 그는 현관문 바로 앞에 있는 바깥 계단 맨 꼭대기로 순
간이동을 하다가 하마터면 균형을 잃을 뻔했다. 죽음을 먹
는 자들이 순간적으로 노출된 그의 팔꿈치를 봤을지도 모
른다는 생각이 들었다. 그는 조심스럽게 문을 닫은 뒤 투
명 망토를 벗어서 팔에 걸치고 재빨리 어둑어둑한 복도를
따라 지하실로 이어지는 문으로 향했다. 손에는 훔쳐 온
《예언자일보》가 들려 있었다.

평소와 같이 "세베루스 스네이프?"라고 묻는 나직한 속
삭임이 그를 맞이했고, 차가운 바람이 그의 몸을 휩쓸더니
잠깐 혀가 말려들어 갔다.

"제가 죽인 게 아니에요." 혀가 풀리자마자 그가 말했다.
이어 저주 마법이 만들어 낸 형상이 먼지를 일으키며 폭발
하자 해리는 숨을 참았다. 그는 블랙 부인의 비명 소리와
먼지구름이 미치지 않는 곳까지 부엌으로 내려가는 계단
을 반쯤 내려간 뒤에야 소리쳤다. "새로운 소식이 있는데,
별로 마음에 들진 않을 거야."

부엌은 몰라보게 달라져 있었다. 모든 것이 번쩍거렸다. 구리 솥과 냄비 들은 장밋빛으로 반짝거릴 만큼 광이 났고, 나무로 된 식탁 상판에는 은은한 빛이 감돌았다. 저녁 식사를 위해 벌써부터 내놓은 잔과 접시 들은 쾌활하게 타오르는 불빛을 받아 빛났고, 불 위에서는 솥단지가 부글부글 끓고 있었다. 하지만 이 공간에서 무엇보다도 극적으로 달라진 것은 해리에게 황급히 다가온 집요정이었다. 그는 눈처럼 하얀 수건을 몸에 걸쳤고, 귀에 난 털은 솜털처럼 깨끗하고 보송보송해졌으며, 깡마른 가슴팍에서는 레귤러스의 로켓이 통통 튀고 있었다.

"신발을 벗어 주시겠습니까요, 해리 주인님. 그리고 저녁 식사 전에 손을 씻어 주세요." 크리처가 구부정하게 서서 투명 망토를 받아 들고 벽에 걸린 고리에 걸면서 쉰 목소리로 말했다. 그 옆으로 새로 세탁한 구식 로브들이 잔뜩 걸려 있었다.

"무슨 일인데?" 론이 불안한 듯 물었다. 그와 헤르미온느는 긴 부엌 식탁 끝에서 어지럽게 흐트러진 휘갈겨 쓴 쪽지들과 손으로 그린 지도들을 살펴보고 있다가, 해리가 성큼성큼 다가와 흩어진 양피지 위에 신문을 내려놓는 모습을 지켜보았다.

눈에 익은 갈고리 모양 코와 검은 머리카락을 가진 남자의 큼직한 사진이 헤드라인 아래에서 그들 모두를 올려다보고 있었다.

세베루스 스네이프,
호그와트 교장으로 임명

"안 돼!" 론과 헤르미온느가 큰 소리로 외쳤다.

헤르미온느가 가장 먼저 신문을 낚아채더니 딸려 있는 기사를 소리 내어 읽기 시작했다.

"오늘, 호그와트 마법학교에서 진행되고 있는 인사이동의 일환으로, 이 유서 깊은 학교에서 오랫동안 마법약 교수로 재직해 온 세베루스 스네이프가 가장 중요한 직책인 교장에 임명되었다. 그 밖에도 전직 머글학 교수가 사임함에 따라 알렉토 캐로가 해당 보직을 맡게 되었으며, 캐로와 남매지간인 아미쿠스가 어둠의 마법 방어법 교수직을 담당하게 되었다. '저는 가장 훌륭한 마법 전통과 가치를 지켜 나갈 이 기회를 기꺼이 받아들입니다.' 살인을 저지르고 사람 귀를 자르는 전통을 말하는 건가? 스네이프가 교장이라니! 스네이프가 덤블도어 교수님의 연구실에……

멀린의 팬티 같으니!" 그녀가 소리를 지르는 바람에 해리 와 론은 화들짝 놀랐다. 그녀는 식탁에서 벌떡 일어나 부 엌 밖으로 달려 나가며 소리쳤다. "금방 돌아올게!"

"'멀린의 팬티'라고?" 론이 즐거워하는 표정으로 되풀이 했다. "정말 열 받았나 보네." 그는 신문을 가져다 스네이 프에 대한 기사를 읽었다.

"다른 교수님들이 참지 않을 거야. 맥고나걸이랑 플리트 윅이랑 스프라우트 모두 진실을 알고 있어. 덤블도어가 어 떻게 죽었는지 안다고. 스네이프를 교장으로 받아들이지 않을 거야. 그리고 이 캐로라는 사람들은 누구야?"

"죽음을 먹는 자들이야." 해리가 말했다. "사진도 실려 있어. 둘 다 스네이프가 덤블도어 교수님을 죽였을 때 탑 꼭대기에 있었어. 다들 친구 사이인 거지. 그리고……." 해 리는 의자를 끌어당기며 씁쓸하게 말을 이었다. "다른 교 수님들한테는 그냥 남는 것 말고는 다른 선택이 없을 거 야. 정부와 볼드모트가 스네이프 뒤에 있다면, 학교에 남 아서 학생들을 가르칠지, 아니면 아즈카반에서 몇 년을 썩 을지 선택해야 할 테니까. 그것도 운이 좋은 경우겠지만. 내 생각에는 학교에 남아서 학생들을 보호하려고 하실 것 같아."

크리처가 커다란 그릇을 양손으로 들고 부산스럽게 식탁으로 다가오더니, 이 사이로 휘파람을 불면서 깨끗한 접시마다 수프를 덜어 주었다.

"고마워, 크리처." 해리가 스네이프의 얼굴이 보이지 않도록 《예언자일보》를 넘기며 말했다. "뭐, 적어도 이젠 스네이프가 어디 있는지 정확히 알게 됐네."

그는 수프를 입에 넣기 시작했다. 크리처의 요리 실력은 레굴러스의 로켓을 받은 이후 극적으로 향상됐다. 오늘의 프랑스식 양파 수프는 해리가 맛본 어떤 수프보다도 맛있었다.

"아직도 죽음을 먹는 자들 여럿이 이 집을 지켜보고 있어." 그는 수프를 먹으면서 론에게 말했다. "평소보다 더 많아. 우리가 짐 가방을 들고 호그와트 급행열차를 타러 갈 줄 아나 봐."

론이 손목시계를 힐끗 들여다보았다.

"안 그래도 하루 종일 그 생각 했는데. 급행열차는 여섯 시간쯤 전에 떠났어. 그거 안 타니까 이상하지 않아?"

한때 론과 함께 날아가면서 내려다봤던 진홍색 증기기관차가 해리의 눈앞에 보이는 듯했다. 새빨간 애벌레처럼 꿈틀거리며 들판들과 언덕들 사이로 아른거리는. 지금쯤 지니, 네빌, 루나는 함께 앉아 해리와 론과 헤르미온느가 어디에 있을지 궁금해하거나, 어떻게 해야 스네이프의 새로운 체제를 가장 효과적으로 약화시킬 수 있을지 토론하고 있을 게 분명했다.

"방금 돌아오다가 하마터면 놈들한테 들킬 뻔했어." 해리가 말했다. "계단 꼭대기에 잘못 내려서는 바람에 투명 망토가 미끄러졌거든."

"난 맨날 그러는데 뭘. 아, 왔네." 론이 의자에 앉은 채 목을 길게 빼고 헤르미온느가 부엌에 다시 들어오는 모습을 지켜보며 덧붙였다. "멀린의 잔뜩 늘어진 삼각팬티를 걸고, 대체 왜 그런 거야?"

"이게 생각났어." 헤르미온느가 헐떡였다.

그녀는 그림이 끼워진 커다란 액자를 들고 와 바닥에 내려놓더니 부엌 서랍에서 작은 구슬가방을 꺼냈다. 그녀는 가방을 열고 액자를 안에 억지로 밀어 넣었다. 액자는 딱 봐도 작은 가방에 넣기에는 너무 컸지만, 잠시 후 다른 수많은 물건들처럼 가방 속 넓고 깊숙한 공간으로 사라졌다.

"피니어스 나이젤러스 말이야." 헤르미온느가 설명하며 가방을 부엌 식탁에 던지자 평소처럼 낭랑하고 철컹거리는 소리가 울려 퍼졌다.

"뭐라고?" 론이 다시 물었지만 해리는 알아들었다. 그림 속 피니어스 나이젤러스 블랙은 그리몰드가의 초상화와 호그와트 교장실에 걸려 있는 초상화 사이를 빠르게 오갈 수 있었다. 지금 이 순간 탑 꼭대기의 그 둥근 방에는 스네이프가 앉아 있을 게 뻔했다. 덤블도어가 모아 둔 섬세한 은제 마법 기구들과 돌로 만든 펜시브, 기숙사 배정 모자, 다른 데로 옮겨지지 않았다면 그리핀도르의 검까지 의기양양하게 차지하고서.

"스네이프가 피니어스 나이젤러스를 보내서 이 집 안을 살펴보게 할지도 몰라." 헤르미온느가 자리에 앉으며 론에게 설명했다. "하지만 이제 얼마든지 해 보라지. 피니어스 나이젤러스가 볼 수 있는 건 내 핸드백 속뿐이니까."

"멋진 생각이야!" 론이 감명받은 표정으로 말했다.

"고마워." 헤르미온느가 수프를 끌어당기며 미소 지었다. "해리, 오늘 다른 일은 없었어?"

"없었어." 해리가 말했다. "일곱 시간 동안 정부 출입구를 지켜봤는데 그 여자는 코빼기도 안 보이더라. 그래도 너희 아버지는 봤어, 론. 괜찮아 보이셨어."

론은 소식을 전해 줘서 고맙다는 뜻으로 고개를 끄덕였다. 위즐리 씨는 항상 다른 정부 직원들에게 둘러싸여 있었기에 그가 정부를 드나드는 동안 대화를 시도하는 건 너무 위험하다는 데 세 사람 모두 의견을 모았다. 그래도 이런 식으로나마 그를 잠깐이라도 보는 것은 안심이 되는 일이었다. 물론 위즐리 씨가 아주 긴장하고 불안해 보이긴 했지만.

"아빠는 항상 우리한테 정부 사람들은 출근할 때 대부분 플루 네트워크를 이용한다고 하셨어." 론이 말했다. "그래서 엄브리지를 못 본 거야. 그 여자는 절대 걸어 다니지 않으니까. 그러기엔 자기가 너무 높은 사람이라고 생각하는 거지."

"그럼 그 우스꽝스러운 나이 든 여자 마법사랑 남색 로브를 입고 다니는 키 작은 남자 마법사는 어때?" 헤르미온느가 물었다.

"아, 그래. 남자는 마법 건물 관리팀 사람이야." 론이 말했다.

"그 사람이 마법 건물 관리팀에서 일하는 걸 네가 어떻게 알아?" 헤르미온느는 수프를 떠서 입으로 가져가던 손을 멈추고 물었다.

"아빠가 마법 건물 관리팀 직원들은 모두 남색 로브를 입는다고 하셨거든."

"하지만 그런 얘긴 한 번도 안 해 줬잖아!"

헤르미온느가 숟가락을 떨어뜨리더니 해리가 부엌에 들어왔을 때 론과 함께 살펴보던 쪽지와 지도 들을 끌어당겼다.

"여기에 남색 로브 얘기는 한 마디도 없어. 한 마디도!" 그녀가 종이들을 거칠게 넘겨 대며 말했다.

"근데, 그게 그렇게 중요해?"

"론, 모든 게 중요해! 그자들이 침입자를 경계하고 있을 게 뻔한 상황에서 들키지 않고 정부에 들어가려면 아주 작은 세부 사항 하나하나가 다 중요하단 말이야! 계속해서 얘기해 왔잖아. 내 말은, 네가 이런 얘기를 굳이 해 줄 생각조차 안 한다면 이 모든 정찰 활동이 대체 무슨 소용……."

"젠장, 헤르미온느. 그냥 사소한 것 하나 잊어버린 것 같고……."

"알긴 아는 거지? 지금 전 세계를 통틀어 우리한테 정부만큼 위험한 곳은 없을……."

"내일 해야겠어." 해리가 말했다.

헤르미온느가 입을 쩍 벌린 채 말을 멈췄다. 론은 수프를 먹다가 사레에 들리고 말았다.

"내일 하자고?" 헤르미온느가 다시 물었다. "진심은 아니지, 해리?"

"진심이야." 해리가 말했다. "한 달 더 정부 출입구 근처에 숨어 있어 봐야 지금보다 더 준비될 것 같지는 않아. 미루면 미룰수록 로켓은 손 안 닿는 곳으로 더 멀어질 수 있어. 열리지 않으니까 엄브리지가 벌써 내다 버렸을 가능성도 높고."

"아니면" 하고, 론이 말했다. "그걸 여는 방법을 찾아내서 지금쯤 볼드모트에게 지배당했을지도 모르지."

"그래 봤자 그 여잔 별로 달라질 게 없을걸. 원래부터 사악한 인간이니까." 해리가 어깨를 으쓱했다.

헤르미온느는 깊은 생각에 잠긴 채 입술을 깨물고 있었다.

"우린 중요한 걸 모두 알고 있어." 해리는 헤르미온느에게 계속 설명했다. "순간이동으로 정부를 드나들 길이 막혔다는 것도 알아. 론이 입에 담지 말아야 할 자 둘이 불평하는 소리를 들어서 지금은 최고위급 정부 공무원들의 집에만 플루 네트워크를 연결할 수 있다는 것도 알고. 엄브리지의 사무실 위치도 대강 알고 있어. 그 턱수염 난 남자가 자기 동료한테 하는 얘기를 네가 들었으니까."

"1층으로 올라갈게. 덜로리스가 좀 보재." 헤르미온느가 곧바로 읊었다.

"바로 그거야." 해리가 말했다. "그리고 그 이상한 동전인지 토큰인지, 아무튼 그걸 사용해서 들어간다는 것도 알아. 그때 그 여자 마법사가 동료한테 하나 빌리는 걸 내가 봤으니까……."

"하지만 우리한텐 그게 없잖아!"

"작전대로만 된다면 생기겠지." 해리가 침착하게 대꾸했다.

"모르겠어, 해리. 난 잘 모르겠어……. 너무나 많은 것들이 잘못될 수 있어. 운에 기대는 것도 너무 많고……."

"석 달을 더 준비해도 그럴 거야." 해리가 말했다. "이젠 행동에 나설 시간이야."

그는 론과 헤르미온느의 얼굴을 보고 그들이 겁에 질려 있다는 사실을 알 수 있었다. 해리도 특별히 자신이 있는 건 아니었지만 작전을 실행에 옮겨야 할 때가 왔다는 확신은 들었다.

그들은 지난 4주 동안 번갈아 가며 투명 망토를 쓰고 정부 공식 출입구를 염탐해 왔다. 위즐리 씨 덕분에 론은 어린 시절부터 그곳을 잘 알고 있었다. 그들은 정부에 들어가는 공무원들을 미행하고 대화를 엿듣고 조심스럽게 관찰한 끝에 누가 매일 같은 시각 혼자 그곳에 나타나는지

도 알아냈다. 가끔씩은 누군가의 서류 가방에서 《예언자일
보》를 몰래 빼낼 기회가 생기기도 했다. 그들이 모아 온 정
보들이 담긴 지도와 종이가 서서히 쌓여서 지금 헤르미온
느 앞에 놓여 있었다.

"좋아." 론이 천천히 입을 열었다. "내일 한다고 쳐…….
내 생각에는 그냥 나랑 해리만 가야 할 것 같아."

"아, 또 시작이네!" 헤르미온느가 한숨을 쉬었다. "그 얘
기는 끝난 줄 알았는데."

"투명 망토를 뒤집어쓰고 출입구 근처에 머물러 있는 거
면 몰라도 이건 다른 문제야, 헤르미온느." 론이 열흘 전
날짜가 찍혀 있는 《예언자일보》를 손가락으로 쿡 찔렀다.
"너는 심문에 응하지 않은 머글 태생 명단에 올라 있단 말
이야!"

"그리고 너는 버로에서 알알이 곰팡이로 죽어 가는 것으
로 되어 있고! 누구보다도 그곳에 가선 안 되는 사람이 있
다면 그건 해리야. 해리는 머리에 1만 갈레온의 현상금이
걸려 있으니까……."

"좋아, 난 여기 있을게." 해리가 말했다. "너희가 볼드모
트를 무찌르고 나면 꼭 알려 줘. 알았지?"

론과 헤르미온느가 웃음을 터뜨린 그때, 해리는 이마의

흉터에서 격한 통증을 느꼈다. 그의 손이 흉터 쪽으로 홱 올라갔다. 그는 헤르미온느의 눈이 가늘어지는 것을 보고 눈을 가린 머리카락을 쓸어내는 척했다.

"뭐, 우리 셋 다 간다면 각자 순간이동을 해야 할 거야." 론이 말하고 있었다. "이제는 셋이 한꺼번에 투명 망토를 쓸 수 없으니까."

이마의 흉터가 점점 아파 왔다. 해리는 자리에서 일어났다. 크리처가 황급히 다가왔다.

"주인님이 수프를 다 드시지 않았군요. 짭짜름한 스튜가 더 좋으실까요? 아니면 주인님이 그토록 좋아하시는 당밀 타르트를 드릴까요?"

"고마워, 크리처. 근데 조금만 있다가 돌아올게. 어……화장실에 가려고."

해리는 헤르미온느의 의심스러운 눈길을 의식하고 서둘러 계단을 올라가서 복도를 지나 첫 번째 층계참으로 향했다. 그런 다음 화장실로 달려가 들어가자마자 문을 잠갔다. 그는 고통에 신음하면서, 입을 벌린 뱀 모양의 수도꼭지들이 달린 검은색 세면대에 몸을 푹 숙이고 눈을 감았다…….

그는 석양에 물든 거리를 미끄러지듯 걸어가고 있었다. 길 양옆의 높은 박공지붕을 얹은 건물들은 마치 생강 과자로 만든 집처럼 보였다.

그는 그중 한 집으로 다가갔다. 문 위에 놓인, 허옇고 긴 자신의 손가락이 보였다. 그는 문을 두드렸다. 흥분이 솟구치는 것이 느껴졌다…….

문이 열렸다. 어떤 여자가 웃으며 서 있었다. 해리의 얼굴을 본 여자의 표정이 어두워졌다. 그녀의 얼굴에서 기쁨이 사라지고 공포가 그 자리를 대신했다…….

"그레고로비치?" 높고 차가운 목소리가 말했다.

그녀는 고개를 저으며 문을 닫으려 했다. 하얀 손이 문을 붙잡고 그녀가 닫지 못하게 막았다.

"그레고로비치를 만나고 싶다."

"에어 본트 히어 니히트 메어('그 남자는 더 이상 여기 안 살아'라는 뜻의 독일어—옮긴이)!" 그녀가 고개를 저으며 소리쳤다. "그 남자 여기 안 살아요! 여기 안 살아요! 나는 그 남자 몰라요!"

그녀는 문을 닫으려는 시도를 포기하고 어두운 복도를 따라 뒷걸음질 치기 시작했다. 해리는 미끄러지듯 그녀를 뒤쫓았다. 그의 긴 손가락에는 마법 지팡이가 쥐어져 있었다.

"어디 있지?"

"다스 바이스 이히 니히트('난 몰라요'—옮긴이)! 이사 갔어! 나는 몰라, 나는 몰라요!"

그는 마법 지팡이를 들어 올렸다. 여자가 비명을 질렀다. 어린아이 둘이 복도로 달려 나왔다. 그녀는 두 팔을 벌려 아이들을 보호하려고 했다. 녹색 광선이 번뜩이고……

"해리! **해리!**"

해리는 눈을 떴다. 그는 어느새 바닥에 쓰러져 있었다. 헤르미온느가 다시 문을 두드렸다.

"해리, 문 열어!"

그가 소리를 지른 게 틀림없었다. 그는 자리에서 일어나 잠긴 문을 열었다. 헤르미온느가 곧바로 넘어질 듯 안으로 들어오더니 균형을 되찾고 의심스러운 눈으로 주위를 둘러보았다. 론은 그녀의 바로 뒤에서 불안한 얼굴을 한 채 마법 지팡이로 서늘한 화장실 구석구석을 겨눴다.

"뭐 하고 있었어?" 헤르미온느가 엄격한 말투로 추궁하듯 물었다.

"내가 뭘 하고 있었을 것 같은데?" 해리가 허세를 부리며 되물었지만 별 효과는 없었다.

"목이 찢어져라 소리를 지르던데!" 론이 말했다.

"아, 그래…… 잠깐 졸았나 봐. 아니면…….."

"해리, 제발 부탁인데 우릴 바보 취급 하지 마." 헤르미

59

온느가 심호흡을 하며 말했다. "우린 아래층에 있을 때부터 네 흉터가 아프기 시작했다는 걸 알아. 얼굴이 백지장처럼 하얗게 질려서는."

해리는 욕조 가장자리에 앉았다.

"그래, 알았어. 방금 볼드모트가 어떤 여자를 죽이는 걸 봤어. 아마 지금쯤 그 여자의 가족들을 전부 죽였을 거야. 그럴 필요도 없는데. 이번에도 세드릭 때하고 똑같아. 그 사람들은 그냥 거기 있었다는 이유만으로……."

"해리, 더 이상 이런 일이 일어나게 놔둬선 안 돼!" 헤르미온느의 목소리가 화장실 안을 쩌렁쩌렁 울렸다. "덤블도어 교수님은 네가 오클루먼시를 쓰길 바라셨어! 그런 연결이 위험하다고 생각하셨단 말이야. 볼드모트는 그걸 이용할 수 있어, 해리! 그자가 사람을 죽이고 고문하는 광경을 보는 게 대체 무슨 소용이야? 그게 어떻게 도움이 된다는 거야?"

"왜냐하면 그건 그자가 무슨 짓을 하는지 내가 안다는 뜻이니까." 해리가 말했다.

"그럼 그자가 네 정신에 침투하는 걸 막아 볼 시도조차 안 하겠다는 거야?"

"헤르미온느, 난 못해. 내가 오클루먼시에 형편없다는

건 너도 알잖아. 전혀 감도 못 잡겠어."

"진정으로 노력해 본 적도 없잖아!" 그녀가 열을 내며 말했다. "이해가 안 가, 해리. 이런 게 좋아? 이런 특별한 연결인지 관계인지, 뭐 아무튼……."

그녀는 해리가 일어서면서 던진 눈길에 주춤거렸다.

"좋으냐고?" 그가 조용히 말했다. "너라면 좋겠어?"

"난…… 아니…… 미안해, 해리. 나는 그런 뜻이 아니라……."

"진짜 싫어. 그자가 내 안에 들어올 수 있다는 사실도, 그자가 가장 위협적인 순간에 그자를 지켜봐야만 한다는 사실도 싫다고. 하지만 난 이걸 이용할 거야."

"덤블도어 교수님은……."

"덤블도어 교수님은 잊어버려. 이건 내 선택이지 다른 누구의 선택도 아니야. 나는 그자가 왜 그레고로비치를 쫓는지 알고 싶어."

"누구?"

"외국의 지팡이 제작자." 해리가 말했다. "그레고로비치가 크룸의 지팡이를 만들었어. 크룸은 그 사람이 아주 뛰어난 실력자라고 생각해."

"하지만 네 말대로라면" 하고, 론이 입을 열었다. "볼드모트는 올리밴더를 어딘가에 가둬 놨잖아. 이미 지팡이 제작자가 있는데 왜 또 다른 사람을 찾으려고 하지?"

"어쩌면 크룸하고 같은 생각인지도 모르지. 그레고로비치가 낫다고 생각하는지도 몰라……. 아니면 그자가 날 추격했을 때 내 마법 지팡이가 한 일을 그레고로비치가 설명할 수 있을 거라고 생각하는 것일 수도 있고. 올리밴더는 몰랐으니까."

해리는 먼지로 뒤덮이고 금이 간 거울을 들여다보았다. 론과 헤르미온느가 등 뒤에서 의심 가득한 눈길을 주고받는 모습이 보였다.

헤르미온느가 말했다. "해리, 넌 계속 네 지팡이가 뭔가를 했다고 말하는데, 그런 일이 일어나게 만든 건 바로 너야! 왜 그렇게 너 자신의 힘을 인정하지 않으려고 해?"

"내가 한 일이 아니라는 걸 아니까! 그리고 그 사실을 아는 건 볼드모트도 마찬가지야, 헤르미온느! 볼드모트랑 나 둘 다 실제로 무슨 일이 벌어졌는지 알고 있다고!"

그들은 서로를 노려보았다. 해리는 자신이 헤르미온느를 설득하지 못했고, 그녀가 마법 지팡이에 대한 해리의 주장이건 그가 볼드모트의 머릿속이 들여다보이도록 놔두었다는 사실에 대해서건 반론할 말들을 끌어모으고 있다는 사실을 알았다. 그때 다행스럽게도 론이 끼어들었다.

"그만해." 그가 헤르미온느에게 충고했다. "이건 해리가 결정할 문제야. 그리고 내일 정부에 갈 거면 계획을 한번 점검해 봐야 하지 않을까?"

헤르미온느는 두 사람의 눈에 빤히 보일 정도로 못마땅해했지만 일단 그 문제를 내려놓았다. 그러나 해리는 그녀가 기회만 잡으면 다시 공격해 오리라는 사실을 너무도 잘 알고 있었다. 어느새 그들은 지하의 부엌으로 돌아갔다. 크리처가 모두에게 스튜와 당밀 타르트를 대접했다.

그들은 그날 밤늦게까지 몇 시간에 걸쳐 작전을 토씨 하나 틀리지 않고 서로에게 읊어 줄 수 있을 만큼 반복적으로 검토한 뒤에야 잠자리에 들었다. 이제 시리우스의 침실을 쓰고 있던 해리는 지팡이 불빛을 아버지, 시리우스, 루핀, 페티그루가 찍힌 오래된 사진 쪽으로 돌려놓고 혼자서 10분 더 작전을 되뇌어 보았다. 하지만 지팡이 불빛을 끄고 나자 그는 폴리주스 마법약이나 속 뒤집어지는 사탕도, 마법 건물 관리팀의 남색 로브도 아닌, 지팡이 제작자 그레고로비치에 대해 생각하고 있었다. 볼드모트가 단단히 작정하고 찾아 나선 마당에 그가 얼마나 더 오래 숨어 있을 수 있을지 궁금했다.

자정이 됐나 싶었는데, 새벽이 지나칠 정도로 빠르게 밝아 왔다.

"너 꼴이 말이 아닌데." 론이 해리를 깨우러 들어와 인사를 건넸다.

"금방 괜찮아질 거야." 해리가 하품하며 말했다.

그들은 아래로 내려가 부엌에서 헤르미온느를 만났다. 그녀는 크리처에게서 커피와 따뜻한 롤빵을 대접받으며, 시험공부를 할 때처럼 살짝 정신 나간 표정을 짓고 있었다.

"로브." 두 사람이 들어온 것을 알아챈 그녀가 긴장한 듯 고개를 끄덕여 인사하고 끊임없이 구슬가방 안을 뒤지며 나직하게 중얼거렸다. "폴리주스 마법약…… 투명 망토…… 미끼 나팔…… 혹시 모르니까 너희 각자 하나씩 가져가야 해……. 속 뒤집어지는 사탕, 코피 캔디, 길어지는 귀……."

그들은 아침을 단숨에 먹어 치우고 위층으로 올라갔다. 크리처가 허리를 숙여 배웅하면서 그들이 돌아오는 시간에 맞춰 스테이크앤키드니 파이를 준비해 놓겠다고 약속했다.

"쟤 복 받을 거야." 론이 애정 어린 목소리로 말했다. "그런데 저 녀석 머리를 잘라서 벽에 장식해 놓는 상상을 하곤 했다니."

그들은 매우 조심스럽게 현관 계단으로 걸어갔다. 안개 자욱한 광장 저편에서 죽음을 먹는 자들이 퉁퉁 부은 눈으로 그 집을 지켜보는 모습이 보였다. 헤르미온느가 먼저 론과 함께 순간이동을 한 다음 해리를 데리러 돌아왔다.

늘 그랬듯이 어둠 속에서 거의 질식할 것 같은 기분이 잠깐 드는가 싶더니, 어느새 해리는 작전의 첫 단계를 실행하기로 예정된 비좁은 골목에 와 있었다. 커다란 쓰레기통 두 개가 있을 뿐 골목은 아직 텅 비어 있었다. 가장 먼저 출근하는 정부 직원들도 8시가 되기 전에는 거의 나타나지 않았다.

"좋아, 그럼." 헤르미온느가 손목시계를 확인하고 말했다. "5분쯤 있으면 그 여자가 여기로 올 거야. 내가 기절 마법을 걸면……."

"헤르미온느, 우리도 알아." 론이 정색하고 말했다. "근데 그 여자가 도착하기 전에 문을 열기로 하지 않았어?"

헤르미온느가 소리를 질렀다.

"깜빡할 뻔했어! 뒤로 물러서."

그녀가 그들 옆, 맹꽁이자물쇠가 달리고 낙서가 잔뜩 되어 있는 비상구 문을 마법 지팡이로 겨누자 큰 소리와 함께 문이 벌컥 열렸다. 조심스러운 정찰을 통해 알아낸 바에 따르면 안쪽의 어두운 통로는 텅 빈 극장으로 이어져 있었다. 헤르미온느는 문을 다시 끌어당겨 닫혀 있는 것처럼 보이게 만들었다.

"그리고 이제……." 그녀는 돌아서서 골목에 있는 두 사람을 마주 보며 말했다. "다시 투명 망토를 쓰고……."

"……기다린다." 론이 앵무새에게 천을 덮어씌우듯 헤르미온느의 머리에 투명 망토를 뒤집어씌우더니 해리를 향해 눈알을 굴리며 말을 맺었다.

1분이나 지났을까, 작게 '펑' 소리가 나면서 작은 몸집의 정부 마법사가 잿빛 머리카락을 나풀거리며 그들에게서 조금 떨어진 곳에 순간이동으로 나타났다. 방금 구름 뒤에서 나온 갑작스러운 햇빛에 그녀는 눈을 몇 번 깜빡였다. 하지만 그녀에게는 이 예상치 못한 온기를 즐길 시간이 별로 없었다. 헤르미온느의 무언 기절 마법을 가슴에 맞고 고꾸라졌기 때문이다.

"잘했어, 헤르미온느." 론이 극장 문 옆 쓰레기통 뒤에서 걸어 나오며 말했다. 동시에 해리는 헤르미온느에게서 투명 망토를 벗겨 냈다. 그들은 다 함께 그 조그만 여자 마법사를 무대 뒤쪽으로 이어지는 어두운 통로로 옮겼다. 헤르미온느는 마법사의 머리에서 머리카락 몇 가닥을 뽑은 다음 구슬가방에서 꺼낸 진흙 같은 폴리주스 마법약 플라스크 안에 넣었다. 론은 그 조그만 마법사의 핸드백을 뒤지고 있었다.

"이 사람은 마팔다 홉커크야." 론은 그녀가 마법 부당 사용 관리과 직원임을 알려 주는 조그만 신분증을 보며 말했다. "네가 이걸 가져가는 게 좋겠어, 헤르미온느. 여기 토큰도 있다."

그는 마법사의 핸드백에서 꺼낸 작은 금화 몇 개를 헤르미온느에게 건네주었다. 금화에는 모두 M.O.M.(Ministry of Magic, 마법 정부―옮긴이)이라는 글자가 돋을새김되어 있었다.

헤르미온느는 이제 느낌 좋은 연보라색으로 변한 폴리주스 마법약을 마셨다. 그녀는 순식간에 마팔다 홉커크와 똑같은 모습으로 변해 그들 앞에 섰다. 그녀가 마팔다 홉커크의 안경을 벗겨 쓰는 동안 해리는 자신의 손목시계를 확인했다.

"계획보다 늦어지고 있어. 마법 건물 관리팀 아저씨가 언제 나타날지 모르겠네."

그들은 진짜 마팔다를 안에 둔 채 서둘러 문을 닫았다. 해리와 론은 투명 망토를 뒤집어썼지만 헤르미온느는 눈에 띄는 곳에 서서 기다렸다. 잠시 후 또 한 번 '펑' 소리가 들리더니, 족제비처럼 생긴 키 작은 남자 마법사가 눈앞에 나타났다.

"오, 안녕하세요, 마팔다."

"안녕하세요!" 헤르미온느가 떨리는 목소리로 말했다. "오늘은 좀 어때요?"

"사실 썩 좋지는 않아요." 키 작은 남자 마법사가 대답했다. 그는 완전히 의기소침한 표정이었다.

해리와 론은 큰길로 향하는 헤르미온느와 남자 마법사의 뒤를 살금살금 따라갔다.

"별로 안 좋다니 유감이에요." 남자 마법사가 자신의 문제를 장황하게 늘어놓으려 하자 헤르미온느는 단호하게 말을 잘랐다. 어떻게든 그가 큰길로 나가지 못하도록 막아야만 했다. "자, 사탕 하나 드세요."

"네? 아, 고맙지만 괜찮아요."

"꼭 드셔야 해요!" 헤르미온느가 그의 얼굴에 사탕 봉지를 흔들어 대며 공격적으로 말했다. 키 작은 남자 마법사는 조금 놀란 표정으로 사탕 하나를 받아 들었다.

효과는 곧바로 나타났다. 사탕이 혀에 닿는 순간 남자는 헤르미온느가 그의 정수리에서 머리카락을 한 줌 뽑아낸 것조차 눈치채지 못할 만큼 정신없이 토하기 시작했다.

"아, 이런!" 그가 골목에다 토사물을 내뿜자 그녀가 말했다. "오늘 하루 쉬는 게 좋겠네요!"

"아니…… 안 돼요!" 그는 숨 막힌 듯 헛구역질을 하며, 똑바로 걷지도 못하면서 계속 앞으로 나아가려 했다. "가야 돼요…… 오늘은…… 가야만 해요……."

"하지만 그건 바보 같은 짓이에요!" 헤르미온느가 깜짝 놀라 소리쳤다. "이런 상태로 어떻게 출근한다고 그래요. 세인트 멍고에 가서 진찰을 받아 봐야 할 것 같은데요!"

남자는 털썩 쓰러지는가 싶더니 팔과 다리를 짚고 몸을 일으켜 계속 큰길로 기어가려 했다.

"이 상태로는 출근 못 한다니까요!" 헤르미온느가 소리쳤다.

마침내 그는 헤르미온느의 말이 맞다고 인정한 듯했다. 그는 메스꺼워하는 헤르미온느를 붙잡고 일어나더니 제자리에서 빙글 돌아 사라졌다. 남은 거라고는 사라지는 그의 손에서 론이 낚아챈 가방과 바람에 날리는 토사물 찌꺼기뿐이었다.

"우웩." 헤르미온느가 토사물 웅덩이에 닿지 않도록 로브 자락을 들어 올리며 말했다. "저 사람도 기절시켰으면 훨씬 덜 지저분했을 텐데."

"그러게." 론이 남자 마법사의 가방을 들고 투명 망토 밑에서 나오며 말했다. "하지만 정신을 잃은 사람들이 잔뜩 있으면 관심을 더 끌었을 거야. 아무튼 직업 정신이 투철한 사람이네. 이제 머리카락이랑 마법약을 우리한테 줘."

2분 뒤, 론은 구토하는 마법사와 똑같이 족제비 같은 생김새에 키 작은 모습으로, 그의 가방 안에 접힌 채 들어 있던 남색 로브를 입고 서 있었다.

"근데 오늘은 왜 이 옷을 입고 오지 않았을까? 이상하지 않아? 그 지경이 됐는데도 기를 쓰고 출근하려 한 것도 그렇고. 아무튼, 뒤에 붙은 이름표에 따르면 나는 레지 캐터몰이야."

"이제 여기서 기다려." 헤르미온느가 여전히 투명 망토를 쓰고 있던 해리에게 말했다. "너한테 줄 머리카락을 몇 가닥 가지고 돌아올게."

해리가 실제로 기다린 시간은 10분 정도였지만, 마법으로 기절시킨 마팔다 홉커크를 감춰 놓은 문 앞, 토사물이 여기저기 흩어져 있는 골목에 혼자 숨어 있으려니 훨씬 오랜 시간이 흐른 것처럼 느껴졌다. 마침내 론과 헤르미온느가 다시 나타났다.

"누구 머리카락인지 모르겠어." 헤르미온느가 해리에게 곱슬곱슬한 검은 머리카락 몇 가닥을 건네주며 말했다. "어쨌든 이 사람은 코피를 끔찍할 정도로 쏟으면서 집에 갔어! 자, 키가 꽤 큰 사람이라 더 큰 로브가 필요할 거야……."

그녀는 크리처가 세탁해 준 낡은 로브 몇 벌을 꺼냈다. 해리는 뒤로 물러나 마법약을 마시고 모습을 바꾸었다.

고통스러운 변신 과정이 끝나자 그의 키는 180센티미터를 넘어서 있었다. 해리는 근육질 팔을 보고 자신이 엄청난 거구가 되었다는 사실을 알았다. 턱수염도 있었다. 그는 투명 망토와 안경을 새 로브 안에 집어넣고 다른 두 사람과 합류했다.

"제기랄, 무섭네." 론이 해리를 올려다보며 말했다. 지금은 해리가 그보다 훨씬 컸다.

"마팔다의 토큰을 하나 받아." 헤르미온느가 해리에게 말했다. "가자, 9시 다 됐어."

그들은 함께 골목을 벗어났다. 사람들로 붐비는 인도를 따라 50미터쯤 걸어가자 창살이 있는 검은 난간이 양쪽에 달린 계단 두 개가 보였다. 계단에는 각각 신사용, 숙녀용이라는 표지판이 붙어 있었다.

"그럼 이따가 보자." 헤르미온느가 초조하게 말하더니

종종걸음으로 여자 화장실 쪽 계단을 내려갔다. 해리와 론
은 이상한 옷을 입고 평범한 지하 공중화장실 같은 곳으로
내려가는 수많은 남자들 사이에 끼었다. 화장실은 때 묻은
검은색과 흰색 타일로 덮여 있었다.

"좋은 아침, 레지!" 남색 로브를 입은 또 다른 남자 마법
사가 문에 난 동전 구멍에 황금색 토큰을 집어넣고 화장실
칸막이 안으로 들어가며 소리쳤다. "이거 슬슬 짜증 나지
않아? 전 직원한테 이런 식으로 출근하라고 강요하다니!
대체 누가 나타날 거라고 생각하는 거야? 해리 포터?"

마법사는 자기가 내뱉은 농담에 웃음을 터뜨렸다. 론은
억지로 낄낄 웃었다.

"그러게." 론이 말했다. "정말 멍청하지 않아?"

그렇게 그와 해리는 나란히 있는 두 개의 칸으로 들어
갔다.

해리의 왼쪽과 오른쪽에서 물 내리는 소리가 들렸다. 그
는 몸을 웅크리고 칸막이 밑의 틈새를 들여다봤다. 때마침
옆 칸에서 부츠를 신은 두 발이 변기 속으로 들어가는 광
경이 보였다. 왼쪽을 돌아보니 칸막이 너머로 론이 눈을
깜박이며 그를 바라보고 있었다.

"물을 내려서 들어가야 하는 거야?" 그가 속삭였다.

"그런 것 같아." 해리가 마주 속삭였다. 그의 입에서 낮고 걸걸한 목소리가 흘러나왔다.

그들은 둘 다 일어섰다. 해리는 유별난 바보가 된 기분을 느끼며 변기 속으로 들어갔다.

그는 제대로 해냈다는 걸 곧바로 알 수 있었다. 물속에서 있는 것처럼 보였지만 신발이며 발, 로브는 조금도 젖지 않았다. 그는 손을 위로 뻗어 물 내리는 줄을 잡아당겼고, 다음 순간 짧은 통로를 빠르게 내려가 마법 정부의 벽난로 밖으로 나왔다.

그는 서툴게 몸을 일으켰다. 익숙한 몸에 비해 훨씬 큰 덩치가 되어 있었기 때문이다. 널따란 중앙 홀은 해리의 기억보다 어두워 보였다. 예전에는 중앙 홀 한가운데를 차지한 황금색 분수가 반들반들한 나무 바닥과 벽에 아른거리는 불빛을 드리우고 있었다. 하지만 지금은 거대한 검은색 석상만이 두드러졌다. 화려하게 장식된 왕좌에 앉아 아래쪽 벽난로에서 비틀거리며 튀어나오는 공무원들을 내려다보는 남녀 마법사의 모습을 하고 있는 그 거대 조각상은 상당히 위압적인 분위기를 풍기고 있었다. 조각상 밑에는 30센티미터 크기의 글자들로 다음과 같이 새겨져 있었다.

마법은 힘이다

누군가가 해리의 다리 뒤쪽을 세게 쳤다. 방금 또 다른 마법사가 등 뒤의 벽난로에서 튀어나온 것이다.

"길 좀 비킬 수 없…… 아, 미안합니다, 런콘!"

머리가 벗어진 그 마법사는 딱 봐도 겁에 질린 채 허둥지둥 멀어져 갔다. 해리가 모습을 훔친 이 런콘이라는 남자는 사람들에게 위협적인 존재임이 분명했다.

"여기!" 웬 목소리가 들려왔다. 해리는 주위를 둘러보고, 조각상 옆에서 손짓하는 머리숱 적은 조그만 여자 마법사와 마법 건물 관리팀 소속의 족제비처럼 생긴 남자 마법사를 발견했다. 해리는 서둘러 그들에게 다가갔다.

"너희 둘 다 잘 들어온 거지?" 헤르미온느가 해리에게 속삭였다.

"아니, 아직 그 똥통에 처박혀 있어." 론이 장난스럽게 말했다.

"아, 되게 웃긴다. ……끔찍하지 않아?" 그녀가 조각상을 올려다보는 해리에게 말했다. "이 마법사들이 뭘 깔고 앉아 있는지 봤어?"

조각상을 더 자세히 살펴본 해리는 화려한 장식이 새겨

진 왕좌라고 생각했던 것이 사실은 산처럼 쌓인 사람들을 조각해 놓은 것이라는 사실을 깨달았다. 셀 수 없을 만큼 많은 몸들, 남자와 여자, 아이 들이 벌거벗은 채 하나같이 멍청하고 추한 얼굴을 하고, 근사한 로브를 차려입은 마법 사들의 무게를 지탱하느라 뒤틀린 자세로 서로에게 짓눌려 있었다.

"머글들이야." 헤르미온느가 속삭였다. "저기가 머글의 자리라는 거야. 얼른, 가자."

그들은 중앙 홀 저쪽 끝 황금색 문들로 향하는 마법사들 틈에 끼면서 최대한 은밀하게 주위를 둘러보았다. 하지만 눈에 잘 띄는 덜로리스 엄브리지의 모습은 그림자조차 보이지 않았다. 그들은 문들을 지나 더 작은 홀로 들어섰다. 사람들이 스무 대의 엘리베이터를 가로막고 있는 황금 철창 앞에 줄을 서 있었다. 세 사람이 가장 가까운 줄에 끼어들기 무섭게 어떤 목소리가 들렸다. "캐터몰!"

그들은 뒤를 돌아보았다. 해리는 가슴이 철렁 내려앉는 것을 느꼈다. 덤블도어의 죽음을 목격했던 죽음을 먹는 자 중 한 명이 성큼성큼 다가오고 있었다. 주위에 있던 공무원들은 일제히 입을 다물고 눈을 내리깔았다. 해리는 사람들 사이로 공포가 퍼져 나가는 것을 느꼈다. 남자가 야수 같은 얼굴로 눈을 부라렸다. 황금색 실로 수놓은, 바닥에 끌리는 화려한 로브와는 어쩐지 어울리지 않는 생김새였다. 엘리베이터 근처에 몰려 있던 사람 중 누군가가 아첨하듯 소리쳤다. "좋은 아침입니다, 약슬리!" 하지만 약슬리는 그 말을 무시했다.

"캐터몰, 마법 건물 관리팀 사람에게 내 사무실 문제를 해결하라고 요구했는데, 아직도 사무실에 비가 내리고 있다."

론은 누군가 다른 사람이 끼어들기를 기대하며 주위를 둘러봤지만 아무도 입을 열지 않았다.

"비가…… 사무실에 비가 온다고요? 그거…… 그거 별로 좋지 않네요. 그죠?"

론은 초조하게 웃었다. 약슬리가 두 눈을 부릅떴다.

"그게 우스운가 보지, 캐터몰? 응?"

여자 마법사 두 명이 엘리베이터 줄에서 재빠르게 빠져나갔다.

"아뇨." 론이 말했다. "아뇨, 물론 아닙니다……."

"내가 네 부인을 취조하러 내려가는 길이라는 건 아나, 캐터몰? 네놈이 기다리는 부인 손이라도 잡아 주러 아래층으로 내려가지 않다니 놀랍군. 벌써 가망이 없다고 포기한 건가? 그게 현명한 짓이긴 하지. 다음에는 꼭 순수 혈통이랑 결혼하라고."

헤르미온느가 경악한 나머지 작은 비명을 내질렀다. 약슬리가 그녀를 바라보았다. 별 효과는 없었지만 그녀는 약하게 기침하며 시선을 돌렸다.

"전…… 저는……." 론이 말을 더듬었다.

"하지만 *내* 아내가 머드블러드로 고발당했다면……." 약슬리가 말했다. "내가 결혼할 여자가 그런 쓰레기로 오해받을 일은 물론 없겠지만, 그런 상황에서 마법 정부 사법부 장관에게 해결해야 할 문제가 생겼다면 나는 그 일을 우선순위로 두었을 거다, 캐터몰. 내 말 이해하나?"

"네." 론이 웅얼거렸다.

"그럼 처리해, 캐터몰. 한 시간 안에 내 사무실 날씨가 완전히 개지 않는다면, 네놈 부인의 혈통 증명서는 지금보다 더 심각한 의심을 받게 될 테니."

눈앞의 황금색 철창이 철컹거리며 열렸다. 약슬리는 해리를 향해 고개를 끄덕이며 불쾌한 미소를 지어 보였다. 해리가 캐터몰을 다루는 그의 방식에 감탄하는 거라고 생각하는 게 분명했다. 그러더니 약슬리는 다른 엘리베이터로 휙 들어가 버렸다. 해리, 론, 헤르미온느가 엘리베이터에 탔지만, 마치 그들이 전염병 환자라도 되는 듯 아무도 그들을 따라 타지 않았다. 철창이 덜컹거리며 닫히고 엘리베이터가 위로 올라가기 시작했다.

"어떻게 해야 하지?" 론이 다른 두 사람에게 물었다. 그는 충격받은 표정이었다. "내가 가지 않으면, 내 아내는…… 그러니까, 캐터몰의 아내는……."

"우리도 같이 갈게. 우린 함께 붙어 있어야 해." 해리가 말했지만 론은 세차게 고개를 저었다.

"그건 미친 짓이야. 우린 시간이 별로 없어. 너희 둘은 엄브리지를 찾아. 내가 가서 야슬리의 사무실을 고쳐 볼게. ……근데 비를 어떻게 멈추지?"

"'피니테 인칸타템'을 써 봐." 헤르미온느가 대번에 말해 주었다. "공격 마법이나 저주가 걸려 있는 거라면 그걸로 비가 멈출 거야. 그래도 멈추지 않으면 기후 마법에 뭔가 문제가 생긴 거야. 그 경우에는 고치기가 더 어려우니까, 임시방편으로 '임페르비우스'를 걸어서 야슬리의 물건들을 지키……."

"천천히 다시 말해 봐……." 론이 깃펜을 찾아 필사적으로 주머니들을 뒤지며 말했다. 하지만 그 순간 엘리베이터가 요동치며 멈췄다. 어디에서 나오는 건지 알 수 없는 여자 목소리가 말했다. "4층, 마법 생명체 통제 관리부입니다. 동물 · 인간 · 영혼과, 고블린 교섭과, 유해 생물 대책 관리과에 가실 분은 이번 층에서 내리십시오." 철창이 다시 스르르 열리면서 마법사 두 명과 연보라색 종이비행기 몇 장이 안으로 들어왔다. 종이비행기들은 엘리베이터 천장 등불 주위를 팔락거리며 날아다녔다.

"좋은 아침, 앨버트." 구레나룻이 덥수룩한 남자가 해리에게 미소 지으며 말했다. 엘리베이터가 삐걱거리며 다시 올라가기 시작하자 해리는 론과 헤르미온느 쪽을 힐끗 바라보았다. 헤르미온느는 지금 론이 해야 할 일들을 알려주느라 정신이 없었다. 남자 마법사가 음흉하게 웃으며 해리에게 몸을 숙이고 중얼거렸다. "더크 크레스웰 맞지? 그 고블린 교섭과 녀석? 잘했어, 앨버트. 이젠 내가 확실히 그 인간 자리를 차지하게 될 거야!"

남자가 눈을 찡긋했다. 해리는 이걸로 충분하기를 바라며 마주 미소 지어 보였다. 엘리베이터가 멈추고 철창이 다시 한 번 열렸다.

"2층, 마법 사법부입니다. 마법 부당 사용 관리과, 오러 본부, 위즌가모트 행정 사무실에 가실 분은 이번 층에서 내리십시오." 여자 목소리가 말했다.

해리는 헤르미온느가 론을 살짝 떠미는 모습을 보았다.

론은 허둥지둥 엘리베이터에서 내렸다. 다른 마법사들이 그 뒤를 따라 내리면서 엘리베이터에는 해리와 헤르미온느 단둘만 남았다. 황금 문이 닫히는 순간 헤르미온느가 매우 빠르게 말했다. "해리, 솔직히 내가 론을 따라가는 게 좋을 것 같아. 뭘 해야 할지 잘 모르는 것 같은데, 만약에 쟤가 잡히면 전부……."

"1층, 마법 정부 총리 집무실과 비서실입니다."

황금 철창이 다시 미끄러지듯 열리자 헤르미온느가 헉하고 숨을 들이켰다. 네 사람이 눈앞에 서 있었는데 그중 둘은 깊은 대화를 나누고 있었다. 검은색과 금색으로 이루어진 화려한 로브를 입은 머리 긴 남자 마법사와, 짧은 머리에 벨벳 리본을 달고 가슴팍에 필기판을 안고 있는, 두꺼비를 닮은 땅딸막한 여자 마법사였다.

13장
머글 태생 등록 위원회

"아, 마팔다!" 엄브리지가 헤르미온느를 보며 말했다. "트래버스가 보냈나 보군요?"

"네…… 네." 헤르미온느가 새된 목소리로 대답했다.

"좋아요. 당신이라면 아주 잘할 거예요." 엄브리지가 검은색과 황금색 로브를 입은 남자 마법사에게 말했다. "이걸로 문제는 해결됐네요, 총리님. 마팔다가 기록을 맡아 준다면 바로 시작할 수 있겠어요." 그녀가 필기판을 들여다보았다. "오늘은 열 명인데, 그중 한 명은 정부 직원의 부인이에요! 쯧쯧……. 마법 정부의 심장부인 이곳에까지!" 그녀가 엘리베이터 안으로 들어와 헤르미온느 옆에 섰다. 엄브리지가 총리와 나누는 대화에 귀를 기울이던 마법사 두 명도 엘리베이터에 탔다. "우린 바로 내려갈 거예요, 마팔다. 필요한 건 모두 법정에서 구할 수 있을 거고. 안녕하세요, 앨버트. 안 내리세요?"

"아, 내려야죠." 해리가 런콘의 굵직한 목소리로 말했다.

해리는 엘리베이터에서 내렸다. 황금색 철창이 등 뒤에서 철컹거리며 닫혔다. 어깨 너머로 돌아보니 헤르미온느의 불안한 얼굴이 보이지 않는 곳으로 가라앉는 모습이 보였다. 그녀의 양옆에 키 큰 남자 마법사 둘이 서 있었고, 그녀의 어깨높이에 엄브리지의 벨벳 머리 리본이 보였다.

"무슨 일로 여기까지 올라왔나, 런콘?" 새로운 마법 정부 총리가 물었다. 그의 길고 검은 머리카락과 턱수염에는 군데군데 은빛이 섞여 있었고, 돌출된 이마는 번뜩이는 두 눈에 그림자를 드리웠다. 그 모습을 보자 해리는 바위 밑에서 밖을 내다보는 게가 연상됐다.

"잠깐 할 얘기가 있어서요." 해리는 잠시 망설였다. "아서 위즐리하고 말입니다. 1층에 올라와 있다고 하던데요."

"아." 파이어스 시크니스가 말했다. "그자가 위험인물과 접촉해 온 정황을 포착한 모양이지?"

"아뇨." 해리는 목이 바싹 마르는 것을 느끼며 그렇게 말했다. "아뇨, 그런 건 아닙니다."

"아, 뭐. 시간문제지." 시크니스가 말했다. "내가 보기에 혈통 배신자들은 머드블러드만큼이나 나쁜 자들이야. 좋은 하루 보내게, 런콘."

"좋은 하루 보내십시오, 총리님."

해리는 시크니스가 두꺼운 카펫이 깔린 복도를 멀어져 가는 모습을 지켜보았다. 총리가 시야에서 사라지자 해리는 묵직한 검은 망토 밑으로 투명 망토를 꺼내 뒤집어쓰고 반대 방향으로 걸어갔다. 런콘의 키가 워낙 컸기 때문에 해리는 그의 큼직한 발을 확실히 감추기 위해 허리를 구부정하게 숙여야 했다.

가슴속 깊은 곳에서 두려움이 꿈틀거렸다. 저마다 방 주인의 이름과 직책이 적힌 작은 명판이 붙은 어슴푸레 빛나는 나무 문들을 연달아 지나자, 정부가 가진 권위도, 정부를 뚫는 것이 얼마나 복잡하고 어려운 일인지도 새삼 실감이 나서 부담이 느껴졌다. 론, 헤르미온느와 함께 지난 4주 동안 신중하게 계획한 작전이 우스울 만큼 유치하게 여겨졌다. 그들은 들키지 않고 정부에 들어가는 데만 모든 노력을 집중했을 뿐, 뜻하지 않게 각자 흩어지게 될 경우 어떻게 해야 할지에 대해서는 한 번도 생각해 보지 않았다. 지금 헤르미온느는 몇 시간은 걸릴 게 틀림없는 재판에 붙

들려 있었다. 한 사람의 자유를 책임지게 된 론은 자기 능력을 넘어서는 마법을 쓰겠다고 낑낑거리고 있을 게 틀림없었다. 그리고 해리 자신은 자기가 쫓는 사람이 방금 엘리베이터를 타고 내려갔다는 것을 확실히 알고 있는 상황에서 꼭대기 층을 헤매는 처지였다.

그는 걸음을 멈추고 벽에 기대서서 뭘 해야 할지 판단하기 위해 애를 썼다. 침묵이 그를 짓눌렀다. 이곳에는 부산스러움도, 떠드는 소리도, 빠르게 오가는 발걸음도 없었다. 자주색 카펫이 깔린 복도마다 '머플리아토' 주문이 걸려 있기라도 한 듯 고요했다.

'여기에 엄브리지의 사무실이 있는 게 틀림없어.' 해리는 생각했다.

엄브리지가 액세서리들을 사무실에 보관할 가능성은 굉장히 낮아 보였지만, 한편으로 사무실을 뒤져서 확인해 보지 않는 것은 멍청한 짓이었다. 그래서 그는 다시 복도를 걷기 시작했고, 얼굴을 찌푸린 남자 마법사를 제외하면 누구하고도 마주치지 않았다. 그 남자는 눈앞에 둥둥 뜬 채 양피지에 뭔가를 휘갈겨 쓰고 있는 깃펜을 향해 지시 사항을 중얼거리고 있었다.

해리는 이제 문에 적힌 이름들에 관심을 기울이면서 모

퉁이를 돌았다. 다음 복도를 걸어가다 보니 널찍하게 탁
트인 공간이 나왔다. 그곳에는 열두 명의 마법사가 반짝
반짝 윤이 나고 낙서가 없다는 점만 빼면 학교 책상과 별
반 다르지 않은 작은 책상들에 줄지어 앉아 있었다. 그 광
경에 주의가 끌린 해리는 잠시 걸음을 멈추고 그들을 지켜
보았다. 그들은 하나같이 지팡이를 휘젓거나 빙빙 돌리고
있었고, 네모난 색종이들이 조그만 분홍색 연처럼 사방을
날아다니고 있었다. 잠시 후 해리는 이 과정이 규칙적으로
반복되고 종이들이 전부 같은 형식으로 만들어지고 있다
는 사실을 깨달았다. 시간이 조금 더 지나자 그는 자기가
지켜보고 있는 것이 팸플릿 제작 과정이며, 네모난 종이가
팸플릿의 페이지들이라는 것을 깨달았다. 종이들은 한곳
에 모이더니 접히고 마법으로 제본되어 마법사들 각자의
옆에 차곡차곡 쌓였다.

　직원들이 작업에 깊이 몰두해 있어서 카펫 위를 걷는 소
리 죽인 발소리를 알아챌 것 같지도 않았지만, 해리는 살
금살금 다가가 한 젊은 여자 마법사 옆에 쌓인 팸플릿 더
미에서 한 부를 슬쩍 빼냈다. 그는 투명 망토 아래서 그 팸
플릿을 살펴보았다. 분홍색 표지에 황금색으로 글씨가 새
겨져 있었다.

머드블러드
평화로운 순수 혈통 사회에
위험을 가하다

제목 밑에는 빨간 장미 그림이 있었다. 꽃잎 한가운데 그려진 웬 바보같이 웃는 얼굴이 송곳니 달린 매서운 눈초리의 녹색 잡초들에게 목이 졸리는 그림이었다. 팸플릿 작성자의 이름은 적혀 있지 않았지만 해리는 그걸 보고 있자니 오른쪽 손등에 있는 흉터가 욱신거리는 기분이 들었다. 그때 옆에 있던 젊은 여자 마법사가 해리의 의구심을 확인해 주었다. 그녀는 계속 지팡이를 휘두르고 빙빙 돌리면서 말했다. "그 할망구, 오늘 하루 종일 머드블러드들을 취조할까? 아시는 분?"

"조심해요." 그녀 옆의 남자 마법사가 초조하게 주위를 힐끔거리며 말했다. 그의 팸플릿 페이지 한 장이 미끄러져서 바닥에 떨어졌다.

"왜요, 이젠 마법의 눈도 모자라 귀까지 갖게 됐대요?"

여자 마법사는 팸플릿 제작자들로 가득한 공간을 마주하고 있는, 번쩍거리는 마호가니 문을 힐끗 바라보았다. 해리도 그곳으로 시선을 돌렸다. 그의 속에서 분노가 뱀처럼 꼿꼿이 고개를 쳐들었다. 머글 집 현관문이라면 바깥을 내다보는 작은 구멍이 있을 만한 곳에 밝은 파란색 눈동자를 가진 크고 동그란 눈알이 박혀 있었던 것이다. 앨러스터 무디를 알았던 사람이라면 누구라도 충격을 받을 만큼 익숙한 눈이.

찰나의 순간 해리는 여기가 어디인지, 자기가 무엇을 하고 있었는지 잊어버렸다. 그 자신이 보이지 않는다는 것조차 잊었다. 그는 문으로 곧장 성큼성큼 다가가 그 눈을 살펴보았다. 눈은 움직이지 않았다. 멀어 버린 것처럼 꼼짝 않고 위쪽을 응시할 뿐이었다. 그 아래 붙은 명패에는 이렇게 적혀 있었다.

덜로리스 엄브리지
마법 정부 총리 비서실장

그 밑에는 조금 더 반짝거리는 새 명패가 있었다.

머글 태생 등록 위원회 위원장

해리는 열두 명의 팸플릿 제작자들을 돌아보았다. 아무

리 작업에 골몰해 있다 한들 눈앞에서 텅 빈 사무실 문이 열리는데 그 사실을 눈치 못 챌 것 같지는 않았다. 해리는 안주머니에서 고무로 된 전구 모양 몸통에 흐느적거리는 작은 다리들이 달린 이상한 물건을 꺼냈다. 그는 투명 망토 아래서 몸을 웅크리고 미끼 나팔을 바닥에 내려놓았다.

미끼 나팔은 곧바로 해리 앞에 있는 마법사들의 다리 사이로 종종걸음 쳐 갔다. 해리는 문손잡이에 손을 올려놓고 기다렸다. 잠시 후 큰 폭발음이 나더니 한구석에서 매캐한 검은 연기가 피어올랐다. 앞줄에 있는 젊은 여자 마법사가 소리를 질렀다. 그녀와 동료들이 벌떡 일어나 소란의 근원지를 찾아 주위를 둘러보는 가운데 분홍색 종이들이 사방으로 날렸다. 해리는 문손잡이를 돌리고 재빨리 엄브리지의 사무실로 들어가 문을 닫았다.

마치 시간을 거슬러 온 것 같은 기분이었다. 그 방은 호그와트에 있었던 엄브리지의 연구실과 너무나 똑같은 모습을 하고 있었다. 레이스 휘장과 덮개, 말린 꽃 들이 방 안 곳곳을 뒤덮고 있었다. 벽에는 그때와 똑같은 장식용 접시들이 걸려 있었는데, 접시들마다 선명한 색깔의 새끼 고양이들이 머리에 리본을 달고 구역질 날 만큼 귀여운 척 까불거리며 뛰어다니고 있었다. 책상은 주름 장식이 달린 꽃무늬 천으로 덮여 있었다. 매드아이의 눈 뒤에는 망원경이 장착되어, 엄브리지가 문 너머의 직원들을 염탐할 수 있게 되어 있었다. 그 장치를 들여다보니 직원들 모두가 여전히 미끼 나팔 주위에 모여 있는 모습이 보였다. 해리는 문에서 망원경을 비틀어 빼내고 드러난 구멍에서 마법 눈알을 꺼내 주머니에 넣었다. 그런 다음 다시 방 쪽으로 돌아서서 마법 지팡이를 들어 올리고 중얼거렸다. "*아씨오 로켓.*"

아무 일도 일어나지 않았다. 해리도 무슨 일이 일어날 거라 기대한 건 아니었다. 엄브리지는 틀림없이 보호 마법이나 주문에 대해 아주 잘 알고 있을 것이다. 해리는 다급히 그녀의 책상 뒤로 가서 서랍들을 열어 보기 시작했다. 깃펜들과 노트들과 마법 테이프가 보였다. 마법에 걸린 클립들이 서랍 안에 뱀처럼 똬리를 틀고 있어 때려서 도로 서랍 안으로 들어가게 해야 하기도 했다. 레이스로 요란하게 장식된 조그만 상자에는 머리 리본과 핀이 가득 들어 있었다. 하지만 로켓은 흔적도 보이지 않았다.

해리는 책상 뒤에 있는 서류함을 뒤지기 시작했다. 호그와트에 있는 필치의 서류함처럼 그것은 저마다 이름이 붙은 파일들로 가득했다. 맨 밑의 서랍에 이르러서야 그의 관심을 끌 만한 것이 나왔다. 위즐리 씨의 파일이었다.

그는 파일을 꺼내 펼쳐 보았다.

아서 위즐리

혈통 등급: 순수 혈통이지만 구제 불능의 친머글 성향임. 불사조 기사단 소속으로 알려져 있음.

가족 관계: 부인(순수 혈통), 일곱 자녀. 가장 어린 두 자녀는 호그와트 재학 중.

주의: 막내아들은 현재 심각한 질병으로 자택 거주 중. 정부 조사관들이 확인함.

보안 상태: 추적 중. 모든 움직임 감시 중.

위험인물 1호가 접촉해 올 가능성이 매우 높음(위험인물 1호는 예전에 위즐리 가족과 함께 지낸 적이 있음).

"위험인물 1호라." 해리는 위즐리 씨의 파일을 제자리에 넣고 서랍을 닫으면서 나직이 중얼거렸다. 그게 누구인지 알 것 같았다. 아니나 다를까, 허리를 펴고 물건을 숨겼을 만한 또 다른 장소를 찾아 사무실을 둘러보는데 벽에 붙은 자신의 포스터가 보였다. 가슴팍에는 **위험인물 1호**라는 문구가 박혀 있었다. 포스터 귀퉁이에는 새끼 고양이 그림이 들어간 작은 분홍색 쪽지 한 장이 붙어 있었다. 사무실을 가로질러 다가가서 그 쪽지를 읽던 해리는 엄브리지가 '처벌 필요'라고 적어 놓은 글씨를 보았다.

해리는 조금 전보다 더 분노가 솟구치는 것을 느끼며 계속해서 꽃병과 말린 꽃 바구니 바닥을 손으로 더듬어 보았다. 로켓은 없었지만 놀라운 일은 전혀 아니었다. 그는 사무실을 마지막으로 한 번 훑어보다가 심장이 멎는 듯한 기분을 느꼈다. 책상 옆 책꽂이에 기대 놓은 작은 직사각형 거울 안에서 덤블도어가 그를 뚫어지게 바라보고 있었던 것이다.

해리는 얼른 달려가서 그 거울을 집어 들었지만, 손이 닿는 순간 그것이 거울이 아니라는 사실을 알아차렸다. 덤블도어는 반질반질 윤이 나는 책 표지에서 아련한 미소를 짓고 있었다. 해리는 덤블도어의 모자 위에 구불구불한 녹색 글자로 인쇄된 '알버스 덤블도어의 삶과 사기들'이라는 제목도, 그보다 작은 글자로 그의 가슴팍을 가로지르며 박혀 있는 '베스트셀러《아만도 디핏: 천재인가 천치인가?》의 저자, 리타 스키터 지음'이라는 문구도 바로 알아보지 못했다.

책을 아무 데나 펼치자 10대 소년 둘이 서로의 어깨에 팔을 두르고 숨넘어갈 듯 웃어 대는 사진이 페이지를 꽉 채우고 있었다. 이때의 덤블도어는 팔꿈치까지 내려오는 긴 머리에 듬성듬성한 작은 턱수염을 기른 모습이었다. 그 수염을 보자 론의 비위를 건드렸던 크룸의 턱수염이 떠올랐다. 덤블도어 옆에서 소리 없는 웃음을 터뜨리고 있는 소년은 잔뜩 신이 나서 흥분한 표정이었다. 그의 곱슬곱슬한 금발이 어깨까지 내려와 있었다. 해리는 그 사람이 젊은 시절의 도지일지 궁금했다. 하지만 사진에 딸린 설명을 확인해 보기도 전에 사무실 문이 열렸다.

시크니스가 들어오면서 뒤를 돌아보지 않았더라면 해리에게는 투명 망토를 뒤집어쓸 시간조차 없었을 것이다. 시크니스는 해리가 방금 사라진 자리를 이상하다는 듯 바라보며 잠시 가만히 서 있었다. 그 모습에 해리는 그가 순간적으로 어떤 움직임을 본 것일지도 모른다고 생각했다. 해리가 재빨리 책을 책꽂이에 다시 올려놓았기에, 시크니스는 아마도 자기가 책 표지에서 코를 긁적이는 덤블도어를 봤을 뿐이라고 생각한 듯했다. 그는 결국 책상으로 걸어와 잉크병에 꽂혀 있던 깃펜을 마법 지팡이로 가리켰다. 깃펜이 튀어나와 엄브리지에게 보내는 쪽지를 휘갈겨 쓰기 시작했다. 해리는 감히 숨도 쉬지 못한 채 아주 천천히 뒷걸음질 쳐서 사무실 바깥의 탁 트인 공간으로 나왔다.

팸플릿 제작자들은 여전히 미끼 나팔 잔해를 둘러싸고 있었다. 미끼 나팔은 계속해서 희미한 경적 소리를 내며 연기를 뿜고 있었다. 해리가 복도를 따라 서둘러 걸어가는데 젊은 여자 마법사가 말했다. "실험 마법 위원회에서 여기까지 몰래 올라온 게 틀림없어요. 그 사람들 정말 부주의하다니까. 그때 그 독 있는 오리 기억나죠?"

해리는 빠르게 엘리베이터로 돌아가면서 몇 가지 선택을 검토해 보았다. 로켓이 정부에 있을 가능성은 결코 크지 않았고, 더구나 엄브리지가 사람들로 가득한 법정에 앉아 있는 마당에 그녀에게 마법을 걸어 로켓의 위치를 알아낼 수 있을 리도 없었다. 이제 그들이 가장 먼저 해야 할 일은 정체가 탄로 나기 전에 정부를 빠져나가 다른 날 다시 시도해 보는 것이었다. 무엇보다 론부터 찾아야 했다. 그런 다음 헤르미온느를 법정에서 빼내 올 방법을 함께 궁리할 수 있을 터였다.

해리가 있는 곳에 도착한 엘리베이터는 비어 있었다. 그곳으로 뛰어들어 간 해리는 엘리베이터가 내려가기 시작하자 투명 망토를 벗었다. 천만다행으로, 엘리베이터가 2층에서 덜컹 멈추자 쫄딱 젖은 채 눈을 휘둥그렇게 뜬 론이 탔다.

"아, 안녕하세요." 엘리베이터가 다시 출발하자 그가 해리에게 중얼거렸다.

"론, 나야, 해리!"

"해리! 젠장, 네가 어떻게 생겼었는지 까먹었어. 헤르미온느는 왜 같이 있지 않은 거야?"

"헤르미온느는 엄브리지랑 같이 법정으로 내려갈 수밖에 없었어. 거절할 수가 없는 상황이었거든. 그리고……."

하지만 해리가 말을 마치기도 전에 엘리베이터가 다시 멈췄다. 문이 열리더니 위즐리 씨가 한 나이 든 여자 마법사와 이야기를 나누며 엘리베이터에 올라탔다. 그 여자 마법사는 금발 머리를 어찌나 높이 올려 묶었는지 마치 개미탑처럼 보일 정도였다.

"……무슨 말씀이신지는 잘 알겠습니다, 와칸다. 하지만 유감스럽게도 저는 참여하기가……."

위즐리 씨는 해리를 보고 말을 멈췄다. 위즐리 씨가 그토록 혐오감을 담은 눈길로 그를 노려보다니 기분이 아주 이상했다. 엘리베이터 문이 닫히고 네 사람은 다시 한 번 아래층으로 덜컹거리며 내려갔다.

"이런, 안녕하세요, 레지." 위즐리 씨가 론의 로브에서 끊임없이 뭔가가 뚝뚝 떨어지는 소리를 듣고 돌아보며 말했다. "오늘 아내분이 심문을 받으시지 않나요? 어…… 무슨 일 있었어요? 왜 그렇게 젖었어요?"

"약슬리의 사무실에 비가 와서요." 론이 말했다. 그는 위즐리 씨의 어깨에 시선을 두고 있었다. 해리는 분명 론이 정면으로 눈을 마주치면 아버지가 자기를 알아보지 않을까 두려워하는 거라고 생각했다. "제가 멈추게 할 수 없었어요. 그래서 사람들이 저더러 버니를 데려오라고 했어요. 버니…… 필즈워스라고 했던가…….."

"네, 요즘 사무실 여기저기에서 비가 오고 있죠." 위즐리 씨가 말했다. "'메테올로징크스 레칸토'도 써 봤어요? 블레츨리 사무실에는 그게 통했는데요."

"메테올로징크스 레칸토?" 론이 중얼거렸다. "아뇨, 안 해 봤어요. 고마워요, 아버…… 아니, 고맙습니다, 아서."

엘리베이터 문이 열렸다. 개미탑 머리를 한 나이 든 여자 마법사가 내리자 론은 재빨리 그녀를 지나쳐 사라졌다. 해리는 그를 따라가려 했지만, 퍼시 위즐리가 서류에 코를 박은 채 성큼성큼 엘리베이터로 들어오는 바람에 가로막히고 말았다.

문이 철컹 소리를 내며 다시 닫히기 전까지 퍼시는 자기가 아버지와 함께 엘리베이터에 타고 있다는 사실을 깨닫지 못했다. 그는 힐끗 눈을 들어 위즐리 씨를 발견하고는 얼굴이 순무처럼 빨갛게 달아오르더니 문이 다시 열리는 순간 엘리베이터에서 내렸다. 해리는 다시 한 번 밖으로 나가려고 했지만, 이번에는 위즐리 씨의 팔에 가로막혔다.

"잠깐만, 런콘."

엘리베이터 문이 닫히고 아래층으로 덜커덩거리며 내려가기 시작하자 위즐리 씨가 말했다. "더크 크레스웰을 고발했다고 들었네."

해리는 위즐리 씨가 퍼시와 잠깐 마주치는 바람에 분노가 더 치솟았다는 느낌을 받았다. 해리는 아무것도 모르는 듯 구는 게 제일 낫겠다고 판단했다.

"뭐?" 그가 말했다.

"모르는 척하지 마, 런콘." 위즐리 씨가 사나운 말투로 내뱉었다. "가계도를 조작한 마법사를 추적하지 않았나?"

"난…… 근데 뭐 어쩌라고?" 해리가 말했다.

"더크 크레스웰은 자네보다 열 배는 더 마법사다운 마법사야." 엘리베이터가 계속 아래로 내려가는 동안 위즐리 씨가 조용히 말했다. "크레스웰이 아즈카반에서 살아남는다면, 자넨 그에게 해명해야 할 거야. 그의 아내와 아들들, 친구들은 말할 것도 없고……."

"아서." 해리가 그의 말을 끊었다. "자네한테 추적 마법이 걸려 있다는 거 아나?"

"위협하는 건가, 런콘?" 위즐리 씨가 큰 소리로 말했다.

"아니." 해리가 말했다. "이건 사실이야! 저들이 자네의 일거수일투족을 감시하고 있……."

엘리베이터 문이 열렸다. 그들은 중앙 홀에 도착해 있었다. 위즐리 씨는 해리에게 매서운 시선을 던지더니 엘리베이터에서 내렸다. 해리는 충격을 받은 채 그 자리에 멍하니 서 있었다. 런콘이 아닌 다른 사람으로 위장했다면 좋았을걸……. 엘리베이터 문이 철컹거리며 닫혔다.

해리는 투명 망토를 꺼내서 다시 뒤집어썼다. 론이 비내리는 사무실 건을 처리하는 동안 헤르미온느를 빼내 올 생각이었다. 문이 열리자 그는 횃불로 밝혀진 돌로 된 통로로 걸음을 내디뎠다. 그곳은 나무 패널로 장식되고 카펫이 깔린 위층과는 분위기가 사뭇 달랐다. 엘리베이터가 다시 덜컹거리며 가 버리자 해리는 저 멀리 미스터리부 입구를 알려 주는 검은 문을 보며 몸이 살짝 떨리는 것을 느꼈다.

그는 걷기 시작했다. 목적지는 검은 문이 아닌, 그가 기억하기에 왼쪽에 있었던 문이었다. 그 문을 열고 계단을 내려가면 법정으로 갈 수 있었다. 해리는 살금살금 계단을 내려가면서 머릿속으로 여러 가능성을 두고 씨름했다. 미끼 나팔 두어 개가 아직 남아 있었지만 런콘인 척 그냥 법정 문을 두드리고 들어가 마팔다와 잠깐 이야기 좀 나누겠다고 말하는 게 나을 수도 있었다. 물론 그는 런콘이 그런 행동을 해도 될 만큼 중요한 인물인지 알지 못했고, 설령 그 일을 해낸다고 하더라도 헤르미온느가 법정에 다시 나타나지 않으면 정부를 빠져나가기 전에 수색이 시작될 수도 있었다…….

그는 생각에 빠진 나머지, 마치 안개 속으로 걸어 들어가는 것처럼 몸을 휘감는 부자연스러운 냉기를 즉시 알아차리지 못했다. 한 걸음 내디딜 때마다 더욱 차가워진 냉기가 목구멍 깊은 곳까지 들어가 폐를 찢는 듯했다. 다음 순간 그는 은근히 스며드는 절망감과 좌절감이 그의 안을 가득 채우며 부풀어 오르는 것을 느꼈다…….

'디멘터다.' 그는 생각했다.

계단을 다 내려와서 오른쪽을 돌아보니 끔찍한 광경이 눈에 들어왔다. 법정 바깥의 어두운 통로는 검은 후드를 뒤집어쓴 키가 큰 형체들로 가득했다. 그들의 얼굴은 완전히 감춰져 있었고, 이곳에서 들리는 소리라고는 놈들의 거친 숨소리뿐이었다. 심문에 소환되어 잔뜩 겁에 질린 머글 태생들이 딱딱한 나무 의자 위에 바짝 움츠린 채 모여 앉아 떨고 있었다. 대부분은 두 손에 얼굴을 묻고 있었는데, 아마도 디멘터의 탐욕스러운 입에서 자신을 보호하려는 본능적인 시도였을 것이다. 가족과 함께인 사람들도 있었고, 혼자 앉아 있는 사람들도 있었다. 디멘터들이 그런 그들 앞을 미끄러지듯 왔다 갔다 하고 있었다. 그곳의 냉기와 좌절감, 절망감이 저주처럼 해리를 내리눌렀다…….

'맞서 싸워.' 해리는 스스로를 독려했지만 정체를 드러내지 않고 이곳에 패트로누스를 불러낼 방법은 없다는 것을 알았다. 그래서 그는 되도록 조용히 앞으로 나아갔다. 한 발을 내디딜 때마다 마비되는 듯한 느낌이 머릿속을 잠식하는 것 같았지만 그의 도움이 필요한 두 사람, 헤르미온느와 론을 애써 떠올렸다.

우뚝 솟은 검은 형상들 사이를 지나가는 건 너무나 끔찍한 일이었다. 그가 지나가자 후드로 가려진 눈 없는 얼굴들이 고개를 돌렸다. 해리는 그들이 그의 존재를 느꼈다고 확신했다. 어쩌면 그들은 아직 약간의 희망과 저항력을 지니고 있는 사람의 존재를 느낀 게 틀림없었다…….

그때, 얼어붙은 침묵 속에서 복도 왼쪽의 지하 감옥 문 하나가 깜짝 놀랄 정도로 벌컥 열리더니 비명이 울려 퍼졌다.

"아니에요, 아니에요, 저는 혼혈이에요. 혼혈이라고요. 확실해요! 우리 아버지가 마법사였어요. 정말이에요, 찾아보세요. 아키 올더턴요. 유명한 빗자루 디자이너였어요. 그분을 찾아보세요. 정말이에요…… 이거 놔, 손 치우라고……."

"이게 마지막 경고입니다." 엄브리지의 나긋나긋한 목소리가 마법으로 확대되어 남자의 처절한 비명을 누르고 또렷하게 들렸다. "저항하면 디멘터의 입맞춤을 받게 될 겁니다."

남자의 비명 소리가 잦아들었지만, 목메어 흐느끼는 소리는 복도에 메아리쳤다.

"데려가세요." 엄브리지가 말했다.

디멘터 둘이 법정 문 앞에 나타났다. 그들은 썩어 가는 딱지투성이 손으로 의식을 잃어 가는 것처럼 보이는 남자 마법사의 팔을 양옆에서 붙잡고 있었다. 그들은 마법사를 끌고 복도를 따라 미끄러지듯 멀어져 갔다. 뒤에 남은 어둠이 그의 모습을 보이지 않게 집어삼켜 버렸다.

"다음, 메리 캐터몰." 엄브리지가 소리쳤다.

자그마한 여자가 일어섰다. 그녀는 머리끝부터 발끝까지 부들부들 떨고 있었다. 검은 머리카락을 매끄럽게 뒤로 넘겨 말아 올린 그녀는 무늬 없는 긴 로브 차림에 핏기가 전혀 없는 얼굴을 하고 있었다. 해리는 그녀가 덜덜 떨면서 디멘터를 지나쳐 가는 모습을 보았다.

그는 충동적으로, 아무런 계획도 없이 행동을 옮겼다. 그녀가 홀로 지하 감옥에 들어가는 모습을 두고 볼 수가 없었던 것이다. 문이 닫히려는 순간, 그는 그녀를 따라 법정 안으로 쓱 들어갔다.

그곳은 그가 한때 마법 부당 사용으로 심문을 받았던 곳과는 다른 법정이었다. 천장은 마찬가지로 높았지만 크기는 훨씬 작았다. 그 때문인지 깊은 우물 밑바닥에 처박혀 있는 듯 밀실 공포증이 밀려왔다.

안에는 더 많은 수의 디멘터가 얼어붙을 듯한 기운을 사방에 내뿜고 있었다. 놈들은 높이 솟은 연단에서 가장 멀리 떨어진 구석에 얼굴 없는 보초병처럼 서 있었다. 난간 뒤에는 엄브리지가 한쪽에는 약슬리를, 다른 한쪽에는 캐터몰 부인처럼 얼굴이 하얗게 질린 헤르미온느를 거느리고 앉아 있었다. 연단 아래쪽에서 밝은 은빛의 긴 털을 가진 고양이 한 마리가 이쪽저쪽으로 계속 어슬렁거렸다. 해리는 그 고양이가 디멘터들이 내뿜는 절망으로부터 심판관들을 보호하기 위해 이곳에 있다는 것을 알아차렸다. 절

망이란 심판을 당하는 사람들이 느껴야 하는 것이지, 심판
하는 사람들이 느낄 것이 아니었으니까.

"앉으세요." 엄브리지가 간드러진 목소리로 조용히 말했
다.

캐터몰 부인은 비틀거리며 높은 연단 아래 바닥 한가운
데에 놓여 있는 단 하나의 의자로 향했다. 그녀가 자리에
앉자마자 의자 팔걸이에서 쇠사슬들이 철컹거리며 튀어나
와 그녀를 붙들어 맸다.

"당신이 메리 엘리자베스 캐터몰입니까?" 엄브리지가
물었다.

캐터몰 부인은 떨면서 고개를 한 번 끄덕였다.

"마법 관리부의 레지널드 캐터몰과 결혼한 사이지요?"

캐터몰 부인이 울음을 터뜨렸다.

"어디 갔는지 모르겠어요. 여기에서 저와 만나기로 했는
데!"

엄브리지는 그녀의 말을 못 들은 척했다.

"메이지, 엘리, 앨프리드 캐터몰의 어머니고요?"

캐터몰 부인은 조금 전보다도 더욱 심하게 흐느꼈다.

"아이들은 겁에 질려 있어요. 제가 집에 못 돌아올 수도
있다고 생각……."

"그만 좀 하지." 약슬리가 내뱉었다. "머드블러드의 애새끼들한테는 동정심도 들지 않으니까."

캐터몰 부인의 흐느낌이, 높은 연단으로 이어지는 계단을 향해 살금살금 걸어가는 해리의 발소리를 감춰 주었다. 해리는 패트로누스 고양이가 돌아다니는 곳을 지나는 순간 기온이 달라지는 것을 느꼈다. 그곳은 따뜻하고 편안했다. 패트로누스는 엄브리지의 것이 분명했다. 엄브리지에게는 자신의 본성에 들어맞는 이곳에서 본인이 직접 초안에 참여한 뒤틀린 법들을 집행하는 것이 매우 행복한 일이었기에 패트로누스는 밝게 빛나고 있었다. 해리는 천천히, 아주 조심스럽게 엄브리지와 약슬리와 헤르미온느의 등 뒤로 연단을 돌아가 헤르미온느 뒤에 있는 의자에 앉았다. 헤르미온느가 깜짝 놀라지는 않을까 걱정됐다. 엄브리지와 약슬리에게 '머플리아토' 마법을 거는 방법도 생각해 봤지만, 그 주문을 중얼거리는 소리만으로도 헤르미온느를 놀라게 할 수 있었다. 잠시 후 엄브리지가 목소리를 높여 캐터몰 부인에게 말을 거는 틈을 타 해리는 기회를 잡았다.

"나 네 뒤에 있어." 그가 헤르미온느의 귀에 속삭였다.

예상했던 그대로 헤르미온느는 깜짝 놀라는 바람에 심

문을 기록할 때 쓰는 잉크병을 엎을 뻔했지만, 엄브리지와 약슬리 둘 다 캐터몰 부인에게 집중하고 있었기에 그것을 눈치채지 못했다.

"오늘 당신은 정부에 도착하자마자 마법 지팡이를 압수당했습니다, 캐터몰 부인." 엄브리지가 말했다. "22센티미터, 체리나무, 유니콘 털 심지죠. 이 설명이 맞나요?"

캐터몰 부인은 소매로 눈물을 훔치며 고개를 끄덕였다.

"어떤 마법사에게서 이 마법 지팡이를 빼앗았는지 우리에게 말해 주겠어요?"

"빼, 빼앗았다고요?" 캐터몰 부인이 훌쩍거렸다. "아무…… 아무한테서도 빼앗지 않았어요. 제가 여, 열한 살 때 산 거예요. 그, 그, 그 지팡이가 저를 선택했어요."

그녀는 더욱 심하게 흐느꼈다.

엄브리지가 부드럽고 소녀 같은 웃음을 터뜨리자 해리는 그녀를 공격하고 싶은 충동을 느꼈다. 그녀가 자신의 희생양을 더 잘 살펴보려고 난간 너머로 몸을 기울였을 때, 웬 금색 물체가 휙 튀어나오더니 그녀의 목에 매달린 채 공중에서 대롱거렸다. 그 로켓이었다.

헤르미온느도 그것을 보았다. 그녀가 작은 비명을 내뱉었지만, 여전히 먹잇감에 몰두해 있는 엄브리지와 약슬리에게는 다른 소리가 들리지 않는 것 같았다.

"아니죠." 엄브리지가 말했다. "아녜요, 제 생각은 다릅니다, 캐터몰 부인. 마법 지팡이는 오직 마법사만을 선택하거든요. 당신은 마법사가 아니에요. 발송된 질문지에 대한 당신의 답안이 여기 있어요. 마팔다, 그걸 이리 주세요."

엄브리지가 작은 손을 뻗었다. 그 모습이 얼마나 두꺼비 같았는지, 순간 해리는 그 뭉툭한 손가락 사이에 물갈퀴가 달려 있지 않은 것을 보고 조금 놀랐다. 헤르미온느의 두 손은 충격으로 덜덜 떨리고 있었다. 그녀는 옆에 있는 의자에 아슬아슬하게 쌓아 놓은 서류 더미를 뒤적거리다가 마침내 캐터몰 부인의 이름이 적혀 있는 양피지 뭉치를 꺼냈다.

"그, 그거 예쁘네요, 덜로리스." 헤르미온느는 엄브리지의 블라우스 주름 장식 부분에서 반짝거리는 로켓을 가리키며 말했다.

"뭐라고요?" 엄브리지가 아래를 힐끔 내려다보며 쏘아붙였다. "아, 이거요…… 오래된 가보죠." 그녀가 커다란 가슴에 놓여 있는 로켓을 쓰다듬으며 말했다. "'S'는 셀윈을 의미해요……. 저는 셀윈 가문이랑 친척이거든요……. 사실, 저와 친척 관계가 아닌 순수 혈통 가문은 몇 없답니다……. 안타까운 것은……." 그녀가 목소리를 높이더니 캐터몰 부인의 질문지를 훌훌 넘기며 말을 이었다. "당신에 대해서는 그렇게 말할 수 없다는 거지만요. 부모의 직업, 채소 장수."

약슬리가 조롱 섞인 웃음을 터뜨렸다. 밑에서는 털이 북슬북슬한 은색 고양이가 이리저리 돌아다녔고, 디멘터들은 구석에 서서 대기하고 있었다.

해리는 엄브리지의 거짓말을 듣자 피가 거꾸로 솟는 것만 같았다. 조심해야 한다는 것도 새까맣게 잊고 말았다. 좀도둑에게서 뇌물로 받은 로켓을 그녀 자신의 순수 혈통을 강조하기 위해 이용하고 있다니! 그는 굳이 투명 망토 아래에 감추려고도 하지 않고 마법 지팡이를 들어 올리며 외쳤다. "스튜페파이!"

붉은빛이 번뜩였다. 엄브리지가 고꾸라지면서 난간 모서리에 이마를 박았다. 캐터몰 부인의 서류들이 그녀의 무릎에서 바닥으로 떨어졌고, 밑에서 어슬렁거리던 은빛 고양이도 사라졌다. 얼음장처럼 차가운 공기가 바람처럼 그들을 후려쳤다. 영문을 알 리 없는 약슬리는 이 사태의 원인을 찾아 주위를 두리번거리다가, 몸체 없는 해리의 손과 그 자신을 겨누고 있는 마법 지팡이를 발견했다. 그가 마법 지팡이를 꺼내려 했지만 너무 늦었다.

"스튜페파이!"

약슬리는 바닥으로 미끄러져서 몸을 말고 쓰러졌다.

"해리!"

"헤르미온느, 내가 여기 가만히 앉아서 저 여자가 거짓말을 하게 놔둘 줄 알았다면……."

"해리, 캐터몰 부인이!"

해리는 투명 망토를 벗으며 홱 돌아섰다. 저 아래에서, 구석에 있던 디멘터들이 의자에 쇠사슬로 묶여 있는 여자를 향해 스르르 다가가고 있었다. 패트로누스가 사라졌기 때문인지, 자신들의 주인이 통제력을 잃은 걸 느꼈기 때문인지 자제력을 잃어버린 듯했다. 끈적끈적한 딱지투성이 손이 턱을 잡고 얼굴을 억지로 뒤로 젖히자 캐터몰 부인은 겁에 질려 끔찍한 비명을 내뱉었다.

"엑스펙토 패트로눔!"

해리의 지팡이 끝에서 은색 수사슴이 튀어나와 디멘터들에게 달려들었다. 디멘터들은 뒤로 물러나 다시 어두운 그림자 속에 녹아들었다. 수사슴이 법정 안을 계속해서 빙빙 돌자 고양이의 보호막보다 훨씬 강력하고 따뜻한 빛이 방을 가득 채웠다.

"호크룩스 챙겨." 해리가 헤르미온느에게 말했다.

그는 계단을 달려 내려가 투명 망토를 가방에 쑤셔 넣고 캐터몰 부인에게 다가갔다.

"당신이?" 그녀는 해리의 얼굴을 바라보며 속삭였다. "하지만…… 하지만 레지는 내 이름을 심문 대상으로 제출한 사람이 바로 당신이라고 했는데!"

"제가요?" 해리는 그녀의 팔을 묶고 있는 쇠사슬을 잡아당기며 웅얼거렸다. "뭐, 마음이 바뀌어서요. *디핀도!*" 아무 일도 일어나지 않았다. "헤르미온느, 이 쇠사슬 어떻게 없애?"

"잠깐만, 나도 이쪽에서 뭘 좀 하고 있어……."

"헤르미온느, 우리 디멘터들에게 둘러싸여 있단 말이야!"

"나도 알아, 해리. 하지만 저 여자가 깨서 로켓이 없어진 걸 알면……. 복제품을 만들어야 해……. *제미니오!* 자…… 이거면 속을 거야……."

헤르미온느가 연단에서 달려 내려왔다.

"어디 봐…… *릴라시오!*"

쇠사슬이 철컹거리며 의자 팔걸이 안으로 도로 들어갔다. 캐터몰 부인은 조금 전보다 더욱 겁에 질린 표정이었다.

"도대체 무슨 영문인지 모르겠네요." 그녀가 속삭였다.

"우리랑 같이 여기서 나가게 되실 거예요." 해리가 그녀를 일으켜 세우며 말했다. "집으로 가서 아이들을 데리고 도망치세요. 이 나라를 떠나세요. 변장하고 도망치시라고 요. 무슨 일이 일어나는지 보셨잖아요. 여기서는 공정한 재판 같은 건 받을 수 없어요."

"해리." 헤르미온느가 말했다. "문밖에 디멘터들이 저렇게 많은데 어떻게 나가지?"

"패트로누스." 해리가 자신의 패트로누스를 지팡이로 가리키며 말했다. 여전히 밝게 빛나는 수사슴이 걸음을 멈추더니 문이 있는 쪽으로 향했다. "되도록 많이 불러내야지. 네 것도 불러, 헤르미온느."

"엑스펙…… 엑스펙토 패트로눔." 헤르미온느가 말했다. 아무 일도 일어나지 않았다.

"저 애가 어려워하는 유일한 주문이에요." 해리가 어안이 벙벙해진 캐터몰 부인에게 말했다. "솔직히 지금 상황에서는 좀 안타까운 일이죠……. 얼른, 헤르미온느……."

"엑스펙토 패트로눔!"

헤르미온느의 마법 지팡이 끝에서 은빛 수달이 튀어나와 우아하게 공중을 유영하더니 수사슴에게 가세했다.

"가자." 해리가 말했다. 그는 헤르미온느와 캐터몰 부인을 문으로 이끌었다.

패트로누스들이 지하 감옥 법정에서 미끄러져 나오자, 밖에서 기다리던 사람들이 놀라서 비명을 내뱉었다. 해리는 주위를 둘러보았다. 디멘터들이 양옆으로 물러나더니, 은색 동물들 앞에서 뿔뿔이 흩어져 어둠 속으로 사라져 갔다.

"여러분 모두 집으로 돌아가서 가족들과 함께 숨어 지내야 한다는 결정이 내려졌습니다." 해리는 밖에서 기다리고 있던 머글 태생들에게 말했다. 그들은 패트로누스의 빛에 눈부셔 하면서 여전히 몸을 움츠리고 있었다. "가능하면 외국으로 떠나세요. 그냥 정부에서 아주 멀리 도망치세요. 그게…… 어…… 새로운 공식 입장입니다. 자, 저 패트로누스만 따라가면 중앙 홀을 통해 밖으로 나갈 수 있을 거예요."

그들은 돌계단을 다 오를 때까지 아무런 방해도 받지 않았지만, 엘리베이터가 가까워지자 해리는 슬슬 걱정되기 시작했다. 만약 그들이 옆을 떠다니는 은색 수사슴, 수달과 함께, 절반은 머글 태생으로 고발당한 스무 명가량의 사람들과 함께 중앙 홀에 나타난다면 원치 않는 관심을 끌게 될 것이 너무나 뻔했다. 이런 달갑지 않은 결론에 막 이르렀을 때 눈앞에서 엘리베이터가 철컹거리며 멈춰 섰다.

"레지!" 캐터몰 부인이 소리치며 론의 품으로 뛰어들었다. "런콘이 나를 빼내 줬어. 엄브리지와 약슬리를 공격하고 우리 모두에게 이 나라를 떠나라고 했어. 그렇게 하는 게 좋을 것 같아, 레지. 정말이야. 빨리 집으로 돌아가서 아이들을 데리고…… 당신 왜 이렇게 젖었어?"

"물 때문에요." 론이 포옹을 풀면서 웅얼거렸다. "해리, 놈들이 정부에 누가 침입했다는 걸 알고 있어. 엄브리지 사무실 문에 난 구멍이 어쩌고 하던데. 내 생각엔 5분 정도가……."

헤르미온느가 겁에 질린 얼굴로 해리를 돌아보자 그녀의 패트로누스가 '펑' 하고 사라졌다.

"해리, 우리 갇혔어!"

"빨리 움직이면 빠져나갈 수 있어." 해리가 말했다. 그는 등 뒤에서 얼빠진 듯 아무 말 없이 그를 바라보는 사람들을 향해 물었다.

"마법 지팡이 갖고 계신 분?"

절반 정도가 손을 들었다.

"알겠어요, 지팡이가 없는 분들은 모두 지팡이를 가진 사람 옆에 딱 붙어 계세요. 신속하게 움직여야 할 거예요. 놈들이 우릴 막기 전에요. 가요."

그들은 엘리베이터 두 대에 끼어 탔다. 해리의 패트로누스가 철창이 닫힐 때까지 그 앞에 보초병처럼 서 있었다. 엘리베이터가 올라가기 시작했다.

"8층." 여자 마법사의 냉랭한 목소리가 말했다. "중앙 홀입니다."

해리는 곤경에 처했다는 사실을 즉시 알아차렸다. 중앙 홀은 이쪽저쪽으로 움직이며 벽난로를 봉쇄하는 사람들로 가득했다.

"해리!" 헤르미온느가 새된 소리로 비명을 질렀다. "우리 어떻게 해······?"

"그만!" 해리가 버럭 소리치자 런콘의 박력 있는 목소리가 중앙 홀에 울려 퍼졌다. 벽난로를 봉쇄하던 마법사들이 그 자리에 우뚝 멈춰 섰다. "따라오세요." 해리는 겁에 질린 머글 태생들에게 속삭였다. 사람들은 론과 헤르미온느가 이끄는 대로 무리를 지어 앞으로 나왔다.

"무슨 일이에요, 앨버트?" 출근할 때 해리의 뒤를 이어 벽난로에서 나왔던 머리가 벗어진 마법사가 말했다. 그는 초조한 표정이었다.

"출구를 봉쇄하기 전에 이 사람들을 내보내야 한다." 해리가 할 수 있는 한 권위적인 말투로 내뱉었다.

눈앞에 있는 마법사들이 서로 시선을 주고받았다.

"우리가 받은 명령은 모든 출입구를 봉쇄하고 단 한 명
도……."

"*내 말을 반박하는 건가?*" 해리가 엄포를 놓았다. "네놈
의 가계도도 한번 조사해 볼까? 내가 더크 크레스웰한테
한 것처럼 말이야."

"죄송합니다!" 머리 벗어진 마법사가 헉하며 뒤로 물러났
다. "그런 뜻은 아니었어요, 앨버트. 하지만 제 생각에……
제 생각에 저 사람들은 심문을 받으러 온 거니까……."

"이 사람들은 순수 혈통이다." 해리가 말했다. 그의 굵직
한 목소리가 중앙 홀에 위엄 있게 울려 퍼졌다. "감히 말하
건대, 너희 대부분보다 더 순수해. 가시오." 그는 머글 태
생들을 향해 쩌렁쩌렁한 목소리로 말했다. 그들은 허둥지
둥 벽난로로 들어가 짝을 지어 사라지기 시작했다. 정부
마법사들은 어리둥절하거나 두려워하거나 화난 표정을 지
으며 머뭇거릴 뿐이었다. 그때……

"메리!"

캐터몰 부인이 어깨 너머를 돌아보았다. 진짜 레지 캐터
몰이, 더 이상 구토를 하지는 않지만 하얗게 질리고 힘없
는 기색으로 막 엘리베이터에서 뛰어나오고 있었다.

"레, 레지?"

그녀는 남편에게서 론에게로 시선을 돌렸다. 론이 큰 소리로 욕설을 내뱉었다.

대머리 마법사가 입을 쩍 벌렸다. 그의 고개가 이쪽에 있는 레지 캐터몰에게서 저쪽에 있는 레지 캐터몰에게로 멍청하게 돌아갔다.

"잠깐…… 무슨 일이야? 이게 무슨 일이냐고?"

"출구를 봉쇄해! **봉쇄하라고!**"

얀슬리가 또 다른 엘리베이터에서 뛰어나와 벽난로 앞에 서 있는 사람들 쪽으로 달려왔다. 캐터몰 부인을 제외한 머글 태생들은 모두 벽난로 속으로 사라진 뒤였다. 대머리 마법사가 지팡이를 들어 올리는 순간 해리는 거대한 주먹을 들어 그를 후려쳤다. 그는 공중으로 붕 날아갔다.

"저자가 머글 태생들의 탈출을 돕고 있었습니다, 얀슬리!" 해리가 소리쳤다.

대머리 마법사의 동료들이 소동을 일으켰다. 론은 그 틈을 타서 캐터몰 부인을 붙잡고 아직 열려 있는 벽난로 속으로 끌고 들어가 사라졌다. 혼란스러워진 얀슬리는 해리의 주먹에 얻어맞은 마법사에게로 시선을 돌렸다. 그사이 진짜 레지 캐터몰이 소리를 질렀다. "내 아내! 내 아내를 데려간 저자는 누구야? 대체 무슨 일이 벌어진 거야?"

해리는 이쪽으로 고개를 돌리는 약슬리를 보고 그 짐승 같은 얼굴에 진실을 눈치챈 기색이 떠오르는 것을 알아차렸다.

"빨리!" 해리가 헤르미온느에게 소리쳤다. 그가 그녀의 손을 잡고 벽난로 안으로 뛰어드는 순간, 약슬리의 저주가 해리의 머리 위를 지나갔다. 그들은 몇 초 동안 빙글빙글 돈 끝에 변기에서 나와 칸막이 바닥을 디뎠다. 해리는 문을 벌컥 열었다. 론이 세면대 앞에 서서 여전히 캐터몰 부인과 씨름하고 있었다.

"레지, 대체 무슨 일……."

"놔줘요, 전 아줌마 남편이 아니라니까요. 아줌만 빨리 집에 가셔야 해요!"

그들 뒤에 있는 칸막이에서 소음이 들렸다. 해리는 뒤를 돌아보았다. 약슬리가 막 모습을 드러냈다.

"**가자!**" 해리가 소리쳤다. 그는 헤르미온느의 손과 론의 팔을 잡고 제자리에서 빙글 돌았다.

압박붕대로 몸이 짓눌리는 느낌과 함께 어둠이 그들을 집어삼켰지만 뭔가 이상했다……. 헤르미온느의 손이 그의 손아귀에서 스르르 빠져나간 듯했다…….

해리는 질식할 것 같은 느낌을 받았다. 숨을 쉴 수도, 앞을 볼 수도 없었다. 이 세상에서 실체를 가진 건 오직 론의 팔과 헤르미온느의 손가락뿐이었지만 그것들 역시 그의 손에서 천천히 빠져나가고 있었다…….

다음 순간, 뱀 모양 문손잡이가 달린 그리몰드가 12번지의 문이 보였다. 하지만 숨을 들이쉬기도 전에 비명 소리가 들리더니 자주색 빛이 번쩍였다. 헤르미온느의 손이 갑자기 그의 손을 꽉 움켜쥐었고 또다시 모든 것이 어두워졌다.

14장

도둑

해리는 눈을 떴다. 황금색과 초록색 빛에 눈이 부셨다.
무슨 일이 일어났는지 도무지 알 수가 없었다. 그가 아는
것이라고는 나뭇잎과 잔가지처럼 보이는 것들 위에 누워
있다는 사실뿐이었다. 납작 찌부러진 듯한 폐로 숨을 들이
마시려고 애쓰며 눈을 깜빡이던 그는 그 요란하게 환한 빛
이 머리 위 높은 곳에 드리워진 나뭇잎 사이로 쏟아져 들
어온 햇빛이라는 것을 깨달았다. 그때 얼굴 가까이에서 뭔
가가 움찔거렸다. 해리는 작고 사나운 동물을 보게 될 거
라 짐작하며 두 손과 무릎으로 땅을 짚고 일어났다. 하지
만 알고 보니 그것은 론의 발이었다. 주위를 둘러본 해리
는 그들과 헤르미온느가 숲 바닥에 누워 있다는 사실을 알

아차렸다. 이곳에는 그들 세 사람뿐인 듯했다.

처음에 해리는 자신들이 금지된 숲에 온 거라고 생각했다. 호그와트 교정에 모습을 드러내는 것이 얼마나 멍청하고 위험한 짓인지 알면서도, 몰래 나무 사이를 지나 해그리드의 오두막에 갈 생각을 하니 잠깐 동안 심장이 두근거렸다. 하지만 잠시 후 론의 나직한 신음을 듣고 그에게 기어가면서 해리는 이곳이 금지된 숲이 아니라는 사실을 깨달았다. 나무들이 훨씬 어려 보였고 나무들의 간격도 더 넓었으며 땅바닥도 더 깨끗했다.

그는 론의 머리맡에서 마찬가지로 땅바닥을 짚고 엎드려 있던 헤르미온느를 마주쳤다. 론을 본 순간, 해리의 머릿속에 있던 다른 걱정거리들은 어디론가 싹 사라져 버렸다. 론의 몸 왼쪽 전체가 피로 흠뻑 젖어 있었던 것이다. 허옇게 질려서 잿빛이 된 얼굴이 낙엽 깔린 땅바닥에서 더욱 두드러져 보였다. 폴리주스 마법약의 효과가 이제 다해 가고 있었다. 론은 캐터몰과 그 자신의 모습이 뒤섞인 상태였다. 얼굴에서 남아 있던 혈색이 빠져나가는 동시에 머리카락이 점점 빨개져 갔다.

"무슨 일이 있었던 거야?"

"분할된 거야." 헤르미온느가 말했다. 이미 그녀의 손가락은 피가 가장 축축하고 짙게 배어 있는 론의 소매 위를 바쁘게 움직이고 있었다.

해리는 겁에 질린 얼굴로, 그녀가 론의 셔츠를 찢는 모습을 지켜보았다. 그는 분할이 조금 우스운 일이라고 항상 생각해 왔다. 하지만 이건⋯⋯. 헤르미온느가 론의 팔꿈치 윗부분을 드러내자 해리는 속이 불쾌하게 울렁거리는 것을 느꼈다. 론의 위팔은 마치 칼로 깔끔하게 도려낸 것처럼 살점이 뭉텅이로 떨어져 나가 있었다.

"해리, 빨리. 내 가방을 보면 '꽃박하 진액'이라는 이름표가 붙은 작은 병이 있어."

"가방⋯⋯ 알았어."

해리는 헤르미온느가 내려섰던 곳으로 황급히 달려가 작은 구슬가방을 집어 들고 그 안에 손을 밀어 넣었다. 곧바로, 해리의 손에 닿는 물건들이 연달아 정체를 드러내기 시작했다. 가죽 장정이 된 책등, 털이 북슬북슬한 스웨터 소매, 신발 굽이 만져졌고⋯⋯

"빨리!"

그는 땅바닥에서 지팡이를 집어 들고 마법 가방 깊은 곳을 가리켰다.

"아씨오 꽃박하!"

가방 안에서 작은 갈색 병이 쌩 날아왔다. 그는 병을 잡아채서 다급히 헤르미온느와 론에게로 돌아갔다. 론의 눈은 이제 반쯤 감겨 있었고, 눈꺼풀 사이로 보이는 것이라고는 흰자위뿐이었다.

"기절했어." 헤르미온느가 말했다. 그녀의 얼굴도 하얗게 질려 있었다. 머리카락은 아직 군데군데 잿빛이었지만 더는 마팔다의 모습이 아니었다. "마개 좀 열어 줘, 해리. 난 손이 떨려서."

해리가 작은 병의 마개를 비틀어 열자, 헤르미온느는 병을 받아 피가 흐르는 상처에 마법약을 세 방울 떨어뜨렸다. 초록색 연기가 피어오르더니 연기가 가시자마자 출혈이 멈췄다. 이제 상처는 며칠은 지난 것처럼 보였다. 방금까지 살이 찢어져 벌어졌던 곳에 새살이 돋았다.

"와." 해리가 감탄을 내뱉었다.

"내가 마음 놓고 할 수 있는 일은 이것뿐이야." 헤르미온느가 떨리는 목소리로 말했다. "론을 완전히 낫게 해 줄 주문들도 있지만, 감히 써 볼 엄두가 안 나. 내가 잘못해서 더 다칠까 봐……. 이미 피를 너무 많이 흘렸어……."

"어쩌다가 다친 거야? 그러니까……." 해리는 생각을 정리하고, 방금 무슨 일이 일어났는지 제대로 이해해 보기 위해 고개를 흔들었다. "우리 왜 여기 있는 거야? 그리몰드가로 돌아가는 줄 알았는데!"

헤르미온느는 숨을 크게 들이마셨다. 그녀는 당장에라도 울음을 터뜨릴 것처럼 보였다.

"해리, 그곳으로는 돌아갈 수 없을 것 같아."

"그게 무슨……?"

"순간이동을 할 때 약슬리가 나를 붙잡았어. 너무 힘이 세서 도저히 떨쳐 낼 수가 없었어. 우리가 그리몰드가에 도착할 때까지도 그자가 나를 잡고 있었는데, 그때…… 내 생각엔 약슬리가 문을 본 것 같아. 그리고 우리가 그곳에 멈춘다고 생각하고 손에 힘을 푼 거야. 그때서야 그자를 떨쳐 낼 수 있었어. 그런 다음 내가 너희를 여기로 데려온 거야!"

"하지만 그럼, 약슬리는 어디 있는데? 잠깐만…… 그자가 그리몰드가에 있다는 말은 아니지? 거기에 들어갈 수는 없잖아?"

그녀가 고개를 젓자 두 눈에 고인 눈물이 반짝 빛났다.

"해리, 아마 들어갈 수 있을 거야. 내가, 내가 뿌리치기 마법을 써서 억지로 손을 놓게 만들긴 했지만 이미 그자를 피델리우스 마법의 보호막 안으로 끌어들인 다음이었으니까.

덤블도어 교수님이 돌아가신 뒤로는 우리가 비밀 수호자니까 내가 그자한테 비밀을 알려 준 셈이 된 거야. 안 그래?"

아니라고 해 봐야 소용없었다. 해리는 그녀의 말이 맞다고 확신했다. 그것은 심각한 타격이었다. 약슬리가 집 안으로 들어갈 수 있게 된 이상 그들에게는 돌아갈 방법이 없었다. 지금 이 순간에도 그자가 다른 죽음을 먹는 자들을 순간이동으로 그곳에 끌어들이고 있을지 몰랐다. 그곳은 우울하고 숨 막힐 듯한 공간이기는 해도 단 하나뿐인 안전한 피난처였다. 크리처의 기분이 훨씬 좋아지고 친절해진 지금은 유일하게 집다운 곳이기도 했다. 해리, 론, 헤르미온느가 결코 먹지 못할 스테이크앤키드니 파이를 바쁘게 만들고 있을 집요정을 떠올리자 음식과는 관계없는 어떤 안타까움이 해리의 가슴을 찔렀다.

"해리, 미안해. 정말 미안해!"

"바보 같은 소리 하지 마. 네 잘못이 아니잖아! 굳이 따지자면 내 잘못이야……."

해리는 주머니에 손을 넣어 매드아이의 눈을 꺼냈다. 헤르미온느가 기겁한 표정을 지으며 흠칫 놀랐다.

"엄브리지가 직원들을 감시하려고 이걸 자기 사무실 문에 박아 놨어. 거기 그냥 둘 수는 없었어……. 그래서 그자들이 침입자가 있다는 걸 알게 된 거야."

헤르미온느가 뭐라고 대꾸하기도 전에 론이 신음하며 눈을 떴다. 얼굴은 여전히 잿빛이었고 땀으로 번들거렸다.

"좀 어때?" 헤르미온느가 속삭였다.

"기분 더러워." 론이 다친 팔을 더듬어 보다가 움찔하며 쉰 목소리로 물었다. "여기가 어디야?"

"퀴디치 월드컵이 열렸던 숲속이야." 헤르미온느가 말했다. "세상과 동떨어지고 은밀한 곳으로 가길 바랐는데 여기가……."

"……처음으로 생각났겠지." 해리가 그녀 대신 말을 마치며 언뜻 보기에는 아무도 없는 공터를 쓱 둘러보았다. 지난번 헤르미온느가 처음으로 떠올린 장소로 순간이동했을 때 벌어진 일이 어쩔 수 없이 떠올랐다. 그때는 죽음을 먹는 자들이 얼마 지나지 않아 그들을 찾아냈다. 레질리먼시를 쓴 것이었을까? 볼드모트나 그자의 추종자들은 이번에도 헤르미온느가 그들을 어디로 데려왔는지 알고 있을까?

"이동해야 하지 않을까?" 론이 해리에게 물었다. 해리는 론의 표정을 보고 그 역시 같은 생각을 하고 있다는 것을 알았다.

"글쎄."

론은 여전히 창백한 얼굴로 식은땀을 흘리는 듯했다. 일어나 앉으려고도 하지 않는 걸 보니 그런 시도도 할 수 없을 만큼 약해진 것처럼 보였다. 론을 데리고 이동할 생각만으로도 벅찼다.

"지금 당장은 여기 있자." 해리가 말했다.

헤르미온느가 안심한 표정을 지으며 벌떡 일어났다.

"어디 가?" 론이 물었다.

"여기 머물 거라면 주위에 보호 마법을 걸어야지." 그녀는 대답하더니 마법 지팡이를 들고 주문을 중얼거리면서 해리와 론 주위로 커다란 원을 그리며 걷기 시작했다. 해리는 주변 공기가 파르르 떨리는 것을 보았다. 마치 헤르미온느가 이 공터에 뜨거운 아지랑이를 피워 올리고 있는 것만 같았다.

"살비오 헥시아…… 프로테고 토탈룸…… 레펠로 머글룸…… 머플리아토……. 텐트 좀 꺼내 줄래, 해리……."

"텐트?"

"가방에서!"

"무슨…… 아, 그래." 해리가 말했다.

이번에는 굳이 가방 안을 뒤적거리지 않고 다시 한 번

소환 마법을 썼다. 거친 캔버스 천과 밧줄과 폴대가 나타났다. 고양이 냄새 때문이었을까? 해리는 그 텐트가 퀴디치 월드컵 때 사용했던 것과 같은 텐트라는 것을 알아보았다.

"이건 정부에서 일하는 퍼킨스라는 사람 거 아니야?" 그가 텐트 말뚝을 풀기 시작하며 물었다.

"돌려받을 생각이 없었던 것 같아. 허리가 너무 아파서." 헤르미온느가 이제는 마법 지팡이로 복잡한 8자를 그리며 말했다. "그래서 론네 아빠가 빌려 가도 된다고 하셨어. *에렉토!*" 그녀는 이상한 모양의 캔버스 천을 마법 지팡이로 가리키며 덧붙였다. 캔버스 천은 단번에 매끄럽게 공중으로 솟아오르더니 완벽하게 조립된 모습으로 해리 앞에 놓였다. 놀란 그의 손에서 마지막으로 텐트 말뚝이 날아올라 밧줄 끝에 쾅 내리박혔다.

"*카베 이니미쿰.*" 헤르미온느는 하늘을 향해 화려한 동작을 해 보이며 작업을 마무리했다. "내가 할 수 있는 건 이 정도야. 최소한 적들이 오면 알 수 있을 거야. 하지만 다 막을 거라고 장담할 수는 없어. 볼드⋯⋯."

"그 이름 말하지 마!" 론이 거친 목소리로 그녀의 말을 잘랐다.

해리와 헤르미온느는 서로 시선을 주고받았다.

"미안." 론이 그들을 보려고 몸을 일으키다가 작게 신음했다. "하지만 그게 꼭…… 꼭 저주나 뭐 그런 것처럼 느껴진단 말이야. 그냥 '그 사람'이라고 부르면 안 돼? 부탁이야."

"덤블도어 교수님은 이름을 두려워하면……." 해리가 입을 열었다.

"혹시 눈치 못 챘을까 봐 하는 말인데, 친구. '그 사람'을 이름으로 부른 게 결국 덤블도어한테 별 도움이 되진 않았잖아." 론이 마주 쏘아붙였다. "그냥…… 그냥 '그 사람'을 어느 정도 존중해 주자고. 응?"

"존중?" 해리가 되물었지만 헤르미온느는 그에게 경고하는 듯한 눈길을 던졌다. 론이 저렇게 허약해진 상황에서 말다툼을 벌이면 안 된다는 뜻이 분명했다.

해리와 헤르미온느는 론을 반쯤은 들고 반쯤은 끌다시피 하면서 텐트 안으로 들어갔다. 내부는 해리가 기억하는 모습 그대로였다. 욕실과 아주 작은 부엌까지 완벽하게 갖춰져 있는 작은 집. 그는 낡은 안락의자를 한쪽으로 밀어 놓고 론을 2층 침대 아래층에 조심스럽게 내려놓았다. 이동한 거리가 얼마 되지 않았는데도 론의 얼굴은 더욱 창백해졌다. 두 사람이 그를 침대 위에 눕히자 그는 다시 눈을 감더니 한동안 아무 말도 하지 않았다.

"차를 좀 타 올게." 헤르미온느가 숨죽여 말하고 가방 깊숙한 곳에서 주전자와 머그잔 몇 개를 꺼내 부엌으로 향했다.

해리는 매드아이가 죽은 날 밤에 마신 파이어위스키가 그랬듯 따뜻한 차 한 잔이 반갑게 느껴졌다. 가슴속에서 파닥거리던 두려움이 조금이나마 뜨겁게 녹아내리는 듯했다. 잠시 후 론이 침묵을 깨고 입을 열었다.

"캐터몰 부부는 어떻게 됐을까?"

"운이 따라 줬다면 빠져나갔겠지." 헤르미온느가 위안 삼듯 따뜻한 머그잔을 감싸 쥐며 말했다. "캐터몰 씨가 침착하고 눈치 빠른 사람이라면 동반 순간이동으로 부인을 데리고 나왔을 테고, 지금쯤 아이들을 데리고 이 나라에서 도망치고 있을 거야. 해리가 그렇게 하라고 했으니까."

"제기랄, 꼭 도망쳤어야 하는데." 론이 다시 베개에 드러누우며 말했다. 차를 마신 덕분인지 혈색이 조금 돌아와 있었다. "하지만 레지 캐터몰이 그렇게 눈치 빠른 사람 같지는 않았어. 내가 캐터몰이 됐을 때 사람들이 나한테 말을 걸던 태도를 보면 말이야. 제발, 그 사람들이 무사히 도망친 거면 좋겠다……. 두 사람이 우리 때문에 아즈카반에 가게 된다면……."

해리는 헤르미온느의 얼굴을 보고, 막 던지려던 질문을 목구멍으로 삼켰다. 원래 그는 캐터몰 부인에게 마법 지팡이가 없다는 사실이 남편과 함께 순간이동을 하는 데 장애물이 되지는 않았을까 물어보려 했다. 하지만 헤르미온느는 캐터몰 가족의 운명을 걱정하며 조바심하는 론을 지켜보고 있었고, 그런 그녀의 표정에 어찌나 깊은 애정이 배어 있던지 해리는 론에게 입을 맞추려던 그녀를 방해한 듯한 기분마저 들었다.

"그래서, 그건 챙겼어?" 해리가 그녀에게 물었다. 그 역시 그 자리에 있다는 사실을 깨닫게 해 주고 싶기도 했다.

"뭐, 뭘 챙겨?" 그녀가 살짝 놀라며 되물었다.

"우리가 뭐 때문에 그 온갖 고생을 했는데? 로켓 말이야! 로켓은 어디 있어?"

"로켓을 찾았어?" 론이 베개에서 몸을 살짝 일으키며 소리쳤다. "아무도 얘기 안 해 주다니! 젠장, 말해 줄 수도 있었잖아!"

"뭐, 죽음을 먹는 자들을 피해서 목숨 걸고 도망치는 중이었잖아?" 헤르미온느가 말했다. "여기."

그녀는 로브 주머니에서 로켓을 꺼내 론에게 건넸다.

그것은 달걀만 했다. 조그만 녹색 돌들로 화려하게 새겨져 있는 S자가 텐트의 캔버스 천 지붕을 뚫고 들어오는 빛을 받아 희미하게 반짝거렸다.

"크리처가 가져간 이후로 누가 이걸 파괴했을 가능성은 없는 거지?" 론이 기대에 차서 물었다. "내 말은, 이게 아직도 호크룩스인 게 확실하냐고."

"그런 것 같아." 헤르미온느가 다시 로켓을 받아서 자세히 살펴보며 말했다. "마법에 의해 파괴됐다면 손상된 흔적이 있을 거야."

그녀는 해리에게 로켓을 건넸고, 해리는 그것을 손에 들고 이리저리 돌려 보았다. 로켓은 완벽히 새것처럼 보였다. 그는 심하게 훼손된 일기장 잔해와, 덤블도어가 파괴하자 돌에 금이 갔던 호크룩스 반지를 떠올렸다.

"크리처 말이 맞는 것 같아." 해리가 말했다. "이걸 파괴하려면 어떻게 여는지부터 알아야 해."

해리는 그렇게 말을 하다가 자기가 들고 있는 게 무엇인지, 그 작은 황금색 뚜껑 뒤에 무엇이 있는지 갑작스레 깨달았다. 이것을 찾느라 그 온갖 고생을 했는데도 로켓을 멀리 내던지고 싶은 격한 충동을 느꼈다. 다시 마음을 다잡은 그는 손가락으로 로켓을 비틀어 열어 보려 했다. 그런 다음에는 헤르미온느가 레귤러스의 침실 문을 열 때 썼던 마법을 시도해 보았다. 둘 다 통하지 않았다. 그는 로켓을 다시 론과 헤르미온느에게 건네주었다. 두 사람 모두 있는 힘껏 애썼지만 해리와 마찬가지로 로켓을 열지 못했다.

"그래도 느껴지지?" 론이 로켓을 꽉 움켜쥔 채 숨죽여 물었다.

"무슨 소리야?"

론이 해리에게 호크룩스를 건넸다. 잠시 후 해리도 론의 말이 무슨 뜻인지 알 것 같았다. 이것은 해리 자신의 피가 혈관을 타고 흐르면서 맥동하는 느낌일까? 아니면 작디작은 금속 심장인 양, 로켓 안에서 뭔가가 고동치고 있는 걸까?

"이걸 어떻게 하지?" 헤르미온느가 물었다.

"파괴할 방법을 알아낼 때까지 안전하게 보관해야지." 해리가 대답했다. 그는 꺼림칙했지만 로켓이 달린 줄을 자기 목에 걸고 로브 속 보이지 않는 곳으로 집어넣었다. 로켓은 해그리드가 준 주머니와 나란히 그의 가슴 위에 놓였다.

"번갈아 가면서 텐트 바깥을 경계해야 할 것 같아." 그가 자리에서 일어나 기지개를 켜면서 헤르미온느에게 덧붙였다. "그리고 먹을 것 문제도 좀 생각해 봐야 할 거고. 넌 여기 있어." 몸을 일으켜 앉으려던 론의 얼굴색이 시퍼렇게 변하자 해리가 날카롭게 덧붙였다.

헤르미온느가 해리에게 생일 선물로 주었던 새 스니코스코프를 텐트 안 탁자에 조심스럽게 놓아둔 채 해리와 헤르미온느는 번갈아 망을 보면서 그날 남은 시간을 보냈다. 하지만 스니코스코프는 하루 종일 미동도 없이 조용하게 꼭지를 딛고 서 있었다. 헤르미온느가 주위에 걸어 놓은 보호 마법과 머글 쫓기 마법 때문인지, 아니면 원체 사람들이 이 길을 잘 지나다니지 않기 때문인지, 그들이 있는 숲에는 가끔 새와 다람쥐 들만 나타날 뿐 사람의 모습은 그림자도 보이지 않았다. 저녁이 되어도 상황은 달라지지 않았다. 10시가 되어 헤르미온느와 교대한 해리는 마법 지팡이에 불을 켜고 사람 하나 없는 풍경을 내다보았다. 보호 마법을 걸어 놓은 공터에서 일부만 보이는 하늘에는 별이 총총했고, 박쥐들이 머리 위 높은 곳을 퍼덕거리면서 그 하늘을 가로지르고 있었다.

이제는 배가 고팠고 약간 어지럽기도 했다. 헤르미온느는 그날 밤 그리몰드가로 돌아갈 거라고 생각했기에 마법 가방에 음식은 전혀 챙겨 오지 않았다. 그래서 헤르미온느가 근처에 있는 나무들에서 따다가 야영용 주전자에 넣고 끓인 야생 버섯을 제외하면 먹을 게 아무것도 없었다. 몇 입을 먹고 나자 론은 메스껍다는 얼굴로 자기 몫을 멀리 밀어 놓았다. 해리는 헤르미온느의 기분을 상하지 않게 하려고 겨우 참았다.

부스럭거리는 소리와 잔가지가 부러지는 것 같은 소리가 주변의 침묵을 깨뜨렸다. 해리는 사람이 아니라 동물이 내는 소리라고 생각하면서도 지팡이를 움켜쥐고 만약의 사태에 대비했다. 고무 같은 버섯조차 충분히 먹지 못해서 이미 불편했던 배 속이 불안으로 쿡쿡 쑤셨다.

호크룩스를 훔쳐 오기만 하면 그저 기쁠 줄 알았는데 왠지 그렇지 않았다. 바닥에 앉아 마법 지팡이로 간신히 앞만 밝힌 채 어둠을 바라보고 있으려니 앞으로 무슨 일이 벌어질지 걱정될 뿐이었다. 마치 이 순간을 향해 몇 주, 몇 달, 심지어 몇 년을 내달려 왔지만 더는 길이 없어 갑작스럽게 멈춘 듯한 기분이었다.

저 바깥 어딘가에 분명 또 다른 호크룩스들이 존재하고 있었지만 대체 어디에 있을지는 감도 잡히지 않았다. 해리는 그 영혼 파편들이 어떤 물건에 깃들어 있는지도 몰랐다. 동시에 그들이 찾아낸 단 하나의 호크룩스, 지금 해리의 가슴에 닿아 있는 호크룩스를 파괴할 방법도 알지 못했다. 그 호크룩스는 희한하게도 해리의 온기를 전혀 전달받지 않은 채 그의 피부에 싸늘하게 닿아 있었다. 꼭 얼음물에서 방금 꺼내 온 것만 같았다. 이따금 해리는 자신의 심장 옆에서 불규칙하게 뛰는 작은 심장박동이 느껴지는 것 같았다. 아니면 그의 상상일까?

어둠 속에 앉아 있는데 뭔지 모를 불길한 예감이 슬금슬금 기어들었다. 그는 저항하고 떨쳐 내려 했지만 예감은 가차 없이 그에게 다가왔다. '한쪽이 살아 있는 한 다른 쪽은 온전히 살 수 없나니.' 지금 그의 등 뒤 텐트 안에서 조용히 이야기하고 있는 론과 헤르미온느는 원한다면 떠날 수 있었다. 그는 그럴 수 없었다. 가만히 앉아 공포와 피로에 맞서 싸우고 있으려니, 맨 가슴에 닿은 호크룩스가 그에게 남은 시간을 째깍째깍 재고 있는 것만 같았…….'멍청한 생각이야.' 해리는 스스로를 타일렀다. '그런 생각 하지 마…….'

흉터가 다시 욱신거리기 시작했다. 해리는 괜한 생각에 흉터가 아픈 걸까 싶어 생각을 다른 쪽으로 돌리려 애썼다. 그는 가엾은 크리처를 떠올렸다. 크리처는 그들이 집에 돌아올 거라 생각했겠지만 대신 약슬리를 맞이하게 됐을 것이다. 그 집요정은 비밀을 지킬까, 아니면 죽음을 먹는 자들에게 자기가 아는 모든 것을 털어놓을까? 해리는 지난 한 달 동안 자신을 대하는 크리처의 태도가 달라졌다고, 이제는 그가 충성스러워졌다고 믿고 싶었다. 하지만 무슨 일이 벌어질지 과연 누가 알겠는가? 죽음을 먹는 자들이 집요정을 고문했다면? 해리의 머릿속에 메스꺼운 장면들이 잔뜩 떠올랐다. 그는 그 장면들도 떨쳐 버리려고 애썼다. 그가 크리처에게 해 줄 수 있는 일은 아무것도 없었다. 그와 헤르미온느는 크리처를 부르지 않기로 이미 결정을 내렸다. 만약 정부 측 누군가가 함께 나타나면 어떡하겠는가? 집요정이 순간이동을 할 때, 약슬리가 헤르미온느의 옷자락에 매달려 그리몰드가에 오게 된 것과 같은 실수가 벌어지지 않을 거라고는 장담할 수 없었다.

흉터는 이제 불타오르는 듯했다. 해리는 그들이 모르는 게 너무 많다고 생각했다. 루핀의 말이 맞았다. 그들은 한 번 겪어 본 적 없고 상상해 본 적도 없는 마법을 마주하고 있었다. 덤블도어는 왜 더 설명해 주지 않은 걸까? 시간이 있을 거라고, 앞으로 몇 년은, 아니 어쩌면 그의 친구 니콜라 플라멜처럼 수백 년은 더 살게 될 거라고 생각한 걸까? 그렇다면 그가 틀린 것이다……. 스네이프가 그렇게 만들었다……. 스네이프가, 그 잠자던 뱀이 탑 꼭대기에서 덤블도어를 공격했고……

그렇게 덤블도어는 떨어졌다……. 추락해 버리고 말았

다…….

"내놔라, 그레고로비치."

해리의 목소리는 높고 또렷하고 차가웠다. 그는 하얗고
긴 손가락으로 지팡이를 치켜들고 있었다. 그가 가리키고
있는 남자는 밧줄에 묶이지 않았는데도 눈에 보이지 않는
기괴한 뭔가에 묶인 채 공중에 거꾸로 매달려 흔들거렸다.
팔다리는 오그라든 채였고, 해리의 얼굴과 같은 높이에 떠
있는 겁에 질린 얼굴은 머리로 쏠린 피 때문에 검붉은 색
을 띠고 있었다. 순백색의 머리카락과 숱이 많고 덥수룩한
턱수염을 기르고 있는 그는 꼭 결박당한 산타클로스처럼
보였다.

"없소, 이제 없소! 몇 년 전에 도둑맞았단 말이오!"

"볼드모트 경에게 거짓말을 하지 마라, 그레고로비치.
그는 알고 있다……. 그는 항상 알고 있지."

거꾸로 매달린 남자의 동공이 공포로 크게 확장되는가
싶더니 이윽고 그 동공 속의 암흑이 해리를 통째로 집어삼
켰다.

이제 해리는 등불을 높이 들고 있는 땅딸막한 몸집의 그
레고로비치를 뒤따라 어두운 복도를 빠르게 걸어가고 있
었다. 그레고로비치가 통로 맨 끝에 있는 방으로 불쑥 들

어가자 그의 등불이 작업장처럼 보이는 곳을 비췄다. 흔들리는 불빛에 대팻밥과 황금이 어렴풋이 빛났다. 창턱에는 금발의 젊은 남자가 커다란 새처럼 걸터앉아 있었다. 등불 빛이 그를 비춘 짧은 순간, 해리는 그의 잘생긴 얼굴에 즐거워하는 빛이 떠오르는 것을 보았다. 그런 다음 그 침입자는 마법 지팡이로 기절 마법을 날리더니 웃음을 터뜨리며 창밖으로 훌쩍 뛰어내렸다.

해리는 그 터널 같은 넓은 동공에서 순식간에 빠져나왔다. 그레고로비치의 얼굴은 공포에 질려 있었다.

"그 도둑은 누구였나, 그레고로비치?" 높고 차가운 목소리가 물었다.

"나는 모르오. 전혀 모르겠소. 웬 젊은 남자가…… 안 돼…… 제발…… **제발!**"

비명 소리가 끊이지 않고 길게 이어지더니 녹색 섬광이 폭발했다.

"해리!"

그는 헐떡이며 눈을 떴다. 이마가 욱신거렸다. 그는 텐트 한쪽에 기대고 있다가 정신을 잃고 캔버스 천을 따라 쭉 미끄러진 끝에 팔다리를 뻗은 채 바닥에 널브러져 있었다. 그는 헤르미온느를 올려다보았다. 그녀의 북슬북슬한 머리카락이 어두운 잔가지들 사이로 조금이나마 보이던 하늘을 가렸다.

"꿈을 꿨어." 그는 재빨리 일어나 앉은 뒤, 아무것도 모른다는 표정으로 헤르미온느의 사나운 눈길을 마주하려 애쓰며 말했다. "깜빡 졸았나 봐, 미안."

"흉터 때문인 거 알아! 네 표정만 봐도 알 수 있어! 들여다본 거잖아, 볼……."

"그 이름 말하지 마!" 텐트 안쪽에서 론의 화난 목소리가 튀어나왔다.

"알았어." 헤르미온느가 마주 쏘아붙였다. "'그 사람'의 정신이라고 할게. 됐어?"

"내가 그러고 싶어서 그런 게 아니야!" 해리가 말했다. "꿈이었다고! 너는 네가 무슨 꿈을 꿀지 선택할 수 있어, 헤르미온느?"

"네가 오클루먼시 쓰는 방법만 익혔어도……."

하지만 해리는 야단맞는 것에는 관심이 없었다. 그는 그저 방금 본 것에 대해 이야기하고 싶었다.

"그자가 그레고로비치를 찾아냈어, 헤르미온느. 내 생각엔 죽인 것 같지만, 죽이기 전에 그자가 그레고로비치의 마음을 읽었고 내가 본 건……."

"그렇게 너무 피곤해서 곯아떨어질 정도라면 내가 망을
보는 게 낫겠어." 헤르미온느가 차갑게 말했다.

"망보는 건 마저 할 수 있어!"

"아냐, 넌 딱 봐도 너무 지쳤어. 가서 누워."

그녀는 고집스러운 표정을 지으며 텐트 입구에 털썩 주
저앉았다. 해리는 화가 났지만 싸우고 싶지 않았기에 허리
를 숙이고 텐트로 들어갔다.

2층 침대 아래층에서 론이 여전히 하얗게 질린 얼굴을
삐죽 내밀고 있었다. 해리는 론 위에 있는 침대로 기어올
라 가 자리에 누워서 캔버스 천으로 된 어두운 천장을 올
려다보았다. 잠시 뒤 론이 텐트 입구에 있는 헤르미온느에
게는 들리지 않는 작은 목소리로 물었다.

"'그 사람'이 뭘 하고 있었는데?"

해리는 얼굴을 찌푸리며 세세한 장면 하나하나를 모두
떠올리려고 애쓰다가 어둠에 대고 속삭였다.

"그자가 그레고로비치를 찾아내서 묶어 놓고 고문하고
있었어."

"새 지팡이를 만들라면서 묶어 놓으면 어쩌겠다는 거
야?"

"몰라……. 이상하지?"

해리는 눈을 감고, 자신이 보고 들은 모든 것을 되새겨 보았다. 떠올릴수록 말이 되지 않았다……. 볼드모트는 해리의 지팡이에 대해서도, 쌍을 이루는 심지에 대해서도 언급하지 않았고, 그레고로비치에게 해리의 지팡이를 물리칠 더 강력한 새로운 지팡이를 만들라고 강요하지도 하지 않았다…….

"그레고로비치한테 뭔가를 내놓으라고 했어." 해리는 여전히 눈을 질끈 감은 채 말을 이었다. "그걸 넘겨 달라고 했는데 그레고로비치가 자기도 도둑맞았다고 했어……. 그리고…… 그다음에……."

해리는 볼드모트가 되어 그레고로비치의 눈을 통해 그의 기억 속으로 뛰어들어 갔던 일을 떠올렸다…….

"그자는 그레고로비치의 머릿속을 들여다보고 웬 젊은 남자가 창턱에 걸터앉아 있는 걸 봤어. 그 남자는 그레고로비치한테 저주를 날리고 창밖으로 뛰어내려 사라졌어. 그 남자가 훔쳐 갔어. 뭔지는 몰라도 '그 사람'이 찾고 있는 물건을 훔친 거야. 그런데 나…… 그 남자를 어디서 꼭 본 것 같아……."

해리는 웃음을 터뜨리던 그 젊은이의 얼굴을 잠깐이라도 한 번 더 볼 수 있었으면 좋겠다고 생각했다. 그레고로비치의 말대로라면 그 절도 사건은 오래전에 일어난 일이었다. 어째서 그 젊은 도둑이 낯익은 걸까?

텐트 안에 있으니 주변 숲의 소음이 잘 들리지 않았다. 해리의 귀에 들리는 소리라고는 론의 숨소리뿐이었다. 잠시 후 론이 속삭였다. "도둑이 뭘 들고 있었는지는 안 보였어?"

"응…… 분명 뭔가 작은 걸 들고 있었어."

"해리?"

론이 침대에서 뒤척이자 그의 침대 나무 판이 삐걱거렸다.

"해리, '그 사람'이 호크룩스로 만들 또 다른 뭔가를 쫓고 있다는 생각은 안 들어?"

"모르겠어." 해리가 천천히 말했다. "그럴 수도 있겠지. 하지만 호크룩스를 하나 더 만들면 그자에게도 위험하지 않을까? 헤르미온느 말에 따르면 그자는 이미 자기 영혼을 한계까지 밀어붙였잖아?"

"그래, 하지만 어쩌면 '그 사람'은 그 사실을 모르고 있을 수도 있잖아."

"그래…… 그럴지도 모르지." 해리가 말했다.

그는 볼드모트가 똑같은 지팡이 심지로 인해 발생하는 문제를 피할 방법을 찾고 있다고 확신했었다. 볼드모트가 노련한 지팡이 제작자에게서 해결책을 구하려는 거라고…….

하지만 그자는 그레고로비치를 죽여 버렸다. 지팡이 관련 지식에 대해서는 단 한 마디 질문도 던지지 않은 채.

볼드모트는 뭘 찾고 있었던 걸까? 마법 정부와 마법사 세계를 발아래 둔 그가 왜 그레고로비치가 한때 소유했고 정체 모를 도둑에게 도둑맞은 물건을 찾는 데 골몰해 그 먼 곳까지 가 있는 것일까?

해리의 머릿속에 금발 청년의 얼굴이 계속 떠올랐다. 즐거워하는, 잔뜩 신이 난 얼굴이었다. 그런 그의 모습에서는 장난을 성공적으로 마무리하고 의기양양해하는 프레드와 조지 같은 분위기가 풍겼다. 그는 창틱에서 마치 새처럼 날아올랐다. 해리는 예전에도 그를 본 적 있지만 어디서 봤는지 생각나지 않았다…….

그레고로비치가 죽었으니 이제 위험에 처한 사람은 그 즐거워하는 얼굴의 도둑이었고, 해리의 생각도 그에게 머물러 있었다. 이제 아래층 침대에서 론이 드르렁드르렁 코고는 소리가 들리기 시작했다. 해리 자신도 다시 한 번 천천히 잠결에 빠져들었다.

15장
고블린의 복수

다음 날 아침 일찍, 다른 두 사람이 깨기 전에 텐트를 나선 해리는 가장 오래되고 옹이가 많고 튼튼해 보이는 나무를 찾아 주변 숲을 뒤지기 시작했다. 해리는 그 나무 그늘 아래 매드아이 무디의 눈을 묻고 마법 지팡이로 나무껍질에 작은 십자가를 새겨 자리를 표시했다. 대단한 일은 아니었지만 덜로리스 엄브리지의 사무실 문에 처박혀 있으니 매드아이가 이편을 훨씬 좋아할 거라는 느낌이 들었다. 그러고 나서 해리는 두 사람이 깰 때까지 기다렸다가 앞으로 무엇을 할지 의논하기 위해 텐트로 돌아갔다.

해리와 헤르미온느는 어디에든 너무 오래 머무르지 않는 게 가장 좋다고 생각했고 론도 거기에 찬성했다. 단 한

가지, 다음번에는 베이컨 샌드위치를 구할 수 있는 곳으로 가야 한다는 조건을 달았을 뿐이었다. 헤르미온느는 공터에 걸어 놓았던 마법을 해제하고, 해리와 론은 그들이 머물렀던 흔적과 자취를 모두 없앴다. 그런 다음 그들은 시장이 있는 작은 도시 외곽으로 순간이동 했다.

일단 작은 잡목림 속 은밀한 곳에 텐트를 친 다음 주위에 또다시 방어 마법을 걸어 놓고 나자, 해리는 투명 망토를 걸친 뒤 위험을 무릅쓰고 먹을 것을 찾아 나섰다. 하지만 생각처럼 일이 잘 풀리지 않았다. 마을에 들어서자마자 부자연스러운 냉기가 느껴지더니 안개가 깔리고 하늘이 갑작스럽게 어두워지는 바람에 그는 제자리에 우뚝 멈춰서야 했다.

"하지만 넌 끝내주는 패트로누스를 불러낼 수 있잖아!" 해리가 숨을 헐떡이며 빈손으로 텐트에 돌아와 입 모양으로 "디멘터"라고 말하자 론이 항의했다.

"하나도…… 못 불러냈어." 그가 결리는 옆구리를 부여잡고 헐떡였다. "나오질…… 않더라."

해리는 론과 헤르미온느의 놀라고 실망하는 표정을 마주하자 부끄러움을 느꼈다. 디멘터들이 저 멀리 안개 속에서 스르르 다가오는 것을 보고, 몸을 마비시키는 냉기가 폐를 짓누르면서 아득한 비명 소리가 귀를 가득 채우는 가운데 자기 자신을 지킬 수 없다는 사실을 깨닫는 것은 악몽과도 같은 경험이었다. 해리는 눈 있는 자리가 뻥 뚫린 디멘터들이 머글들 사이를 미끄러져 다니도록 놔둔 채 그 자리에서 발을 떼고 도망치는 것만으로도 모든 정신력을 끌어 올려야 했다. 보지는 못하더라도 머글들은 디멘터들이 가는 곳마다 드리우는 절망을 확실히 느꼈을 것이다.

"그럼 여전히 먹을 게 없는 거네."

"입 다물어, 론." 헤르미온느가 쏘아붙였다. "해리, 어떻게 된 거야? 왜 패트로누스를 불러내지 못한 걸까? 어제만 해도 완벽하게 해냈잖아!"

"모르겠어."

그는 퍼킨스의 낡은 안락의자 하나에 주저앉았다. 시간이 갈수록 더 비참해졌다. 그의 안에서 뭔가가 잘못된 건 아닌지 걱정됐다. 어제가 오래전처럼 느껴졌다. 오늘 그는 호그와트 급행열차에서 유일하게 기절했던 열세 살짜리 어린애로 다시 돌아간 것 같았다.

론이 의자 다리를 걷어찼다.

"그래서 뭐 어쨌다고!" 그가 헤르미온느에게 화를 냈다. "배고파 죽겠단 말이야! 피를 철철 흘리고 죽다 살아난 뒤로 먹은 건 독버섯 쪼가리 두어 개밖에 없어!"

"그럼 네가 가서 디멘터들을 뚫어 보든가." 마음이 상한 해리가 그렇게 말했다.

"나도 그러고 싶은데 팔걸이 붕대를 하고 있어서 말이야. 혹시 눈치 못 챘을까 봐 하는 말이지만!"

"거참 편리하네."

"무슨 뜻이야?"

"그럼 그렇지!" 헤르미온느가 소리치며 손으로 이마를 탁 치자 해리와 론은 화들짝 놀라서 입을 다물었다. "해리, 그 로켓 나 줘! 얼른." 해리가 별 반응을 보이지 않자 그녀는 손가락을 딱딱 튕기면서 성화를 부렸다. "호크룩스 말이야, 해리. 네가 아직도 걸고 있잖아!"

그녀가 두 손을 내밀자 해리는 황금 줄을 머리 위로 들어 올려 벗겨 냈다. 피부에 맞닿아 있던 로켓이 떨어지자 이상하게 자유롭고 가벼워진 기분이 들었다. 식은땀으로 축축한 느낌도, 뭔가가 배를 묵직하게 짓누르는 감각도, 그것이 사라지고 난 뒤에야 깨달을 수 있었다.

"좀 낫지?" 헤르미온느가 물었다.

"응, 훨씬 나아졌어!"

"해리." 그녀가 해리 앞에 몸을 웅크리더니 중환자에게 문병 온 사람이 건넬 법한 친절한 목소리로 말했다. "'그 사람'에게 지배당했던 것 같지는 않아?"

"뭐? 아냐!" 그가 변명하듯 말했다. "그걸 목에 걸고 있었을 때 뭘 했는지 다 기억나. '그 사람'에게 지배당했다면 내가 뭘 했는지 기억 안 났을 거 아냐. 지니 말로는 아무것도 기억나지 않는 때가 있었대."

"흠." 헤르미온느가 묵직한 로켓을 내려다보며 말했다. "목에 걸고 다니면 안 될 것 같아. 그냥 텐트 안에 두자."

"호크룩스를 아무 데나 굴러다니게 둘 수는 없어." 해리가 단호하게 말했다. "잃어버리거나 도둑맞기라도 하면……."

"아아, 알았어, 알았어." 헤르미온느가 말하더니 자기 목에 로켓을 걸고 보이지 않도록 셔츠 안으로 밀어 넣었다. "하지만 번갈아 가면서 걸기로 하자. 아무도 너무 오래 걸고 있는 일이 없도록 말이야."

"대단한데." 론이 짜증을 내며 말했다. "이제 그 문제는 해결했으니까, 제발 가서 음식 좀 구해 올 수 없을까?"

"좋아, 하지만 음식을 찾으려면 다른 데로 가야 할 거야." 헤르미온느가 해리를 반쯤 힐끔거리며 말했다. "디멘터가 사방에 날아다니고 있는 걸 뻔히 알면서 여기 있어 봐야 아무 의미가 없어."

결국 그들은 외진 농장에 딸린 넓은 들판에서 밤을 보내기로 했다. 그곳 농장에서 달걀과 빵을 구할 수 있었다.

"이거 도둑질 아니지?" 셋이서 토스트에 스크램블드에그를 올려 게걸스럽게 먹어 치우는데 헤르미온느가 난처하다는 목소리로 입을 열었다. "닭장 밑에 돈을 좀 놔뒀으니까. 그렇지?"

론은 양 뺨이 불룩해진 채 눈알을 굴리며 말했다. "헤르……미……느, 넌…… 거쩡이…… 넘 마나. 맘 편히 가져!"

정말이지, 배불리 먹고 나자 마음을 편하게 먹기도 훨씬 쉬웠다. 디멘터에 관한 말다툼은 그날 밤 웃음 속에 잊혀 버렸고, 해리는 즐겁고 심지어 희망찬 기분마저 느끼며, 셋이서 돌아가며 망을 보기로 한 가운데 첫 번째 차례로 나섰다.

그들은 배가 부르면 기분이 좋아지고, 배가 고프면 말다툼과 우울함만 늘어난다는 사실을 처음으로 실감했다. 적어도 더즐리네 집에서 거의 굶어 죽을 뻔한 순간들을 겪어 온 해리에게는 별로 놀라운 일이 아니었다. 헤르미온느는 평소보다 살짝 신경질이 늘고 침묵할 때면 우울해 보이긴 했지만, 며칠 동안 나무 열매나 상한 비스킷밖에 구할 수 없었는데도 제법 잘 버텼다. 하지만 론은 어머니나 호그와

트의 집요정들 덕분에 하루 세 번 맛있는 식사를 하는 데
익숙해져 있었기 때문에 배가 고프면 이성을 잃고 자꾸 화
를 냈다. 마침 음식이 부족할 때 호크룩스를 목에 걸 차례
가 되면 론은 아주 불쾌한 인간이 됐다.

그는 끊임없이 "그래서 이젠 또 어디야?"라고 불평했다.
론은 스스로는 어떤 아이디어도 떠올리지 못하는 듯하면서,
음식이 부족하다는 사실을 곱씹는 동안 해리와 헤르미온느
가 계획을 떠올리기를 기대했다. 그래서 결국 해리와 헤르
미온느는 또 다른 호크룩스들을 어디에서 찾아야 할지, 또
이미 찾은 호크룩스 하나를 어떻게 파괴해야 할지 생각하느
라 오랜 시간을 보냈지만 별 소득은 없었다. 새로운 정보는
전혀 없었기에 대화는 점점 반복적으로 변해 갔다.

덤블도어가 해리에게 볼드모트는 그에게 가장 중요한
장소에 호크룩스들을 숨겨 놓았을 거라고 말해 주었기 때
문에 그들은 교회 예배에서 성경 구절을 읊조리기라도 하
듯이, 볼드모트가 살았거나 방문했다고 알려진 장소들을
계속 읊었다. 그가 태어나고 자란 고아원, 교육을 받은 호
그와트, 졸업 후에 일했던 보긴 앤 버크, 그다음에는 추방
당한 시절에 지냈던 알바니아. 이 장소들이 추측의 토대가
되었다.

"그래, 알바니아로 가자. 반나절이면 전국을 뒤질 수 있을 거야." 론이 빈정거렸다.

"거기에 뭐가 있을 리는 없어. 그자는 도망가기 전에 이미 다섯 개의 호크룩스를 만들었고, 덤블도어 교수님은 그 뱀이 여섯 번째 호크룩스라고 확신하셨어." 헤르미온느가 말했다. "그 뱀이 알바니아에 없다는 건 분명하고. 뱀은 보통 볼드……."

"그 이름 좀 제발 안 부를 수 없니?"

"알았어! 그 뱀은 보통 '그 사람'하고 같이 있으니까. 이제 기분 좋아?"

"별로."

"보긴 앤 버크에 뭘 숨겨 놨을 것 같지도 않아." 해리가 말했다. 그는 예전에도 여러 번 이 얘기를 했지만, 거북한 침묵을 깨기 위해 한 번 더 말했다. "보긴이랑 버크는 어둠의 마법 관련 물건을 다루는 전문가들이었어. 그 사람들이라면 호크룩스를 바로 알아봤을 거야."

론이 대놓고 하품을 했다. 해리는 그에게 뭔가 집어 던지고 싶은 강한 충동을 억누르며 힘겹게 말을 이었다. "난 여전히 '그 사람'이 호그와트에 뭔가를 숨겨 놨을지 모른다고 생각해."

헤르미온느가 한숨을 쉬었다.

"그럼 덤블도어 교수님이 찾으셨겠지, 해리!"

해리는 자신의 의견을 옹호하기 위해 그 주장을 계속 되풀이했다.

"덤블도어 교수님은 자기가 호그와트의 비밀을 다 안다고 생각한 적은 한 번도 없다고 하셨어. 분명히 말하는데, 만약 볼드……."

"야!"

"그래, '**그 사람**'!" 해리는 더는 참을 수 없어서 고함을 질렀다. "만약 '그 사람'에게 정말로 중요한 장소가 딱 한 군데 있다면 그건 바로 호그와트일 거야!"

"아, 왜 이래." 론이 코웃음 쳤다. "학교가?"

"그래, 학교! 호그와트는 그자가 처음으로 가져 본 집, 그자가 특별하다는 걸 의미하는 장소였어. 그자에게는 호그와트가 전부였다고. 심지어 졸업한 뒤에도……."

"우리 지금 '그 사람'에 대해서 얘기하는 거 맞지? 너 아니고?" 론이 물었다. 그는 목에 걸린 호크룩스 줄을 잡아당기고 있었다. 해리는 그 줄을 잡고 론의 목을 조르고 싶었다.

"너, '그 사람'이 졸업한 후에 덤블도어 교수님을 찾아와서 일자리를 달라고 부탁했댔지." 헤르미온느가 말했다.

"맞아." 해리가 말했다.

"그리고 덤블도어 교수님은 그자가 그저 뭔가를 찾기 위해 돌아오고 싶어 한 거라고, 아마 또 다른 창립자의 물건을 찾아서 호크룩스를 하나 더 만들고 싶어 한 거라고 생각하셨고?"

"응." 해리가 말했다.

"하지만 그자는 일자리를 얻지 못했잖아?" 헤르미온느가 말했다. "그러니까 학교에서 창립자의 물건을 찾아내 그곳에 숨길 기회는 없었을 거야!"

"좋아, 그럼." 해리는 패배를 인정했다. "호그와트는 잊어버려."

다른 단서가 없었기에, 그들은 런던으로 가서 투명 망토로 몸을 숨기고 볼드모트가 어린 시절을 보낸 고아원을 찾아다녔다. 헤르미온느는 도서관에 몰래 들어가서 그 고아원이 이미 오래전에 철거되었다는 기록을 찾아냈다. 고아원이 있던 자리를 찾아가 보니 그곳에는 사무실로 가득한 고층 빌딩이 들어서 있었다.

"건물 밑을 파 볼까?" 헤르미온느가 반신반의하며 제안했다.

"여기에 호크룩스를 숨겨 놓지는 않았을 거야." 해리가
말했다. 그는 처음부터 알고 있었다. 고아원은 볼드모트가
벗어나기로 마음먹은 곳이었다. 그런 그가 자신의 영혼 일
부를 그곳에 숨겨 둘 리는 절대 없었다. 덤블도어는 해리
에게 볼드모트가 위엄 있거나 신비스러운 장소에 호크룩
스를 숨겨 놓고 싶어 했다는 것을 보여 주었다. 런던 한구
석의 이 참담하고 칙칙한 장소는 호그와트나 정부, 황금
문과 대리석 바닥이 있는 마법사 은행 그린고츠 건물과는
상상 이상으로 거리가 멀었다.

　새로운 생각은 전혀 떠오르지 않았지만, 그들은 계속 외
곽 지역을 옮겨 다니며 안전을 위해 매일 밤 다른 장소에
텐트를 쳤고, 아침이 되면 그들이 그곳에서 밤을 보냈다는
흔적을 모두 지운 뒤 외롭고 고립된 장소를 찾아 떠났다.
때로는 또다시 숲속이나 어둠이 드리워진 절벽 틈으로, 자
줏빛 황야로, 가시덤불로 뒤덮인 산등성이로 순간이동 했
다. 한 번은 자갈투성이 동굴에서 머물기도 했다. 그들은
아주 느리게 진행되는 폭탄 돌리기 게임을 하듯 약 열두
시간마다 서로에게 호크룩스를 건네주었다. 교대를 알리
는 노랫소리를 듣고 나면 공포와 불안으로 가득한 열두 시
간을 버텨야만 했기에 그들은 노래가 멈추는 순간을 몹시

두려워했다.

흉터는 계속 욱신거리고 있었다. 해리는 특히 호크룩스를 목에 걸고 있을 때 자주 그렇다는 사실을 알아차렸다. 가끔은 어쩔 수 없이 그 고통에 반응하기도 했다.

"뭔데? 뭘 봤어?" 해리가 움찔거리는 것을 눈치챌 때마다 론이 물었다.

"얼굴." 해리는 매번 그렇게 웅얼거렸다. "같은 얼굴이야. 그레고로비치한테서 물건을 훔쳐 간 그 도둑."

론은 굳이 실망감을 감추려는 노력도 하지 않고 고개를 돌리곤 했다. 해리는 론이 가족이나 다른 불사조 기사단 단원들의 소식을 듣고 싶어 한다는 것을 알고 있었다. 하지만 해리는 텔레비전 안테나가 아니었다. 볼드모트가 그 순간 생각하는 것만을 볼 수 있을 뿐, 원하는 대로 채널을 돌릴 수 없었다. 볼드모트는 장난기 가득한 얼굴의 그 정체 모를 젊은이에게 끝없이 집착하는 듯했다. 해리는 볼드모트가 젊은이의 이름이나 행방에 대해 해리 자신만큼이나 모르고 있다고 확신했다. 해리의 흉터는 계속 타오르는 듯했고, 금발 청년은 즐거워하면서 그의 기억 속에서 감질나게 아른거렸다. 다른 두 사람은 해리가 그 도둑 얘기를 꺼낼 때마다 짜증스러워했다. 결국 해리는 흉터가 아프거나 불편하더라도 티를 전혀 내지 않는 법을 터득해야 했다. 다들 호크룩스에 관한 단서를 절박하게 찾고 있었던 만큼 해리도 그들을 탓할 수만은 없었다.

며칠이 늘어나 몇 주가 되면서 해리는 론과 헤르미온느가 그가 없는 곳에서 그에 대해 이야기한다는 의심이 들기 시작했다. 해리가 텐트에 들어갔을 때 둘이서 하던 이야기를 갑자기 멈추는 일이 몇 번 있었던 것이다. 둘이 조금 떨어진 곳에서 웅크리고 머리를 맞댄 채 빠르게 이야기를 주고받는 모습도 우연찮게 두 번이나 봤다. 그때마다 두 사람은 해리가 다가오는 것을 알아차리고는 입을 다문 뒤 허둥지둥 장작을 모으거나 물을 긷느라 바쁜 척했다.

해리는 두 사람이 무의미하고 종잡을 수 없는 이 여행에 함께하겠다고 한 이유는 그저 그에게 어떤 은밀한 계획이 있고, 때가 되면 자신들도 자연스럽게 그 계획에 대해 알게 될 거라고 생각했기 때문이 아닐까 하는 의문이 들었다. 론은 엉망인 기분을 전혀 숨기려 들지 않았다. 해리는 헤르미온느도 그의 형편없는 통솔력에 실망했을까 봐 두려웠다. 그는 필사적으로 또 다른 호크룩스의 위치를 생각해 내려 애썼지만, 계속 떠오르는 장소는 호그와트뿐이었다. 다른 두 사람은 그럴 가능성이 전혀 없다고 생각했기에 해리도 더는 그 얘기를 꺼내지 않았다.

시골 지역을 여기저기 옮겨 다니는 동안 가을이 무르익었다. 이제 그들이 텐트를 치는 곳에는 바스러진 낙엽들이 깔려 있었다. 자연스럽게 피어난 안개가 디멘터가 드리운 안개에 섞여 들었고 비바람까지 더해져서 그들을 더욱 힘들게 했다. 헤르미온느가 먹을 수 있는 버섯을 구분하는데 더 능숙해지기는 했지만, 그래 봐야 다른 사람들과 함께하지 못하는 데서 오는 고립감이나 볼드모트에게 맞서는 싸움이 어떻게 되어 가고 있는지 전혀 알 수 없는 답답함이 줄어들지는 않았다.

"우리 엄마는……." 어느 날 밤, 셋이서 웨일스의 강둑에 쳐 둔 텐트 안에 앉아 있을 때 론이 입을 열었다. "허공에서 맛있는 음식이 나타나게 만들 수 있어."

그는 자기 접시에 놓인 새까맣게 그을린 잿빛 생선 덩어리를 언짢은 듯 쿡 찔렀다. 해리는 자기도 모르게 론의 목을 쳐다보았다. 예상대로 호크룩스의 황금 줄이 론의 목에서 반짝거리고 있었다. 그는 론에게 욕설을 내뱉고 싶은 충동을 간신히 참았다. 로켓을 걸지 않을 차례가 되면 그의 태도가 조금 나아지리라는 사실을 알고 있었기 때문이다.

"너희 어머니라도 허공에서 음식을 만들어 낼 수는 없

어." 헤르미온느가 말했다. "그렇게 할 수 있는 사람은 아무도 없어. 음식은 갬프의 원소 변환 마법 법칙이 적용되지 않는 다섯 가지 주요 예외 중 첫 번째……."

"아, 우리말로 좀 할 수 없냐?" 론이 이 사이에서 생선 가시를 빼내면서 말했다.

"아무것도 없는데 맛있는 음식을 만들어 내는 건 불가능하다고! 어디 있는지 알면 소환하거나 변형시킬 수 있고 이미 눈앞에 음식이 있다면 양을 늘릴 수는 있지만……."

"……뭐, 이건 굳이 늘리지 말아 줘. 토할 것 같으니까." 론이 말했다.

"해리는 물고기를 잡았고 난 그걸 최선을 다해 요리했어! 결국 식사를 마련하는 건 항상 내가 되더라. 내가 여자니까 그런 거겠지!"

"아니, 네가 마법을 제일 잘한다니까 그런 거야!" 론이 마주 쏘아붙였다.

헤르미온느가 벌떡 일어나는 바람에 구운 생선 토막이 그녀의 양철 접시에서 바닥으로 떨어졌다.

"내일은 네가 요리를 하면 되겠다, 론. 네가 재료를 찾아서 마법을 걸고 뭔가 먹을 만한 음식으로 바꿔 놓으면 되겠네. 내가 여기 앉아서 울상을 짓고 징징거릴 테니까 그때 한번 봐 봐, 네가 얼마나······."

"입 다물어!" 해리가 벌떡 일어나더니 두 손을 들어 올리며 말했다. "당장!"

헤르미온느는 화가 머리끝까지 난 표정이었다.

"어떻게 쟤 편을 들 수가 있어? 쟤는 요리를 한 번도 하지 않······."

"헤르미온느, 조용히 해. 사람 소리가 들린단 말이야!"

해리는 두 손을 든 채 귀를 기울이면서 그들에게 말하지 말라고 경고했다. 그때, 그들 옆 어둠에 휩싸인 강물이 세차게 흐르는 소리 너머로 또다시 목소리들이 들려왔다. 그는 스니코스코프를 돌아보았다. 그것은 전혀 움직이지 않았다.

"여기에 머플리아토 마법 걸어 둔 거 맞지?" 그가 헤르미온느에게 속삭였다.

"다 해놨어." 그녀가 마주 속삭였다. "머플리아토, 머글 쫓기, 보호색 마법, 전부 다. 저게 누구든 우리를 보거나 우리 소리를 들을 수는 없어."

질질 끄는 묵직한 발소리와 긁히는 소리, 돌멩이와 잔가지 움직이는 소리 덕분에 그들은 몇 사람이 나무가 우거진 가파른 비탈을 따라 텐트를 쳐 놓은 좁은 강둑까지 내려오고 있다는 것을 알 수 있었다. 세 사람은 지팡이를 들고 기다렸다. 사방이 캄캄했기에, 주위에 걸어 둔 마법만으로도 머글이나 평범한 마법사들의 눈은 피할 수 있어야 했다. 저들이 죽음을 먹는 자들이라면, 그들의 방어책이 처음으로 어둠의 마법을 상대로 시험받게 되는 셈이었다.

목소리들이 점점 더 크게 들려왔지만 남자 여러 명이 강둑에 다다랐다는 것 외에 더 이상 짐작할 수 있는 것은 없었다. 해리는 그 목소리의 주인들이 6미터도 채 떨어지지 않은 곳에 있다고 추측했지만, 강물이 흐르는 소리 탓에 정확히 알 수는 없었다. 헤르미온느가 구슬가방을 집어 들더니 안을 뒤지기 시작했다. 잠시 후 그녀는 길어지는 귀 세 개를 꺼내 해리와 론에게 하나씩 던져 주었다. 그들은 다급히 살구색 줄 끝을 귀에 집어넣고 다른 끝을 텐트 출입구 바깥으로 내보냈다.

잠시 후 지친 남자 목소리가 들렸다.

"여기라면 연어가 몇 마리 있을 거요. 아니, 아직 철이 아닌가? *아씨오 연어!*"

물이 튀는 게 분명한 소리가 몇 차례 들리더니 물고기가 사람의 피부를 철썩철썩 때리는 소리가 이어졌다. 누군가가 감탄하듯 꿍 하는 소리를 냈다. 해리는 길어지는 귀를 귓속에 더 깊숙이 밀어 넣었다. 강물이 흐르는 소리를 뚫고 더 많은 목소리가 들려왔지만, 그들이 쓰는 말은 영어가 아니었고 해리가 들어 본 그 어떤 인간의 언어도 아니었다. 거칠고 귀에 거슬리는 말소리, 목구멍에서 그르렁대며 나오는 듯한 소리의 연속이었다. 두 명이 말하고 있는 듯했다. 한 명의 목소리가 다른 한 명보다 좀 더 낮고 느렸다.

캔버스 천 저편에서 불길이 일렁이며 피어올랐다. 커다란 그림자들이 텐트와 불꽃 사이를 지나다녔다. 연어를 굽는 맛있는 냄새가 감질나게 풍겨 왔다. 이윽고 접시에 포크나 나이프가 달그락달그락 부딪치는 소리가 나더니 처음 들렸던 남자 목소리가 다시 말했다.

"여깄소, 그립훅, 고르눅."

'고블린이야!' 헤르미온느가 해리에게 입 모양으로만 말했고 해리는 고개를 끄덕였다.

"고맙소." 고블린들이 영어로 동시에 말했다.

"그래, 자네들 셋은 도망친 지 얼마나 됐나?" 부드럽고 듣기 좋은 새로운 목소리가 물었다. 해리에게는 어딘지 익숙한 목소리였다. 그는 배가 볼록 나오고 쾌활한 얼굴을 한 남자를 떠올렸다.

"6주였나…… 7주였나…… 잊어버렸어요." 지친 목소

159

리의 남자가 대답했다. "처음 며칠 지나서 그립훅을 만났고 그러고 얼마 안 돼서 고르눅이 합세했죠. 일행이 생기니 좋더라고요." 잠시 침묵이 흐르는 동안 나이프로 접시를 긁는 소리와 양철 머그잔들을 들어 올렸다가 땅에 내려놓는 소리가 들렸다. "어쩌다 떠나게 된 거예요, 테드?" 그 남자가 말을 이었다.

"날 잡으러 온다는 걸 알았지." 부드러운 목소리의 테드가 대답했다. 해리는 그가 누구인지 퍼뜩 깨달았다. 통스의 아버지였다. "죽음을 먹는 자들이 지난주에 근처에 왔다는 얘기를 들었거든. 빨리 도망쳐야겠다고 생각했지. 신념에 따라 머글 태생 등록을 거부했으니까 그렇게 되는 건 시간문제였어. 결국은 떠날 수밖에 없다는 걸 알았지. 내 아내는 괜찮을 거야, 순수 혈통이니까. 그러다가 여기 있는 딘을 만났네. 며칠은 됐지, 애야?"

"네." 또 다른 목소리가 대답했다. 해리, 론, 헤르미온느는 서로를 빤히 바라보았다. 입은 다물고 있었지만 정신이 나갈 것처럼 몹시 흥분됐다. 그들은 당연히 같은 그리핀도르 학생인 딘 토머스의 목소리를 알아들었다.

"머글 태생이니?" 처음의 남자 목소리가 물었다.

"확실하진 않아요." 딘이 말했다. "제가 어렸을 때 아빠가 엄마를 떠났거든요. 하지만 그분이 마법사였다는 증거가 없어요."

잠시 침묵이 흐르고 음식을 씹는 소리만 들려왔다. 그때 테드가 다시 입을 열었다.

"더크, 이 말은 해야겠군. 자네와 마주쳐서 깜짝 놀랐네. 기쁘기도 했지만 그래도 놀랐어. 자네가 체포당했다는 소문을 들었거든."

"그랬죠." 더크가 말했다. "아즈카반으로 가는 길에 도망쳤어요. 돌리시한테 기절 마법을 걸고 그자의 빗자루를 슬쩍했죠. 생각보다 어렵지 않았어요. 그때 돌리시 상태가 별로 안 좋았던 것 같아요. 혼돈 마법에 걸려 있었는지도 모르죠. 만약 그렇다면 그런 짓을 한 마법사와 악수라도 하고 싶네요. 그 사람이 내 목숨을 구해 준 셈이니까."

모닥불이 타닥거리고 강물은 계속 격하게 흐르는 가운데 또 한 번 침묵이 이어졌다. 잠시 후 테드가 말했다. "그럼 두 양반은 어느 편인가? 나는, 음, 고블린들이 대체로 '그 사람'을 지지한다는 느낌을 받았는데."

"잘못된 느낌이군." 두 고블린 중 목소리가 높은 쪽이 말했다. "우리는 편 같은 건 들지 않소. 이건 마법사들의 전쟁이니까."

"그럼 어째서 숨어 있는 거요?"

"그편이 신중한 행동이라고 생각했으니까." 좀 더 굵직한 목소리의 고블린이 말했다. "주제넘은 요구를 하길래 거부했거든. 그러고 나니까 내가 위험에 처했다는 사실을 알게 됐지."

"그자들이 뭘 요구했기에?" 테드가 물었다.

"우리 종족의 품위에 어울리지 않는 일들." 고블린이 대답했다. 목소리가 더 거칠어지는 동시에 덜 인간다워졌다. "나는 집요정이 아니오."

"당신은 어떻게 된 거요, 그립훅?"

"비슷한 이유였소." 높은 목소리의 고블린이 말했다. "그린고츠는 더 이상 고블린들의 통제하에만 있지 않소. 나는 마법사 주인 따위 몰라."

그가 소리 죽여 고블린어로 몇 마디 덧붙이자 고르눅이 웃음을 터뜨렸다.

"뭐가 웃긴 거예요?" 딘이 물었다.

"그립훅이 말하길" 하고, 더크가 대답했다. "마법사들이 모르는 것들도 있다는데."

짧은 침묵이 이어졌다.

"무슨 말인지 모르겠는데요." 딘이 말했다.

"내가 떠나기 전에 작은 복수를 했거든." 그립훅이 영어로 말했다.

"훌륭한 사람…… 아니, 훌륭한 고블린이라고 해야겠군." 테드가 서둘러 말을 정정했다. "혹시 당신들의 그 최고로 보안이 철저한 금고 중 하나에 죽음을 먹는 자를 가둬 버린 건 아니겠지?"

"만약 그랬다면 그 검도 그자가 탈출하는 데 도움이 되진 않겠지." 그립훅이 대답했다. 고르눅이 다시 웃음을 터뜨렸고 더크까지도 메마른 소리로 낄낄거렸다.

"딘이랑 나는 아직도 뭔가 놓치고 있는 것 같은데." 테드가 말했다.

"세베루스 스네이프도 마찬가지요. 그자는 아직 그 사실을 모르지만." 그립훅이 말했고, 두 고블린은 또다시 심술궂게 웃었다.

텐트 안에 있던 해리의 호흡이 흥분으로 가빠졌다. 그와 헤르미온느는 최대한 열심히 귀 기울이면서 서로를 뚫어지게 바라보았다.

"그 소식 못 들었어요, 테드?" 더크가 물었다. "호그와트에 있는 스네이프의 연구실에서 그리핀도르의 검을 훔치려던 아이들 이야기 말이에요."

한순간 전류가 해리의 몸을 훑고 지나갔다. 그는 자리에서 벌떡 일어섰다. 온몸의 신경이 곤두서는 듯했다.

"전혀 못 들었네." 테드가 말했다. "《예언자일보》에 실렸었나?"

"실릴 리가 없죠." 더크가 껄껄 웃었다. "여기 그립훅이 나한테 말해 줬어요. 그립훅은 은행에서 일하는 빌 위즐리에게 들었고요. 검을 훔치려던 아이들 중 한 명이 빌의 여동생이었다더군요."

해리는 헤르미온느와 론을 쳐다보았다. 둘 다 생명줄이라도 되는 것처럼 길어지는 귀를 움켜쥐고 있었다.

"그 아이와 친구 두어 명이 스네이프의 연구실에 들어가서 그자가 검을 보관하고 있던 유리 상자를 부숴서 열었대요. 그리고 몰래 검을 가지고 계단을 내려가다가 스네이프한테 붙잡힌 거죠."

"아, 세상에." 테드가 말했다. "대체 무슨 생각으로 그런 짓을 한 거지? '그 사람'한테 그 검을 사용할 수 있을 거라고 생각한 건가? 아니면 스네이프한테 쓰려고 했나?"

"글쎄요, 그 애들이 검을 가지고 뭘 할 생각이었는지는 몰라요. 아무튼 스네이프는 검을 그대로 두었다간 안전하지 않겠다고 판단했죠." 더크가 말했다. "아마 '그 사람'에게 지시를 받고 나서 그런 거겠지만, 며칠 뒤에 스네이프가 그 검을 런던으로 보내 그린고츠에 보관하도록 했거든요."

고블린들이 다시 낄낄거리며 웃기 시작했다.

"난 아직도 뭐가 웃긴지 모르겠군." 테드가 말했다.

"그 검은 가짜요." 그립훅이 거친 목소리로 말했다.

"그리핀도르의 검 말이오?"

"아, 그렇소. 복제품이오. 잘 만든 복제품인 건 사실이지. 하지만 그건 마법사가 만든 검이오. 진품은 수 세기 전에 고블린들이 만든 것이고, 고블린이 만든 무기에만 있는 몇 가지 속성을 지니고 있소. 그리핀도르의 진짜 검이 어디에 있는지는 모르겠지만 그린고츠 은행 금고는 아니오."

"그렇군." 테드가 말했다. "그리고 당신들은 죽음을 먹는 자들한테 이 얘기를 굳이 해 주지 않은 거고?"

"그런 얘기를 해서 그자들을 골치 아프게 만들 이유가 뭔지 모르겠군." 그립훅이 거드름을 피우며 말했다. 이제는 테드와 딘도 고르눅, 더크와 함께 웃었다.

한편 텐트 안에서는 해리가 눈을 감은 채 누가 대신 그 질문을 던져 주기만 바라고 있었다. 반드시 대답을 들어야만 하는 질문이 있었다. 10분처럼 느껴지는 1분이 흐른 뒤

딘이 그 바람을 들어주었다. 그 역시(해리는 문득 이 사실을 떠올리고 놀랐다) 한때 지니의 남자 친구였던 것이다.

"지니랑 다른 애들은 어떻게 됐어요? 검을 훔치려던 애들 말이에요."

"아, 그 애들은 벌을 받았지. 잔인하게." 그립훅이 무심하게 말했다.

"그래도 괜찮긴 한 거지?" 테드가 재빨리 물었다. "내 말은, 위즐리 부부의 아이들이 더 이상 다쳐선 안 된다는 거요. 안 그런가?"

"내가 알기론 심각한 부상을 입지는 않았소." 그립훅이 말했다.

"다행이군." 테드가 말했다. "스네이프가 한 짓을 보면 그 애들이 아직 살아 있다는 것만으로도 기뻐해야겠지."

"그럼 당신도 그 말을 믿는 건가요, 테드?" 더크가 물었다. "스네이프가 덤블도어를 죽였다는 얘기 말이에요."

"당연하지." 테드가 말했다. "자네 지금 포터가 그 일에 연루돼 있다는 얘기를 하려는 건 아니겠지?"

"요즘에는 뭘 믿어야 할지 잘 모르겠어요." 더크가 중얼거렸다.

"저는 해리 포터를 알아요." 딘이 말했다. "그리고 저는 그 애가 진짜…… 선택받은 자든, 아니면 뭐라고 부르든 간에 진짜라고 생각해요."

"그래, 그 아이가 바로 그거라고 믿고 싶어 하는 사람들이 상당히 많지, 애야." 더크가 말했다. "나도 그중 하나야. 하지만 어디로 간 걸까? 돌아가는 꼴을 보면 도망친 것 같은데. 그 애가 우리가 모르는 걸 뭐라도 알고 있거나 정말로 뭔가 특별한 면을 가지고 있다면, 그렇게 숨어 있는 대신 밖으로 나와 맞서 싸우고 저항 세력을 결집시키지 않았겠니? 그리고 《예언자일보》는 해리 포터에게 불리한 주장을 꽤 그럴싸하게 내세우……."

"《예언자일보》?" 테드가 코웃음 쳤다. "아직도 그 쓰레기를 읽는다니 속아도 싸군, 더크. 사실이 알고 싶다면 《이러쿵저러쿵》을 읽어 봐."

갑자기 숨 막히는 소리와 헛구역질하는 소리가 들리더니 곧바로 뭔가를 두드리는 소리가 이어졌다. 더크가 생선 가시를 삼킨 모양이었다. 그가 한참 만에 더듬더듬 말을 꺼냈다. "《이러쿵저러쿵》? 제노 러브굿의 그 정신 나간 걸레 쪼가리요?"

"요즘엔 그렇게 정신 나간 소리만 하지 않아." 테드가 말했다. "한번 읽어 볼 필요가 있네. 제노는 《예언자일보》에서 무시하고 있는 모든 이야기를 싣고 있어. 지난 호에는 굽은뿔 스노캑 얘기가 한 줄도 실려 있지 않더군. 그자들이 제노의 그런 행동을 얼마나 보아 넘길지는 모르겠네. 하지만 제노는 매 호 표지에 '그 사람'에 맞서는 마법사라면 누구든 해리 포터를 돕는 일을 가장 우선해야 한다고 쓰고 있네."

"감쪽같이 사라진 아이를 어떻게 도우라는 건지." 더크가 말했다.

"이보게, 놈들이 아직까지 그 애를 잡지 못했다는 사실 하나만으로도 엄청난 업적이네." 테드가 말했다. "나라면 그 아이한테 기꺼이 한 수 배우겠어. 그게 우리가 하려는 일 아닌가? 계속 자유롭게 사는 것 말이야."

"그래요, 뭐, 그건 맞는 말이죠." 더크가 무거운 어조로 말했다. "정부와 그들의 정보원이 모조리 나서서 해리 포터를 찾고 있으니 나도 지금쯤은 그 애가 잡힐 거라고 생각했어요. 하지만 누가 알겠어요? 놈들이 이미 그 아이를 죽이고 말 안 하고 있는지."

"아, 그런 말 말게, 더크." 테드가 웅얼거렸다.

나이프와 포크가 달그락거리는 소리로 채워진 긴 침묵이 이어졌다. 그들이 다시 입을 연 건 강기슭에서 자야 할지, 아니면 나무가 우거진 비탈길로 물러나야 할지 의논하기 위해서였다. 나무 사이가 몸을 숨기기에 더 좋을 거라고 판단한 그들은 모닥불을 끈 뒤 비탈길을 다시 올라갔다. 그들의 목소리가 점점 멀어져 갔다.

해리, 론, 헤르미온느는 길어지는 귀를 도로 감았다. 엿듣는 동안 침묵을 지키고 있기가 점점 더 어려웠던 해리는 막상 입을 열자 이렇게밖에 내뱉지 못했다. "지니가……검이……."

"그렇지!" 헤르미온느가 말했다.

그녀는 작은 구슬가방으로 달려가서, 이번에는 팔을 겨드랑이까지 가방 안에 쑥 집어넣었다.

"여기…… 어디…… 있는데……." 그녀는 이를 악물고 중얼거리더니 가방 깊숙한 곳에 있었던 게 분명한 무언가를 꺼냈다. 세공된 액자 모서리가 천천히 눈에 들어왔다. 해리는 재빨리 그녀를 도왔다. 그녀는 피니어스 나이젤러스의 빈 초상화를 가방에서 꺼내는 내내 지팡이로 그것을 겨누고 있었다. 당장에라도 주문을 날릴 태세였다.

그녀가 그림을 텐트 옆면에 기대 세워 놓으며 헐떡였다. "만약 진짜 검이 덤블도어 교수님의 연구실에 있을 때 누가 그걸 가짜와 바꿔치기했다면 피니어스 나이젤러스가 봤을 거야. 유리 상자 바로 옆에 걸려 있으니까!"

"자고 있었던 게 아니라면 말이지." 해리가 말했다. 헤르미온느가 텅 빈 캔버스 앞에 무릎을 꿇고 앉자 해리도 숨죽이고 기다렸다. 그녀는 마법 지팡이를 캔버스 한가운데에 겨누고 목소리를 가다듬은 뒤 말했다. "어…… 피니어스? 피니어스 나이젤러스?"

아무 일도 벌어지지 않았다.

"피니어스 나이젤러스?" 헤르미온느가 다시 불렀다. "블랙 교수님? 말씀 좀 나눌 수 있을까요? 부탁드려요."

"예의 바른 말투는 항상 도움이 되지." 싸늘하고 교활한 어떤 목소리가 말했다. 피니어스 나이젤러스가 초상화 안으로 미끄러져 들어왔다. 그 즉시 헤르미온느가 소리쳤다. "옵스큐로!"

피니어스 나이젤러스의 날카로운 검은 눈에 검은색 안대가 씌워졌다. 그 바람에 액자에 부딪친 그는 고통스러워하며 비명을 질렀다.

"무슨…… 감히 이런 짓을…… 이게 뭐 하는……?"

"정말 죄송해요, 블랙 교수님." 헤르미온느가 말했다. "하지만 혹시 몰라서요. 이렇게 할 수밖에 없어요!"

"이 더러운 덧그림 당장 지워라! 없애라고 했다! 너는 위

대한 예술 작품을 망치고 있는 거야! 여기가 어디지? 무슨
일이 벌어지는 거냐?"

"여기가 어딘지는 신경 쓰지 마세요." 해리가 말하자 피
니어스 나이젤러스는 그림에 그려진 안대를 벗겨 내려다
말고 얼어붙기라도 한 듯 움직이지 않았다.

"설마, 미꾸라지 같은 포터 군의 목소리인가?"

"아마도요." 해리는 이런 식으로 피니어스 나이젤러스의
관심을 붙들어 둘 수 있다는 걸 알고 그렇게 말했다. "몇
가지 물어볼 게 있는데요, 그리핀도르의 검에 대해서요."

"아." 피니어스 나이젤러스가 이제는 해리의 모습을 보
려고 고개를 이쪽저쪽으로 돌리며 말했다. "그래. 그 멍청
한 여자애가 한 행동은 굉장히 현명하지 못한⋯⋯."

"내 동생에 대해 그따위로 말하지 마요." 론이 사납게 내
뱉었다. 피니어스 나이젤러스가 눈썹을 거만하게 치켜올
렸다.

"거기 또 누가 있지?" 그가 머리를 이리저리 돌리며 물었
다. "그게 무슨 말버릇이냐! 그 여자애와 그 애의 친구들은
너무 무모했다. 교장의 물건을 훔치려 들다니!"

"훔치려고 한 게 아니죠." 해리가 말했다. "그 검은 스네
이프 것이 아니니까."

"그 검은 스네이프 교수의 학교에 속해 있다." 피니어스 나이젤러스가 말했다. "위즐리네 딸이 그 검에 대해 대체 무슨 권리를 갖고 있다는 거냐? 그 애는 받아 마땅한 벌을 받은 거야. 멍청이 롱보텀과 러브굿이라는 그 이상한 애도 그렇고!"

"네빌은 멍청이가 아니고 루나도 이상한 애가 아니에요!" 헤르미온느가 말했다.

"여기가 어디지?" 피니어스 나이젤러스가 다시 안대와 씨름하기 시작하며 물었다. "날 어디로 데려온 거냐? 왜 나를 조상님들의 집에서 떼어 온 거지?"

"그건 신경 쓰지 말라니까요! 스네이프가 지니랑 네빌이랑 루나한테 어떤 벌을 줬어요?" 해리가 다급하게 물었다.

"스네이프 교수는 그 애들을 금지된 숲으로 보내서 천치 해그리드의 일을 몇 가지 돕게 했다."

"해그리드는 천치가 아니에요!" 헤르미온느가 날카롭게 소리쳤다.

"스네이프는 그게 처벌이라고 생각했겠지만……." 해리가 말했다. "지니랑 네빌이랑 루나는 아마 해그리드랑 같이 실컷 웃기만 했을걸요. 금지된 숲이라니…… 걔들은 금지된 숲보다 훨씬 끔찍한 것을 수없이 맞닥뜨렸는데 그게 뭐 별일이라고!"

해리는 그제야 마음이 놓였다. 그는 최소한 크루시아투스 저주 같은 더욱 끔찍한 처벌을 상상했었다.

"저희가 정말 알고 싶은 건요, 블랙 교수님, 음, 혹시 누가 그 검을 가지고 나간 적이 한 번이라도 있느냐는 거예요. 어쩌면 세척하거나 뭐 다른 걸 하려고 가지고 나간 적이 있을까요?"

피니어스 나이젤러스는 안대를 풀어 보려는 몸부림을 잠시 멈추고 킬킬거렸다.

"머글 태생들이란." 그가 말했다. "고블린이 만든 무기는 닦을 필요가 없다, 멍청한 꼬마야. 고블린의 은은 일상의 더러움은 모두 밀어내고 오직 힘을 강하게 만들어 주는 것들만 받아들이지."

"헤르미온느한테 멍청하다고 하지 마세요." 해리가 말했다.

"말대꾸 듣는 것도 슬슬 지겹구나." 피니어스 나이젤러스가 말했다. "이젠 교장실로 돌아갈 때가 된 것 같은데?"

그는 안대를 쓴 채 액자 옆면을 더듬기 시작했다. 이 그림에서 나가 호그와트에 있는 그림으로 돌아갈 길을 더듬어 찾으려는 것이었다. 문득 해리의 머릿속에 좋은 생각이 떠올랐다.

"덤블도어 교수님요! 저희한테 덤블도어 교수님을 데려와 주실 수 있어요?"

"뭐라고?" 피니어스 나이젤러스가 되물었다.

"덤블도어 교수님의 초상화가 있잖아요. 그분을 여기로, 교수님의 초상화 안으로 데리고 와 주실 수는 없나요?"

피니어스 나이젤러스는 해리의 목소리가 들리는 쪽으로 고개를 돌렸다.

"멍청한 건 확실히 머글 태생만이 아닌가 보구나, 포터. 호그와트의 초상화들은 서로 교류할 수는 있지만, 다른 곳에 걸려 있는 자신의 그림을 방문할 때가 아니면 성 밖으로 나갈 수 없다. 덤블도어는 나와 함께 여기로 올 수 없어. 게다가 네놈들한테 이런 대접을 받았는데 내가 여기 다시 올 것 같으냐!"

살짝 풀이 죽은 채 해리는 피니어스가 액자 밖으로 나가려고 더욱 몸부림치는 모습을 지켜보았다.

"블랙 교수님." 헤르미온느가 말했다. "그냥 말씀해 주실 수 없을까요? 부탁드려요. 그 검이 마지막으로 상자 밖으로 나온 게 언제예요? 그러니까, 지니가 꺼내기 전에 말이에요."

피니어스는 못 참겠다는 듯 코웃음을 쳤다.

"내가 그리핀도르의 검이 상자 밖으로 나오는 걸 마지막으로 본 건 덤블도어 교수가 그 검으로 반지를 파괴하려고 할 때였다."

헤르미온느는 해리를 휙 돌아보았다. 둘 다 피니어스 나이젤러스 앞에서 더 이상 이야기하지는 못했다. 피니어스 나이젤러스는 마침내 출구를 찾아냈다.

"그럼, 잘 있어라." 그는 약간 신경질적으로 그렇게 말하더니 시야 밖으로 나가려고 했다. 그의 모자챙만 시야에 겨우 남았을 때, 해리가 갑자기 큰 소리로 외쳤다.

"잠깐만요! 스네이프한테 그때 그 일을 봤다고 얘기하셨어요?"

피니어스 나이젤러스는 안대가 씌워진 머리를 다시 그림 속으로 삐죽 내밀었다.

"스네이프 교수는 알버스 덤블도어의 수많은 기행보다 더 중요한 문제들을 신경 쓰고 있다. 잘 있어라, 포터!"

그 말과 함께 그는 칙칙한 배경만 남긴 채 완전히 모습을 감췄다.

"해리!" 헤르미온느가 외쳤다.

"나도 알아!" 해리도 소리쳤다. 그는 도저히 참을 수가 없어서 허공에 대고 주먹을 마구 휘둘렀다. 그가 꿈에도 생각지 못했던 수확이었다. 그는 1킬로미터쯤 달려온 듯 세차게 뛰는 가슴을 안고 텐트 안을 서성거렸다. 더 이상 배도 고프지 않았다. 헤르미온느는 피니어스 나이젤러스의 초상화를 다시 구슬가방 안에 쑤셔 넣었다. 그녀는 걸쇠를 채우고 가방을 옆으로 던져 놓은 뒤 밝은 얼굴로 해리를 돌아보았다.

"그 검으로 호크룩스를 파괴할 수 있어! 고블린이 만든 검은 스스로를 강하게 만들어 주는 것들만 흡수한다……. 해리, 그 검에 바실리스크의 독이 스며들어 있는 거야!"

"그리고 덤블도어 교수님이 그 검을 내게 주지 않으신 건 아직 필요했기 때문이었어. 그것을 로켓 없애는 데 쓰고 싶으셨던 거야……."

"그리고 유언장에 적어 놓더라도 그자들이 네가 그 검을 갖도록 내버려 두지 않으리라는 것도 아셨던 게 틀림없어……."

"그래서 복제품을 만들고……."

"가짜 검을 유리 상자에 넣은 다음……."

"진짜는…… 어디에 두셨을까?"

그들은 서로를 뚫어지게 바라보았다. 해리는 그 답이 감

질나도록 가까운 거리에서 그들 위 공중에 보이지 않게 매
달려 있는 듯한 기분을 느꼈다. 덤블도어는 왜 그에게 말
해 주지 않은 걸까? 아니, 실은 말해 줬는데 해리가 그 당
시에 깨닫지 못한 걸까?

"생각해." 헤르미온느가 속삭였다. "생각해 봐! 어디에
두셨을까?"

"호그와트는 아닐 거야." 해리가 다시 왔다 갔다 하며 말
했다.

"호그스미드 어딘가에 두셨을까?" 헤르미온느가 추측
했다.

"악쓰는 오두막?" 해리가 말했다. "거긴 아무도 안 들어
가니까."

"하지만 스네이프가 거기 들어가는 방법을 알잖아. 좀
위험한 일 아니었을까?"

"덤블도어 교수님은 스네이프를 믿었어." 해리가 그녀에
게 일깨워 주었다.

"검을 바꿔치기했다고 알려 줄 만큼은 아니었지." 헤르
미온느가 말했다.

"그래, 네 말이 맞아!" 해리가 말했다. 덤블도어가 스네
이프에게 아주 희미하게나마 의심을 품고 있었다고 생각

하자 그는 기분이 더 좋아졌다. "그럼, 호그스미드에서 멀리 떨어진 곳에 숨겨 놓으셨을 수도 있을까? 네 생각은 어때, 론? 론?"

해리는 주위를 둘러보았다. 그는 론이 텐트 밖으로 나간 줄 알고 한순간 당황했다가, 아래쪽 침대의 어둠 속에 돌처럼 굳은 얼굴로 누워 있는 론을 발견했다.

"아, 이제야 내 생각이 났냐?" 그가 말했다.

"뭐?"

론은 위층 침대 밑을 뚫어지게 올려다보며 코웃음 쳤다.

"너희 둘은 계속해. 나 때문에 기분 망치지 말고."

혼란스러워진 해리는 도와 달라는 뜻으로 헤르미온느를 바라봤지만 그녀 역시 해리만큼 당황한 얼굴로 고개를 설레설레 저었다.

"뭐가 문제야?" 해리가 물었다.

"문제? 아무 문제 없어." 론이 여전히 해리 쪽으로는 눈길조차 주지 않으며 말했다. "어쨌든 네 말에 따르면 말이야."

머리 위 캔버스 천에 뭔가가 '툭툭' 튀기는 소리가 몇 차례 들렸다. 비가 내리기 시작했다.

"아니, 넌 확실히 문제가 있는 것 같은데." 해리가 말했다. "얘기 좀 해 볼래?"

론은 긴 다리를 침대에서 휙 내리더니 일어나 앉았다. 그는 평소의 그답지 않게 심술궂어 보였다.

"좋아, 솔직히 말할게. 우리가 찾아야 할 빌어먹을 물건이 하나 더 생겼다고 해서 내가 좋다고 텐트 안을 폴짝폴짝 뛰어다닐 거라고 생각하지는 마. 그냥 네가 모르는 게 하나 더 생겼을 뿐이니까."

"내가 모르는 것?" 해리가 되풀이했다. "내가 모르는 것?"

툭, 툭, 툭. 빗줄기가 더욱 거세지고 굵어졌다. 낙엽이 흐트러진 강둑과 어둠 저편에서 졸졸 흐르는 강물 위로 빗방울이 후두두 떨어졌다. 기쁨으로 들떴던 해리의 마음에 두려움이 찬물을 끼얹었다. 론은 해리가 의심하고 두려워해 온 바로 그 사실을 짚고 있었다.

"보면 알겠지만 난 지금 인생 최고의 시간을 보내고 있어." 론이 비딱하게 말했다. "팔은 난도질당했지, 먹을 건 아무것도 없지, 매일 밤 등짝이 얼어붙을 것 같으니까. 난 그냥, 뭐랄까, 몇 주 동안 죽어라 뛰어다녔으니 뭐라도 얻는 게 있을 줄 알았어."

"론." 그를 부르는 헤르미온느의 목소리가 너무 작아서, 론은 텐트에 빗방울이 떨어지는 시끄러운 소리 때문에 그 말을 못 들은 척할 수 있었다.

"난 네가 무슨 일을 하게 될 줄 알고 따라나선 거라고 생
각했는데." 해리가 말했다.

"응, 나도 그런 줄 알았어."

"그럼 어떤 점이 네 기대에 못 미치는 거야?" 해리가 물
었다. 화가 치밀자 할 말이 많아졌다. "5성급 호텔에라도
묵을 줄 알았어? 매일매일 호크룩스를 발견하게 될 줄 알
았냐? 크리스마스쯤이면 엄마한테 돌아갈 줄 안 거야?"

"우린 네가 뭘 알고 이 일을 하는 줄 알았어!" 론이 벌떡
일어서며 소리쳤다. 그 말이 달궈진 칼처럼 해리를 꿰뚫었
다. "우린 덤블도어가 너한테 무슨 일을 해야 하는지 말해
준 줄 알았다고. 너한테 제대로 된 계획이 있는 줄 알았단
말이야!"

"론!" 헤르미온느가 외쳤다. 이번에는 그녀의 목소리가
텐트 천막에 우레처럼 울리는 빗소리를 누르고 또렷이 들
렸지만 론은 그 외침을 다시 한 번 무시했다.

"뭐, 실망시켜서 미안하다." 해리가 말했다. 허탈하고 무
력한 기분에 비해 목소리는 침착했다. "난 처음부터 너희
한테 솔직하게 말했어. 덤블도어 교수님이 나한테 해 준
얘기를 전부 들려 줬다고. 그리고 아직 모를까 봐 하는 말
인데, 우린 호크룩스도 하나 찾았……."

"그래, 그 호크룩스를 없애는 일도 나머지 호크룩스를 찾는 일만큼이나 진척을 봤지. 다른 말로 하면, 젠장, 근처도 못 갔네!"

"로켓 벗어, 론." 헤르미온느가 평소보다 높아진 목소리로 말했다. "제발 벗어. 그걸 온종일 목에 걸고 있지 않았으면 이런 식으로 얘기하지 않았을 거야."

"아니, 했을걸." 해리가 말했다. 론에게 변명 거리를 쥐여 주고 싶지 않았다. "너희 둘이 내 등 뒤에서 속닥거리는 거 모를 것 같아? 너희가 이런 생각 하는 거, 내가 모를 줄 알았어?"

"해리, 우린 그런 게 아니······."

"거짓말하지 마!" 론이 이번엔 헤르미온느에게 퍼부어 댔다. "너도 그렇게 말했잖아. 너도 실망했다고 했잖아. 해리가 앞으로 할 일을 이보다는 더 알고 있을 줄 알았다고 했······."

"그런 식으로 말하진 않았어. 해리, 아니야!" 그녀가 울음을 티뜨렸다.

빗줄기가 텐트를 두들겨 댔다. 헤르미온느의 얼굴에 눈물이 흘러내렸다. 불과 몇 분 전에 느꼈던 흥분이 아예 처음부터 존재하지도 않았던 것처럼, 잠깐 번쩍이다 모든 것을 싸늘하고 축축한 어둠 속에 남겨 놓고 꺼지는 불꽃처럼 사라져 버렸다. 그리핀도르의 검은 어딘지 알 수 없는 곳에 숨겨져 있었고, 그들은 지금까지 살아남은 것 말고는 아무것도 해낸 것 없이 텐트 안에 머무르고 있는 10대 세 명일 뿐이었다.

"그럼 넌 왜 아직 여기 있는 건데?" 해리가 론에게 물었다.

"나도 모르겠다." 론이 말했다.

"그럴 거면 집에 가." 해리가 말했다.

"그래, 그래야겠네!" 론이 소리치더니 해리에게 몇 걸음 다가갔다. 해리는 물러서지 않았다. "저 사람들이 내 동생 얘기 하는 거 못 들었어? 넌 쥐똥만큼도 신경 안 쓰지? 그래 봐야 그냥 금지된 숲이니까. 더 심한 일도 겪어 보신 해리 포터 님이 내 동생한테 무슨 일이 일어나든 신경이나 쓰겠어? 근데 난 신경 써, 알았냐? 대왕 거미며 그 온갖 미친 것들……."

"난 그냥…… 지니는 다른 애들하고 같이 있었고, 해그리드도 같이……."

"그래, 네가 신경 안 쓰는 거 안다니까! 그리고 나머지 우리 가족은? '위즐리 부부의 아이들이 더 이상 다쳐선 안 된다'고 했잖아. 그 말은 들었냐?"

"그래, 난……."

"듣긴 했는데 그게 뭘 뜻하는지는 별로 신경 안 쓰였어?"

"론!" 헤르미온느가 둘 사이에 억지로 끼어들며 말했다. "난 그 말이 우리가 모르는 새로운 일이 일어났다는 뜻이 아니라고 봐. 생각해 봐, 론. 빌은 이미 흉터투성이고, 조지가 귀를 잃은 것도 지금쯤 아주 많은 사람이 봤을 게 틀림없어. 너도 알알이 곰팡이로 죽어 가고 있는 것으로 돼 있잖아. 아까 그분이 한 말은 전부 그런 뜻일 게 분명……."

"아, 분명하다고? 좋아, 그럼. 나도 굳이 우리 가족 신경 안 쓸게. 너희 둘은 괜찮잖아. 너희 부모님은 안전한 곳에 계시……."

"우리 부모님은 돌아가셨어!" 해리가 소리쳤다.

"우리 부모님도 그렇게 될지 모르고!" 론이 고함을 질렀다.

"그럼 가!" 해리가 외쳤다. "부모님한테 돌아가서, 알알이 곰팡이가 다 나은 척하고 엄마가 해 주는 음식도 실컷 먹을 수 있겠……."

론의 갑작스러운 움직임에 해리도 반응했지만, 두 사람이 주머니에서 마법 지팡이를 꺼내기 전에 헤르미온느가 가장 먼저 자신의 지팡이를 들어 올렸다.

"프로테고!" 그녀가 외치자 보이지 않는 방패가 그녀와 해리 사이, 또 그녀와 론 사이에서 펼쳐졌다. 모두가 주문의 힘에 뒤로 몇 발짝 떠밀렸다. 해리와 론은 생전 처음 보는 사이인 양 투명한 장벽을 사이에 두고 서로를 노려보았다. 해리는 론을 향한 맹렬한 증오를 느꼈다. 둘 사이에서 뭔가가 깨져 버렸다.

"호크룩스 내려놔." 해리가 말했다.

론은 머리 위로 줄을 잡아당기더니 가까이 있는 의자에 로켓을 내던졌다. 그는 고개를 돌려 헤르미온느를 바라보았다.

"어쩔 거야?"

"무슨 말이야?"

"남을 거야, 어쩔 거야?"

"나는……." 헤르미온느는 괴로워하는 표정이었다. "그래…… 그래, 난 남을 거야. 론, 우린 해리랑 같이 가기로 했잖아. 도와주겠다고 말했……."

"알았어. 쟬 선택한 거네."

"론, 아냐…… 제발…… 가지 마, 돌아와!"

헤르미온느는 자신이 걸어 놓은 방패 마법에 가로막혀 움직이지 못했다. 그녀가 마법을 거두었을 때쯤 론은 이미 어두운 밤 속으로 뛰쳐나간 뒤였다. 해리는 말없이 가만히

서서, 그녀가 흐느끼며 나무 사이로 론을 부르는 소리를
들었다.

몇 분 뒤 헤르미온느가 돌아왔다. 그녀의 흠뻑 젖은 머
리카락이 얼굴에 달라붙어 있었다.

"론이 가, 가, 가 버렸어! 순간이동을 했어!"

그녀는 의자에 털썩 주저앉아 몸을 웅크리고 울기 시작
했다.

해리는 머리가 어질어질했다. 그는 허리를 숙여 호크룩
스를 집어 들고 목에 건 다음, 론의 침대에서 담요를 가져
다 헤르미온느에게 덮어 주었다. 그러고 나서 침대로 기어
올라 텐트를 두드리는 빗소리에 귀를 기울이며 어두운 캔
버스 천장을 올려다보았다.

16장
고드릭 골짜기

다음 날 잠에서 깬 해리는 몇 초가 지나서야 무슨 일이 있었는지를 떠올렸다. 다음 순간 그는 유치하게도 그 일이 꿈이었기를, 론이 아직 이곳에 있고 결코 떠나지 않은 것이기를 바랐다. 하지만 베개에서 고개를 돌리자 론이 남겨 두고 간 빈 침대가 보였다. 그 광경이 마치 길을 막은 시체처럼 그의 눈길을 잡아끌었다. 해리는 론의 침대에서 애써 눈을 돌리며 침대에서 훌쩍 뛰어내렸다. 헤르미온느는 이미 부엌에서 바쁘게 움직이고 있었다. 그녀는 해리가 지나가는데도 아침 인사를 하지 않고 재빨리 얼굴을 돌렸다.

'가 버렸어.' 해리는 속으로 중얼거렸다. '갔어.' 그는 씻은 다음 옷을 입으면서도 줄곧 그 생각만 했다. 계속 생각하다 보면 그 충격이 무뎌지기라도 할 것처럼. '론은 가 버렸어. 돌아오지 않을 거야.' 해리는 그것이 온전히 진실이라는 것을 알고 있었다. 그들이 걸어 놓은 보호 마법 때문에, 두 사람이 이곳을 떠나는 순간 론은 그들을 다시 찾을 수 없을 것이었다.

그와 헤르미온느는 말없이 아침을 먹었다. 헤르미온느는 눈이 빨갛게 부어 있었다. 한숨도 못 잔 것 같았다. 두 사람은 소지품을 챙겼고, 헤르미온느는 그러면서도 시간을 끌었다. 해리는 그녀가 이 강둑에서 시간을 끄는 이유를 알고 있었다. 그는 그녀가 기대에 차서 고개를 드는 모습을 몇 번씩이나 보았다. 세차게 쏟아지는 비 사이로 발소리를 들었다고 착각한 게 틀림없었다. 하지만 나무들 사이에서 빨간 머리는 나타나지 않았다. 해리는 그녀를 따라 주위를 둘러보았다(그 또한 약간의 기대는 저버릴 수가 없었다). 하지만 비에 젖은 숲 말고는 아무것도 보이지 않았고, 그럴 때면 마음속에서 작은 분노 꾸러미가 하나씩 폭발했다. 론이 "우린 네가 뭘 알고 이 일을 하는 줄 알았어!"라고 외치던 소리가 들려오는 듯했다. 해리는 가슴속 깊은 곳이 쑤시는 듯한 통증을 느끼며 다시 짐을 싸기 시작했다.

텐트 옆을 흐르는 진흙탕 같은 강물이 빠르게 불어나고
있었다. 조금만 있으면 그들이 있는 강둑으로 흘러넘칠 기
세였다. 그들은 평소 같으면 야영지를 떠났을 시간을 넘기
고도 한 시간은 더 족히 그곳에 머물렀다. 헤르미온느는
구슬가방을 완전히 비우고 다시 싸는 일을 세 번이나 한
뒤에야 시간을 끌 이유를 더 찾을 수 없게 되었다. 그녀와
해리는 손을 잡고 세찬 바람이 부는, 야생화로 뒤덮인 언
덕배기로 순간이동 했다.

헤르미온느는 도착하자마자 해리의 손을 놓고 멀리 걸
어가더니, 커다란 바위 위에 앉아 얼굴을 무릎에 묻고 몸
을 떨었다. 해리는 그녀가 흐느끼고 있다는 것을 알았다.
그는 다가가서 위로해 줘야 한다고 생각하며 그녀를 바라
봤지만 왠지 그 자리에서 움직일 수 없었다. 가슴속이 싸
늘하고 답답하게만 느껴졌다. 론의 얼굴에 떠오르던 경멸
가득한 표정이 다시금 생각났다. 해리는 야생화를 헤치고
성큼성큼 나아가, 슬픔을 추스르지 못하고 있는 헤르미온
느를 가운데 두고 크게 원을 그리며 평소 그녀가 걸었던
보호 마법들을 걸었다.

그들은 이후 며칠 동안 론에 관한 얘기는 한 마디도 하
지 않았다. 해리는 그의 이름을 다시는 꺼내지 않을 작정

이었고 헤르미온느도 억지로 론 얘기를 해 봤자 아무 소용
없다는 것을 아는 눈치였다. 물론 밤이 되면 해리가 잠들
었다고 생각한 그녀가 우는 소리가 가끔씩 들리곤 했지만.
한편 해리는 지팡이 불빛에 비춰 도둑 지도를 살펴보기 시
작했다. 그는 론의 이름이 붙은 점이 호그와트 복도에 다
시 나타나는 순간, 즉 그가 안락한 성으로 돌아가 순수 혈
통이라는 지위의 보호를 받고 있다는 사실을 확인하는 순
간을 기다리고 있었다. 하지만 론은 지도에 나타나지 않았
다. 얼마 후 해리는 자기도 모르게 여학생 기숙사에 있는
지니의 이름을 들여다보고 있었다. 그의 강렬한 눈길이 그
녀의 꿈속으로 들어갈 수 있을지, 그가 그녀를 생각하고
있으며 그녀가 무사하기만 바란다는 것을 그녀가 어떻게
든 알 수 있을지 궁금해하면서.

　낮이 되면 그들은 그리핀도르의 검이 있을 만한 장소를
알아내기 위해 애를 썼지만, 덤블도어가 검을 숨겨 놨을
만한 장소에 대해 이야기할수록 그들의 추측은 더욱 절망
적이고 근거 없는 방향으로 흘러갔다. 머리를 곤봉으로 두
드려 맞아도 덤블도어가 뭔가를 숨겨 둔 장소를 언급한 적
이 있었는지는 전혀 떠오르지 않을 것 같았다. 가끔은 론
과 덤블도어 중 누구에게 더 화가 나는지 알 수 없었다. 우

린 네가 뭘 알고 이 일을 하는 줄 알았어…… 우린 덤블
도어가 너한테 무슨 일을 해야 하는지 말해 준 줄 알았다
고…… 너한테 제대로 된 계획이 있는 줄 알았단 말이야!

해리는 자기 자신을 속일 수 없었다. 론의 말이 맞았다.
덤블도어는 사실상 그에게 아무것도 남겨 주지 않았다. 그
들은 호크룩스 하나를 찾아냈지만 그걸 파괴할 방법은 없
었고, 나머지 호크룩스들은 여전히 손 닿지 않는 곳에 있
었다. 절망감이 그를 집어삼킬 듯했다. 이제 와서 생각해
보니 이 정처 없고 의미도 없는 여행에 함께하겠다는 친구
들의 제안을 받아들인 자신의 뻔뻔스러움이 놀라웠다. 그
는 아무것도 모르고 있었다. 아무 생각도 없었다. 그런 주
제에 헤르미온느마저 당장에라도 이제 됐다고, 나도 떠나
겠다고 말하지 않을까 계속 지나칠 만큼 눈치를 살폈다.

그들은 거의 침묵 속에서 수많은 밤을 보내고 있었다.
헤르미온느는 론이 떠나고 남은 빈자리를 피니어스 나이
젤러스가 조금이나마 채워 줄 수 있다는 듯이 그의 초상
화를 꺼내 의자에 기대 놓는 버릇이 생겼다. 다시는 그들
을 찾아오지 않겠다던 피니어스 나이젤러스는 해리가 뭘
하는지 알아볼 기회를 차마 거부할 수 없었는지 며칠에 한
번씩 안대를 낀 상태로 다시 나타나는 데 동의했다. 믿을

수 없고 비웃음이나 일삼기는 했지만 어쨌든 일행이었기에 해리는 그가 반가울 지경이었다. 물론 피니어스 나이젤러스를 딱히 이상적인 정보원이라고 할 수는 없었지만 그들은 호그와트에 관한 소식이라면 무엇이든 반겼다. 피니어스 나이젤러스는 그가 학교를 이끌던 시절 이후 슬리데린 출신으로는 처음 교장이 된 스네이프를 매우 아꼈기 때문에, 그들은 스네이프를 비난하거나 그에 대해 무례한 질문을 던지지 않도록 조심해야 했다. 그들이 그런 식으로 굴면 피니어스 나이젤러스는 곧바로 그림을 떠나 버렸다.

하지만 그는 어떤 정보들을 슬쩍슬쩍 흘리기도 했다. 타협하지 않는 일부 학생들이 스네이프를 상대로 꾸준히 작은 반란을 일으키는 듯했다. 지니는 호그스미드 방문이 금지됐다. 스네이프는 셋 이상의 모임과 비공식적인 학생 단체의 결성을 모두 금지하는 엄브리지의 옛 법령을 부활시켰다.

해리는 이 모든 소식을 통해 지니가 아마 네빌이나 루나와 함께 최선을 다해 덤블도어의 군대를 지키고 있을 거라고 추측했다. 이런 소식을 드문드문 들을 때마다 해리는 지니가 너무 보고 싶어서 복통이 일어날 지경이었다. 동시에 론과 덤블도어, 호그와트도 생각났다. 해리에게는 이 모든 것이 전 여자 친구만큼이나 그리웠다. 피니어스 나이젤러스가 스네이프의 엄격한 단속에 대해 얘기할 때면 해리는 학교로 돌아가 스네이프 체제를 뒤흔드는 데 가담하는 상상을 하다가 순간 광기에 사로잡히기도 했다. 그 순간에는, 먹을 것이 있고 부드러운 침대가 있고 다른 사람들에게 책임을 떠맡긴다는 것이 세상에서 가장 멋진 일처럼 느껴졌다. 하지만 해리는 자신이 1만 갈레온의 현상금이 걸린 위험인물 1호이며, 지금 호그와트로 걸어 들어가는 건 마법 정부로 걸어 들어가는 것만큼이나 위험한 일이라는 사실을 떠올렸다. 피니어스 나이젤러스에게는 그럴 의도가 없었겠지만, 그가 해리와 헤르미온느의 행방을 넌지시 물으면 유난히 그런 생각이 들곤 했다. 헤르미온느는 피니어스 나이젤러스가 유도신문을 할 때마다 그의 액자를 구슬가방 안에 도로 집어넣었는데, 그는 이런 버릇없는 작별 인사를 당하면 이후 며칠 동안 다시 나타나지 않으려 했다.

날씨는 점점 추워졌다. 영국 남부에 머물렀다면 고작 땅이 서리로 딱딱하게 굳는 것 정도가 큰 걱정거리였을 테지만, 그들은 한곳에 오래 머무르지 않고 겁 없이 온 나라를 떠돌아다녔다. 텐트 위로 진눈깨비가 쏟아지는 산등성이,

텐트가 차가운 물에 잠기곤 하는 드넓고 평평한 늪지대, 밤사이 눈이 내려 텐트를 반쯤 묻어 버리는 스코틀랜드 호수 한가운데의 작은 섬 등 어디든 마다하지 않았다.

몇몇 집 거실 창문에서는 벌써 반짝이는 크리스마스트리가 보였다. 어느 날 저녁, 해리는 그들이 탐사해 보지 않은 유일한 곳을 다시 한 번 제안해 보기로 했다. 그와 헤르미온느는 방금 평소답지 않은 푸짐한 식사를 마친 뒤였다. 헤르미온느가 투명 망토를 뒤집어쓰고 슈퍼마켓에 갔다 온 것이다(그녀는 양심적이게도 가게를 나서면서 열려 있는 계산대에 돈을 집어넣었다). 해리는 헤르미온느가 볼로네제 스파게티와 절인 배 통조림을 먹고 배가 부른 상태라면 좀 더 쉽게 납득할지 모른다고 생각했다. 몇 시간만이라도 호크룩스를 목에 걸지 말자고 미리 말해 두기도 했다. 호크룩스는 지금 그의 옆에 있는 침대 끝에 걸려 있었다.

"헤르미온느?"

"응?" 그녀는《음유시인 비들 이야기》를 들고 푹 꺼진 안락의자 하나에 웅크리고 앉아 있었다. 해리는 그녀가 그 책에서 얼마나 많은 정보를 더 얻어 낼지 감을 잡을 수 없었다. 어쨌든 내용이 그렇게 길진 않았던 것이다. 하지만《스펠먼의 룬문자 읽기》가 의자 팔걸이 위에 펼쳐져 있는 걸 보면, 그녀는 분명 책 속에 있는 무언가를 여전히 해독하고 있었다.

해리는 목을 가다듬었다. 몇 년 전, 더즐리 부부를 설득해 허가서에 서명을 받지 못했으면서도 맥고나걸 교수에게 호그스미드에 가도 되느냐고 물었을 때와 똑같은 기분이었다.

"헤르미온느, 내가 생각을 좀 해 봤는데……."

"해리, 이것 좀 볼래?"

그녀는 해리의 말을 듣지 않고 있는 게 분명했다. 그녀는 몸을 기울여《음유시인 비들 이야기》를 내밀었다.

"이 기호를 봐." 그녀가 어느 페이지의 맨 윗부분을 가리키며 말했다. 해리가 보기에는 이야기 제목 같은 것 위에 (룬문자를 읽을 줄 몰랐으므로 확실하지는 않았다) 삼각형 눈처럼 보이는 그림이 그려져 있었다. 눈동자 위에 세로줄이 그어져 있는 모양의 눈이었다.

"난 고대 룬문자 수업 들은 적 없어, 헤르미온느."

"나도 알아. 하지만 이건 룬문자가 아니야. 문자표에도 없어. 그동안 줄곧 이걸 눈 그림이라고 생각했는데 아닌 것 같아! 잉크로 그려져 있어. 봐, 누가 여기에 그려 놓은 거야. 원래 이 책에 있던 게 아니야. 생각해 봐, 이거 예전에 본 적 있어?"

"아니…… 어, 잠깐만." 해리는 그것을 자세히 살펴보았다. "이거 루나네 아빠가 목에 걸고 있던 거랑 같은 기호 아니야?"

"음, 나도 그렇게 생각했어!"

"그럼 이건 그린델왈드의 상징이야."

그녀는 입을 딱 벌리고 그를 바라보았다.

"뭐?"

"크룸이 말해 줬어……."

그는 빅토르 크룸이 결혼식에서 해 준 이야기를 들려주었다. 헤르미온느는 깜짝 놀란 얼굴이었다.

"그린델왈드의 상징이라고?"

그녀는 해리와 그 괴상한 기호를 번갈아 바라보았다. "그린델왈드의 상징이 있다는 얘기는 못 들어 봤어. 내가 읽은 그린델왈드 관련 책에는 그런 얘기가 하나도 없던데."

"뭐, 말했다시피 크룸은 그 상징이 덤스트랭 벽에 새겨져 있고, 그린델왈드가 거기에 그걸 새겨 놓았다고 했어."

그녀는 얼굴을 찌푸리며 낡은 안락의자에 주저앉았다.

"정말 이상하다. 이게 어둠의 마법의 징표라면 왜 동화책에 있는 거지?"

"그러게, 이상하네." 해리가 말했다. "게다가 스크림저라면 그걸 알아봤을 거 아냐. 마법 정부 총리에다, 어둠의 마법에 관련된 일에는 분명 전문가였을 텐데."

"그러게……. 어쩌면 나처럼 그냥 눈이라고 생각했을지도 모르지. 다른 이야기들도 전부 제목 위에 작은 그림들이 그려져 있거든."

그녀는 아무 말 없이 그 이상한 기호만 들여다보고 있었다. 해리는 다시 시도해 보았다.

"헤르미온느?"

"응?"

"줄곧 생각해 봤는데, 나…… 나 고드릭 골짜기에 가고 싶어."

헤르미온느가 고개를 들어 그를 바라봤지만 눈에 초점이 맞지 않았다. 아직도 책에 그려진 그 수수께끼 같은 기호를 생각하고 있는 게 분명했다.

"그래." 그녀가 말했다. "그래, 나도 그럴까 생각했어. 정말 그래야 할 것 같아."

"내 얘기 제대로 들은 거야?" 해리가 물었다.

"당연하지. 고드릭 골짜기에 가고 싶다며. 나도 같은 생각이야. 그래야 할 것 같아. 나도 그게 달리 어디에 있을지

딱히 생각 안 나거든. 위험하긴 하겠지만 생각할수록 거기에 있을 가능성이 높은 것 같아."

"어…… 뭐가 거기 있다는 거야?" 해리가 물었다.

그 물음에 헤르미온느는 해리만큼이나 당황한 표정이었다.

"검 말이야, 해리! 덤블도어 교수님은 틀림없이 네가 그곳으로 돌아가고 싶어 하리라는 걸 아셨을 거야. 게다가 고드릭 골짜기는 고드릭 그리핀도르가 태어난 곳이기도 하고……."

"진짜야? 그리핀도르가 고드릭 골짜기에서 태어났다고?"

"해리, 너 《마법의 역사》를 펼쳐 본 적이 있긴 하니?"

"음." 그가 몇 달 만에 처음 웃어 보는 것처럼 미소를 지었다. 얼굴 근육이 이상하게 뻣뻣했다. "펼쳐 봤겠지. 그러니까, 그 책을 샀을 때…… 그때 한 번……."

"마을 이름도 그리핀도르한테서 따온 거니까 난 네가 연상했을 수도 있을 거라 생각했지." 헤르미온느가 말했다. 최근 그 어느 때보다도 훨씬 예전의 그녀다운 목소리였다. 해리는 그녀의 입에서 도서관에 가 봐야겠다는 말이 나올 것 같은 기분마저 느꼈다. "《마법의 역사》에 그 마을에 관한 얘기가 좀 나와 있어. 잠깐만⋯⋯."

그녀는 구슬가방을 열고 잠시 뒤진 끝에 바틸다 백숏이 쓴 옛 교과서, 《마법의 역사》를 꺼냈다. 책을 훑어보던 그녀는 마침내 원하던 페이지를 찾았다.

1689년 국제 비밀 유지 법령이 타결되자마자 마법사들은 영원히 모습을 감췄다. 그들이 지역사회 안에서 자신들만의 작은 공동체를 형성한 것은 자연스러운 일이었는지도 모른다. 수많은 마을과 촌락이 마법사 가족들의 마음을 끌었고, 그들은 단결하여 서로를 돕고 보호했다. 이처럼 마법사들이 고향으로 삼은 마을 중에는 콘월의 틴워스, 요크셔의 어퍼 플래글리, 잉글랜드 남부 해안의 오터리 세인트 캐치폴 같은 곳이 눈에 띄는데, 마법사들은 이런 마을에서 인내심 많고 가끔 혼돈 마법에 걸리기도 한 머글들과 함께 살아갔다. 머글 반, 마법사 반인 이런 주거지 중에서 가장 유명한 곳은 아마도 위대한 마법사 고드릭 그리핀도르가 태어난 곳이자 마법사 대장장이 보먼 라이트가 최초의 골든 스니치를 만들어 낸 장소인, 웨스트 컨트리의 고드릭 골짜기일 것이다. 이 마을의 묘지는 유서 깊은 마법사 가문의 이름으로 가득한데, 수 세기 동안 마을의 작은 교회에 전해 내려온 귀신 이야기는 틀림없이 거기에서 비롯됐을 것이다.

"너랑 너희 부모님 얘기는 안 나와." 헤르미온느가 책을 덮으며 말했다. "백숏 교수는 19세기 말 이후의 이야기는 하나도 안 다루고 있거든. 하지만 알겠지? 고드릭 골짜기, 고드릭 그리핀도르, 그리핀도르의 검. 덤블도어 교수님은 네가 이것들 사이의 연관성을 발견할 거라고 기대하지 않으셨을까?"

"아, 그래……."

해리는 고드릭 골짜기에 가자는 제안을 하면서 검에 대한 생각은 전혀 하지 않았다는 사실을 인정하고 싶지 않았다. 해리가 그 마을에 가고 싶어 한 이유는 부모님의 무덤과 그가 죽음에서 간신히 탈출했던 집, 그리고 바틸다 백숏이 거기 있었기 때문이었다.

"뮤리엘 할머니가 했던 말 기억나?" 그가 머뭇거리다 결국 물었다.

"누구?"

"있잖아." 그는 망설였다. 론의 이름을 말하고 싶지 않았기 때문이다. "지니의 고모할머니. 결혼식에서 봤잖아. 너한테 발목이 너무 가늘다고 했던 사람."

"아." 헤르미온느가 말했다.

난처한 순간이었다. 헤르미온느는 론의 이름이 곧 튀어 나올지도 모른다고 느끼는 게 분명했다. 해리는 황급히 말을 이었다. "뮤리엘 할머니는 바틸다 백숏이 지금까지도 고드릭 골짜기에 살고 있다고 했어."

"바틸다 백숏." 헤르미온느가 《마법의 역사》 표지에 볼록 튀어나와 있는 바틸다의 이름을 검지로 쓸어 보며 중얼거렸다. "음, 내 생각엔⋯⋯."

그녀가 어찌나 놀란 기색으로 숨을 헉 들이켰는지 해리는 가슴이 철렁해서는 마법 지팡이를 꺼내 들고 텐트의 출입구 쪽을 돌아보았다. 출입구를 막고 있는 덮개를 억지로 비집고 들어오는 손을 보게 될 거란 생각마저 들었지만 아무 일도 벌어지지 않았다.

"왜 그래?" 그는 화가 나면서도 반쯤 안심하면서 그렇게 물었다. "왜 그런 거야? 죽음을 먹는 자가 텐트를 열고 들어오는 거라도 본 줄 알았잖아."

"해리, 바틸다가 그 검을 갖고 있다면? 덤블도어 교수님이 검을 바틸다한테 맡겼다면?"

해리는 그 가능성을 따져 보았다. 바틸다는 지금쯤 나이를 꽤 많이 먹었을 테고, 뮤리엘의 말에 따르면 '노망'이 나

있었다. 덤블도어가 그리핀도르의 검을 그녀에게 맡겼을
가능성이 있을까? 만약 그렇다면, 덤블도어는 엄청나게 많
은 것을 운에 맡겨 놓은 셈이었다. 그는 그 검을 가짜와 바
꿔치기해 놓았다는 사실을 단 한 번도 드러내지 않았고,
바틸다와의 우정을 언급한 적도 없었다. 하지만 지금은 헤
르미온느의 의견에 의문을 제기할 때가 아니었다. 지금 그
녀는 해리가 그토록 바라던 것에 아주 놀랄 만큼 기꺼이
동의하고 있었다.

"그래, 그랬을 수도 있어! 그럼 고드릭 골짜기로 가는 거
야?"

"응, 하지만 신중하게 생각해 봐야 해, 해리." 이제 그녀
는 몸을 꼿꼿이 펴고 앉아 있었다. 해리는 그녀 역시 다시
계획이 생겼다는 생각에 자기만큼 기분이 나아졌다는 사실
을 알 수 있었다. "일단은 투명 망토를 쓰고 같이 순간이동
하는 연습을 해야 할 거야. 보호색 마법도 괜찮은 방법일 테
고. 아니면 아예 철저하게 폴리주스 마법약을 사용해야 할
까? 그러려면 누군가의 머리카락을 모아야 해. 사실, 난 그
러는 편이 좋을 것 같아. 위장은 철저할수록 좋으니까……."

해리는 그녀가 잠깐 말을 멈출 때마다 고개를 끄덕이고
맞장구를 치면서 그녀가 이야기를 이어 가도록 내버려 두

었지만 마음은 다른 데 가 있었다. 그는 그린고츠에 보관된 검이 가짜라는 사실을 알아낸 이후 처음으로 흥분을 느꼈다.

조금만 있으면 집으로 돌아간다. 그가 가족과 함께 살았던 그곳으로. 볼드모트만 아니었다면 그는 고드릭 골짜기의 집에서 어린 시절을 보내고 방학 때마다 그곳에서 지냈을 것이다. 친구들을 집에 초대할 수도 있었을 것이다……. 심지어 남동생이나 여동생이 있었을지도 모른다……. 그의 어머니가 그의 열일곱 번째 생일 케이크를 만들어 주었을 것이다. 그가 삶을 빼앗긴 현장을 곧 보게 될 거라는 사실을 알게 된 이 순간만큼 그 빼앗긴 삶이 실감 나게 느껴진 적은 없었다. 그날 밤 헤르미온느가 잠자리에 들고 나자 해리는 조용히 그녀의 구슬가방에서 자신의 배낭을 끄집어내 그 안에서 해그리드가 아주 오래전에 준 앨범을 꺼냈다. 그는 몇 달 만에 처음으로 부모님의 옛 사진들을 들여다보았다. 그의 부모님은 사진 속에서 미소 지으며 그에게 손을 흔들고 있었다. 지금 그에게 남은 부모님의 흔적은 이 사진이 전부였다.

해리는 내일이라도 당장 고드릭 골짜기로 떠나고 싶었지만 헤르미온느의 생각은 달랐다. 볼드모트라면 해리가 부모님이 돌아가신 장소로 돌아올 것을 예상하고 있을 게 틀림없다고 확신한 헤르미온느는 최대한 완벽하게 위장한 뒤에야 출발할 작정이었다. 그러므로 헤르미온느가 출발하는 데 찬성한 것은 1주일이 꼬박 지나고 나서, 그러니까 아무것도 모른 채 크리스마스 쇼핑을 하던 머글들에게서 몰래 머리카락을 얻고 해리와 함께 투명 망토를 쓴 채 순간이동 하는 연습을 마친 뒤였다.

그들은 어둠을 틈타 마을로 순간이동을 할 생각이었기 때문에 늦은 오후가 되어서야 폴리주스 마법약을 마셨다. 해리는 머리가 벗어져 가는 중년 머글 남자로 변신했고, 헤르미온느는 키가 작고 소심해 보이는 그의 아내로 변했다. (해리가 목에 건 호크룩스를 제외한) 모든 소지품이 담긴 구슬가방은 단추를 잠근 헤르미온느의 코트 안주머니에 들어 있었다. 해리가 두 사람의 머리 위로 투명 망토를 뒤집어씌우자 그들은 다시 한 번 숨 막히는 어둠 속으로 빨려 들어갔다.

해리는 쿵쿵거리는 심장이 목구멍까지 올라온 것 같은 기분을 느끼며 눈을 떴다. 두 사람은 그 밤의 첫 별들이 희미하게 깜빡거리는 검푸른 하늘 아래 눈 쌓인 길에서 손을 잡고 서 있었다. 좁은 길 양옆에 늘어선 집 창문마다 크리

스마스 장식이 반짝였다. 그들 앞으로 조금 떨어진 곳에서
황금색 가로등 불빛이 마을 중심부를 비춰 주고 있었다.

"온통 눈이야!" 헤르미온느가 투명 망토를 뒤집어쓴 채
속삭였다. "왜 눈 생각을 못 했지? 온갖 것에 그렇게 주의
를 기울였는데, 발자국이 남을 거 아냐! 지워야 해. 네가
앞장서. 내가 지울게."

아무리 마법으로 자취를 지우고 몸을 숨겨야 한다지만
헤르미온느와 등을 맞대고 연극에서 말 가죽 의상을 뒤집
어쓴 사람들처럼 어기적어기적 마을에 들어가고 싶지는
않았다.

"투명 망토를 벗자." 해리가 말하자 헤르미온느는 겁에
질린 표정을 지었다. "어서. 우린 지금 우리 모습도 아니고
주위엔 아무도 없잖아."

그는 재킷 속에 투명 망토를 집어넣고 헤르미온느와 함
께 거침없이 앞으로 나아갔다. 더 많은 집을 지나는 동안
얼음장 같은 공기가 얼굴을 찌르는 듯했다. 그 집들 중 한
곳이 한때 제임스와 릴리가 살았던 곳일 수도, 혹은 지금
바틸다 백숏이 살고 있는 곳일 수도 있었다. 해리는 현관
문들과 눈이 두껍게 쌓여 있는 지붕들, 그리고 발코니들을
바라보며 뭔가 기억나는 게 있는지 생각해 보았다. 겨우

한 살이었을 때 이곳을 영영 떠났기에 뭔가를 기억하는 일
이 불가능하다는 것을 마음속 깊은 곳에서는 알고 있었는
데도 그랬다. 피델리우스 마법으로 집을 지켜 주던 사람들
이 죽고 나면 그 집에 어떤 일이 일어나는지 몰랐기 때문
에 그 집이 눈에 보일지조차 확신할 수 없었다. 그때, 그들
이 걷고 있던 좁은 길이 왼쪽으로 꺾이면서 마을 중심부인
작은 광장이 모습을 드러냈다.

색색의 조명이 사방에 걸려 있는 광장 한가운데에는 전
쟁 기념비처럼 보이는 무언가가, 세찬 바람을 맞고 있는
크리스마스트리에 약간 가려진 채 서 있었다. 가게 몇 곳
과 우체국, 술집이 있었고, 광장 건너편에서는 작은 교회
의 스테인드글라스 창문이 보석처럼 밝게 빛나고 있었다.

이곳의 눈은 단단하게 다져져 있었다. 사람들이 온종일
밟고 다닌 자리는 딱딱하고 미끄러웠다. 해리와 헤르미온
느의 눈앞에서 오고 가는 마을 사람들의 모습이 가로등 불
빛에 잠깐잠깐 비쳤다. 술집 문이 열릴 때마다 웃음소리와
노랫소리가 순간적으로 흘러나왔다. 잠시 후 작은 교회 안
에서 캐럴이 시작되었다.

"해리, 크리스마스이브인가 봐!" 헤르미온느가 말했다.

"그래?"

그는 날짜 감각을 잃은 뒤였다. 그들은 몇 주째 신문을 보지 못했다.

"확실해." 헤르미온느가 교회에 시선을 고정한 채 말했다. "저기…… 저 안에 계시지 않을까? 너희 엄마 아빠 말이야. 뒤쪽에 묘지가 보여."

해리는 흥분을 넘어 두려움에 가까운 어떤 전율을 느꼈다. 이렇게 가까이 오자 부모님의 무덤을 정말 보고 싶은 건지도 의심스러워졌다. 헤르미온느도 그의 기분을 알아차린 듯 손을 내밀어 그의 손을 잡고 처음으로 앞장서서 그를 이끌었다. 하지만 광장을 반쯤 가로질렀을 때 그녀는 우뚝 멈춰 섰다.

"해리, 봐 봐!"

그녀는 전쟁 기념비를 가리키고 있었다. 그들이 그 앞을 지나가는 순간 기념비의 모양이 바뀌었던 것이다. 그곳에는 이름들로 뒤덮인 돌기둥 대신 세 사람의 조각상이 있었다. 헝클어진 머리카락을 하고 안경을 쓴 남자와 긴 머리에 상냥한 얼굴을 한 예쁜 여자, 그리고 어머니의 품에 안겨 있는 아기였다. 보송보송한 하얀 모자처럼 그들의 머리 위로 눈이 소복이 내려앉았다.

해리는 더 가까이 다가가 부모님의 얼굴을 올려다보았

다. 조각상이 있을 거라고는 상상도 못 했다⋯⋯. 이마에
흉터가 없는 행복한 아기의 모습으로 돌 위에 형상화된 그
자신을 본다는 게 얼마나 이상한 일인지⋯⋯.

"가자." 원 없이 보고 난 뒤 해리가 말했다. 그들은 다시
교회 쪽으로 발걸음을 돌렸다. 해리는 길을 건너면서 어깨
너머를 힐끔 돌아보았다. 조각상은 다시 전쟁 기념비로 바
뀌어 있었다.

교회에 다가갈수록 노랫소리가 커졌다. 해리는 목이 메
었다. 호그와트, 갑옷 안에서 큰 소리로 막돼먹은 캐럴을
부르던 피브스, 대연회장을 장식한 열두 그루의 크리스마
스트리, 크리스마스 크래커에서 나온 보닛을 쓴 덤블도어,
손으로 뜬 스웨터를 입고 있는 론이 떠올랐다⋯⋯.

묘지로 들어가는 입구에는 좁은 문이 있었다. 헤르미온
느가 되도록 소리가 나지 않게 조심조심 문을 열자 그들은
슬며시 안으로 들어갔다. 교회 문으로 향하는 미끄러운 길
양쪽에는 발길이 닿지 않은 눈이 수북이 쌓여 있었다. 그
들은 밝은 창문 아래 드리워진 그림자에서 벗어나지 않고
건물을 빙 돌아갔다. 그들이 눈을 헤치고 지나간 자리에
깊은 도랑이 생겼다.

교회 뒤쪽에 줄을 지어 삐죽삐죽 솟아 있는 눈 덮인 묘

비들이 마치 푸르스름한 담요를 덮고 있는 듯했다. 그 푸른 담요는 스테인드글라스를 통과한 빛이 닿는 자리마다 빨간색과 황금색과 녹색으로 현란하게 물들었다. 해리는 재킷 주머니에 손을 넣어 마법 지팡이를 꽉 움켜쥐고 가장 가까운 무덤으로 향했다.

"이것 봐, 애벗이야. 해너의 친척 중 오래전에 돌아가신 분일지도 몰라!"

"목소리 낮춰." 헤르미온느가 애원하듯 말했다.

두 사람은 등 뒤의 눈밭에 어두운 발자국을 남기면서 묘지 더 깊숙한 곳으로 걸어 들어갔다. 허리를 구부려 오래된 묘비에 적힌 글자들을 읽거나, 이따금 눈을 가늘게 뜨고 주위의 어둠을 들여다보며 따라오는 사람이 없는지 철저하게 확인하기도 했다.

"해리, 여기야!"

헤르미온느는 두 줄 떨어진 곳에 있었다. 해리는 심장이 가슴속에서 거세게 요동치는 것을 느끼며 그녀를 향해 길을 헤치고 갔다.

"그게……?"

"아니. 그건 아닌데, 봐!"

그녀는 어두운 빛깔의 돌을 가리켰다. 해리는 허리를 숙이고 이끼 얼룩이 진 얼어붙은 화강암에 새겨진 글자들을 보았다. '켄드라 덤블도어.' 그녀의 출생일과 사망일 밑에 '그리고 그녀의 딸 아리아나'라는 문구와 더불어 비문도 새겨져 있었다.

그대의 보물이 있는 곳에
그대의 마음도 머물리라.

그러니까 리타 스키터와 뮤리엘도 몇 가지 사실은 정확히 알고 있었던 셈이다. 덤블도어 가족은 정말 이곳에 살았고, 그중 몇 명은 이곳에서 죽었다.

그 무덤을 직접 보고 있으려니 이야기로만 들었을 때보다 더 기분이 안 좋았다. 해리는 그와 덤블도어 모두 이 묘지에 깊은 뿌리를 두고 있으며, 덤블도어가 그 사실을 이야기해 주었어야 한다는 생각을 떨칠 수가 없었다. 하지만 덤블도어는 결코 해리와 그런 연관성을 공유해야겠다는 생각을 하지 않았다. 그와 함께 이곳을 방문할 수 있었는데도 그랬다. 해리는 덤블도어와 함께 이곳에 왔다면 어떤 연대감이 생겼을지, 그런 일이 자신에게 얼마나 큰 의미가 되었을지 잠시 상상해 보았다. 하지만 덤블도어에게는 해리와 그의 가족이 같은 묘지에 나란히 누워 있다는 사실이 그리 대수롭지 않은 우연이자, 아마도 해리가 해 주길 바랐던 임무와는 아무 상관 없는 일이었던 듯했다.

헤르미온느가 해리를 바라보고 있었다. 해리는 얼굴이 어둠 속에 감추어져 있어서 다행이라고 생각했다. 그는 묘비의 글을 다시 읽어 보았다. '그대의 보물이 있는 곳에 그대의 마음도 머물리라.' 그는 그 말이 뜻하는 바가 무엇인지 도무지 알 수 없었다. 물론, 이 문구는 어머니가 돌아가신 뒤 가장이 된 덤블도어가 직접 선택했을 것이다.

헤르미온느가 운을 뗐다. "이 얘기 하신 적 없는 거 확실……?"

"응." 해리는 그녀의 말을 자른 뒤 "계속 찾아보자"라고 말하며 고개를 돌렸다. 묘비를 보지 않는 편이 더 나았을 것이다. 잔뜩 들떠 있었던 마음이 분노로 얼룩지는 건 바라지 않았다.

"여기야!" 잠시 후 헤르미온느가 다시 어둠 속에서 소리쳤다. "아, 아니네. 미안! 포터라고 적힌 줄 알았어."

그녀는 찌푸린 얼굴로 이끼가 낀 채 무너져 가는 묘비를 내려다보며 손으로 문지르고 있었다.

"해리, 잠깐 다시 와 봐."

또다시 다른 일에 관심을 쏟고 싶지 않았던 그는 탐탁지 않은 마음으로 눈을 헤치며 그녀에게 다가갔다.

"왜?"

"이것 봐!"

그 무덤은 아주 오래된 데다 손상이 심해서 이름을 거의 알아볼 수 없었다. 헤르미온느가 이름 아래쪽에 새겨진 기호를 가리켜 보였다.

"해리, 책에 있던 그 상징이야!"

그는 그녀가 가리킨 곳을 유심히 바라보았다. 묘비가 심하게 닳아서 무엇이 새겨져 있는지 알아보기는 힘들었지만, 읽을 수 없는 이름 아래 어떤 삼각형 기호가 그려져 있는 것 같았다.

"그러게…… 그럴 수도 있겠는데……."

헤르미온느가 지팡이에 불을 켜고 묘비의 이름을 비췄다.

"이그…… 이그노투스라고 적힌 것 같아……."

"나는 우리 부모님을 계속 찾아볼게. 알았지?" 해리는 약간 날이 선 목소리로 말한 뒤, 오래된 무덤 옆에 웅크리고 있는 헤르미온느를 놔둔 채 다시 무덤을 찾아 나섰다.

'애벗'처럼 호그와트에서 만난 사람들의 성씨가 이따금 보였다. 때때로 같은 마법사 집안 사람들 이름이 몇 대에

걸쳐 보이기도 했다. 해리는 묘비에 적힌 날짜를 통해 그
집안 사람들이 모두 죽어서 대가 끊겼는지, 아니면 지금까
지 살아남은 후손들이 고드릭 골짜기에서 이주해 나간 것
인지를 알 수 있었다. 그는 무덤들 사이로 점점 더 깊이 들
어갔고, 새로운 묘비에 다다를 때마다 불안과 기대감으로
가슴이 울렁거리는 것을 느꼈다.

갑자기 어둠과 침묵이 훨씬 깊어지는 듯했다. 해리는 혹
시 디멘터들이 있는 건 아닌지 걱정스럽게 주위를 둘러보
다가 곧 캐럴이 끝나고 교회에서 나온 사람들이 광장으로
돌아가면서 내던 말소리와 시끌벅적한 소음 또한 잦아들
었다는 사실을 깨달았다. 교회 안에서 누군가가 방금 불을
껐다.

그때, 어둠 속 몇 미터 떨어진 곳에서 헤르미온느의 날
카롭고 또렷한 목소리가 세 번째로 들려왔다.

"해리, 여기 계셔…… 바로 여기."

그 목소리를 듣자 해리는 헤르미온느가 이번엔 그의 어
머니와 아버지를 발견했다는 사실을 알 수 있었다. 그는
어떤 묵직한 것이 가슴을 짓누르는 기분을 느끼며 그녀에
게 다가갔다. 그것은 덤블도어가 죽은 직후에 느꼈던 것과
같은, 실제로 그의 심장과 폐를 짓누르는 슬픔이었다.

그 묘비는 켄드라와 아리아나의 묘비에서 겨우 두 줄 뒤에 있었다. 덤블도어의 무덤처럼 하얀 대리석으로 만들어져 어둠 속에서 빛나는 듯했기에 글자를 읽기가 쉬웠다. 묘비에 새겨진 글자들을 읽기 위해 무릎을 꿇거나 아주 가까이 다가갈 필요도 없었다.

제임스 포터
1960년 3월 27일~1981년 10월 31일

릴리 포터
1960년 1월 30일~1981년 10월 31일

무너뜨려야 할 마지막 적은 죽음일지니.

해리는 거기에 담긴 뜻을 이해할 기회가 한 번뿐인 것처럼 천천히 그 글자들을 읽었다. 특히 마지막 문구는 소리 내어 읽었다.

"'무너뜨려야 할 마지막 적은 죽음일지니'……." 끔찍한 생각이 떠오르고 두려움이 밀려왔다. "이건 죽음을 먹는 자들 생각 아니야? 왜 여기에 써 있지?"

"죽음을 먹는 자들이 말하는 방식대로 죽음을 물리쳐야 한다는 뜻이 아니야, 해리." 헤르미온느가 부드러운 목소리로 말했다. "이건…… 죽음 너머의 삶을 의미하는 거야. 죽은 다음에도 살아간다는 거지."

하지만 우리 부모님은 살아 있지 않아, 하고 해리는 생각했다. 그분들은 영영 떠나갔다. 부모님의 썩어 가는 유해가 이 눈 덮인 돌 밑에 아무것도 모른 채 놓여 있다는 사실을 이런 공허한 말로 감출 수는 없었다. 미처 참을 새도 없이 뜨거운 눈물이 끓어오르듯 솟구치더니 그의 얼굴 위에서 곧바로 얼어붙었다. 눈물을 얼른 닦아 내거나 울지 않는 척해 봐야 무슨 의미가 있을까? 그는 눈물이 떨어지도록 내버려 두고 입술을 꽉 다문 채 두껍게 쌓인 눈을 내려다보았다. 이제 뼈나 먼지로 변해 버렸을 릴리와 제임스의 유해는 눈에 덮여 보이지 않았다. 그들은 자신들의 희생 덕분에 아들이 지금껏 살아서 두근거리는 심장을 안고 이토록 가까이 와 있으며, 지금 이 순간 두 사람과 함께 눈 밑에 잠들고 싶은 마음으로 서 있다는 사실도 모른 채, 그 사실은 전혀 아랑곳없이 그곳에 누워 있었다.

헤르미온느가 다시 그의 손을 잡더니 꼭 쥐었다. 해리는 그녀를 쳐다볼 수 없었지만 맞잡은 손에 힘을 주면서, 마음을 가라앉히고 자제력을 되찾기 위해 밤공기를 여러 번 깊숙이 들이마셨다. 부모님에게 드릴 뭔가를 가져왔어야 했는데 생각을 못 했다. 묘지의 식물들은 모두 잎사귀가 떨어진 채 꽁꽁 얼어붙어 있었다. 그때 헤르미온느가 마법 지팡이로 허공에 원을 그리자 크리스마스 장미 화환이 그들 앞에 피어났다. 해리는 화환을 잡아서 부모님의 무덤 위에 올려놓았다.

해리는 몸을 일으키자마자 떠나고 싶어졌다. 이곳에서는 한순간도 더 버틸 수 없을 것 같았다. 그는 헤르미온느의 어깨에 팔을 둘렀고 그녀도 한 팔로 해리의 허리를 감쌌다. 그들은 조용히 몸을 돌려, 덤블도어의 어머니와 여동생을 지나 어두워진 교회와 눈에 보이지 않는 좁은 문을 향해 눈밭을 헤치며 걸어갔다.

17장
바틸다의 비밀

"해리, 잠깐만."

"왜 그래?"

이름 모를 애벗의 무덤 앞에 막 도착했을 때였다.

"저기 누가 있어. 우리를 보고 있어. 확실해. 저기, 덤불 너머에서."

그들은 서로를 붙든 채 가만히 서서 묘지 끄트머리의 짙은 어둠 속을 바라보았다. 해리의 눈에는 아무것도 보이지 않았다.

"확실해?"

"뭔가가 움직이는 걸 봤어. 맹세할 수 있어……."

그녀는 마법 지팡이를 쥔 손을 움직일 수 있도록 해리에게서 떨어졌다.

"우리는 머글 모습이야." 해리가 지적했다.

"방금 너희 부모님 무덤에 꽃을 놓아둔 머글이지! 해리, 저기 분명 누가 있어!"

해리는 《마법의 역사》를 떠올렸다. 이 묘지에서는 유령이 나온다고 했다. 혹시……? 그때 그의 귀에 부스럭거리는 소리가 들렸다. 헤르미온느가 가리킨 덤불 속에서 눈이 살짝 휘날리는 것이 보였다. 유령들은 눈이 휘날리게 할 수 없다.

"고양이야." 잠시 후 해리가 말했다. "아니면 새거나. 죽음을 먹는 자였다면 우린 지금쯤 벌써 죽었을걸? 나가자. 투명 망토도 다시 쓰고."

그들은 묘지를 나가면서 끊임없이 뒤를 힐끔거렸다. 헤르미온느를 안심시키느라 자신감 넘치는 척했지만 실제로는 그렇지 못했던 해리는 문을 지나 미끄러운 인도에 이르러서야 겨우 마음을 놓았다. 그들은 다시 투명 망토를 뒤집어썼다. 술집에는 조금 전보다 더 많은 사람이 들어차 있었다. 술집 안에서 수많은 목소리들이 해리와 헤르미온느가 교회로 향할 때 들었던 캐럴을 불렀다. 해리는 잠깐 저 안에 들어가서 쉬자고 해 볼까 생각했지만, 무슨 말을

건넬 겨를도 없이 헤르미온느가 속삭였다. "이쪽으로 가
자." 그러더니 그녀는 들어온 길과 반대 방향에 있는, 마을
밖으로 나가는 어두운 거리로 해리를 끌어당겼다. 해리의
눈에 늘어선 집들이 끝나고 길이 꺾이며 탁 트이는 지점이
보였다. 그들은 최대한 빠르게 걸으며, 알록달록한 조명으
로 반짝거리는 창문들과 커튼 너머로 어두운 윤곽만 보이
는 크리스마스트리들을 더 지났다.

 "바틸다의 집은 어떻게 찾지?" 헤르미온느가 물었다. 그
녀는 약간 떨면서 계속 어깨 너머를 힐끔거렸다. "해리?
어떻게 생각해? 해리?"

 그녀가 그의 팔을 잡아당겼지만 해리는 관심을 기울이
지 않았다. 그는 줄지어 선 집들 맨 끝에 있는 어두운 형체
를 바라보고 있었다. 다음 순간 그는 헤르미온느를 잡아끌
며 속도를 올렸다. 그녀가 얼음 위에서 살짝 미끄러졌다.

 "해리……."

 "봐…… 저걸 봐, 헤르미온느……."

 "난 잘…… 아!"

 그는 그것을 볼 수 있었다. 피델리우스 마법은 제임스와
릴리가 죽으면서 함께 소멸된 게 틀림없었다. 16년 전, 지
금은 허리 높이까지 자란 수풀 사이의 저 폐허에서 해그리

드가 해리를 구한 이후 산울타리가 무성하게 자라 있었다. 어두운 담쟁이덩굴과 눈으로 완전히 덮여 있긴 했지만 집은 여전히 대부분 온전했다. 다만 맨 위층 오른쪽 부분은 부서져서 떨어져 나가 있었다. 해리는 바로 그곳이 저주가 튕겨 나간 부분이라고 확신했다. 그와 헤르미온느는 대문 앞에 서서 한때는 틀림없이 양옆에 있는 것과 똑같은 모습의 집이었을 폐허를 올려다보았다.

"왜 아무도 다시 짓지 않았을까?" 헤르미온느가 속삭였다.

"다시 지을 수 없는 게 아닐까?" 해리가 대답했다. "어둠의 마법 때문에 생긴 부상처럼 복구할 수 없는 걸지도 몰라."

그는 투명 망토 아래로 한 손을 내밀어 눈으로 뒤덮인 잔뜩 녹이 슨 대문을 움켜쥐었다. 열려고 그랬다기보다 그저 집의 일부를 만져 보고 싶었다.

"들어가진 않을 거지? 안전하지 않을 것 같아. 어쩌면…… 아, 해리, 저것 봐!"

그가 대문을 만져서 일어난 일인 듯했다. 얽힌 쐐기풀과 잡초를 뚫고 빠르게 자라는 괴상한 꽃처럼, 눈앞의 땅에서 팻말이 솟아올랐다. 나무로 된 팻말에는 황금색 글자로 다음과 같이 적혀 있었다.

1981년 10월 31일 밤, 릴리와 제임스 포터가 이 자리에서 목숨을 잃었다. 그들의 아들 해리는 지금껏 살해 저주에서 살아남은 유일한 마법사다. 머글들에게는 보이지 않는 이 집은 포터 가족을 기념하고, 그들을 파괴한 폭력을 되새기고자 부서진 모습 그대로 보존되었다.

단정하게 적힌 이 글 주위에는 살아남은 아이가 탈출한 장소를 보러 온 마법사들이 덧붙인 낙서가 가득했다. 영구 보존 잉크로 서명만 해 놓은 사람들도 있었고, 나무에 이름 머리글자를 새겨 놓은 사람도 있었으며, 메시지를 남긴 사람들도 있었다. 16년 치의 마법 낙서 위에서 밝게 빛나는 최근의 메시지들은 모두 비슷한 이야기를 하고 있었다.

어디에 있든 행운을 빌어, 해리.
해리, 이 글을 읽는다면 우리 모두 네 편이라는 걸 알아줬으면 해!
해리 포터 만세.

"팻말에 낙서를 하면 안 되지!" 헤르미온느가 화를 내며 말했다.

하지만 해리는 그녀를 보며 활짝 웃었다.

"끝내주는데. 이런 글을 써 주다니 기쁜걸. 난……."

그는 말을 멈췄다. 옷을 두껍게 입은 어떤 사람이 다리를 절뚝이며 길을 따라 다가오고 있었다. 저 멀리 광장의 밝은 빛에 그 사람의 윤곽이 드러났다. 확신하기는 어려웠지만 해리가 보기에 여자인 것 같았다. 그녀는 눈이 쌓인 땅에서 미끄러질까 봐 겁이 나는지 천천히 걸어오고 있었다. 굽은 허리와 통통한 몸집, 발을 질질 끄는 걸음걸이를 보아하니 나이가 꽤 많은 사람인 것 같았다. 그들은 그녀가 다가오는 모습을 조용히 지켜보았다. 해리는 그녀가 어느 집 앞에서 방향을 트는지 보려고 기다리면서도, 본능적으로 그녀가 그러지 않으리라는 것을 알았다. 마침내 그녀는 그들에게서 몇 미터 떨어진 얼어붙은 길 한가운데 그들을 마주 보고 섰다.

헤르미온느가 굳이 팔을 꼬집을 필요도 없었다. 저 사람이 머글일 가능성은 거의 없었다. 그녀는 마법사가 아니라면 결코 보지 못할 집을 뚫어지게 바라보며 서 있었다. 하지만 그녀가 정말 마법사라 하더라도, 그저 오래된 폐허를 보기 위해 이렇게 추운 밤중에 밖으로 나오는 건 정말 이상한 행동이라 하지 않을 수 없었다. 게다가 일반적인 마법 원리에 따르면 그녀는 헤르미온느와 그를 전혀 볼 수 없어야 했다. 하지만 해리는 그녀가 두 사람이 이곳에 있다는 사실뿐만 아니라 그들의 정체까지도 알고 있는 것 같은 아주 이상한 기분이 들었다. 그가 이런 불편한 결론에 이른 순간, 여자가 장갑 낀 손을 들어 손짓했다.

투명 망토 밑에서 헤르미온느가 서로의 팔이 착 달라붙을 정도로 그에게 바짝 다가왔다.

"어떻게 아는 거지?"

해리는 고개를 저었다. 여자는 더욱 격하게 다시 손짓했다. 해리는 저 부름에 따르지 말아야 할 수많은 이유가 떠올랐지만, 인적 없는 거리에서 서로를 마주 보고 서 있는 지금 그녀의 정체에 대한 의구심은 점점 커져만 갔다.

그녀가 이 기나긴 몇 달 동안 그들을 기다리고 있었던 건 아닐까? 덤블도어가 그녀에게 해리가 결국 찾아올 테니 기다리라고 말한 건 아니었을까? 묘지의 어둠 속에서 서성거리다가 여기까지 그들을 따라온 사람도 바로 그녀일 것 같지 않은가? 그들을 알아보는 그녀의 능력도 해리가 전에는 한 번도 경험해 보지 못한, 덤블도어나 쓸 수 있는 힘인 것 같았다.

마침내 해리가 입을 열자 헤르미온느는 헉하고 숨을 들

이켜며 화들짝 놀랐다.

"당신이 바틸다인가요?"

옷을 겹겹이 입은 그 사람이 고개를 끄덕이더니 다시 손
짓했다.

해리와 헤르미온느는 투명 망토 아래에서 서로를 바라
보았다. 해리가 눈썹을 치켜올리자 헤르미온느는 긴장한
듯 고개를 살며시 끄덕였다.

그들이 여자를 향해 발걸음을 옮기자, 그녀는 즉시 돌아
서서 다리를 절뚝이며 왔던 길을 되짚어 갔다. 그녀는 앞
장서서 집 몇 채를 지나치더니 어느 집 대문 안으로 들어
갔다. 두 사람은 그녀의 뒤를 따라, 방금 그들이 떠나온 곳
만큼이나 풀이 무성하게 우거진 정원을 가로질렀다. 그녀
는 현관문 앞에서 잠시 더듬더듬 열쇠를 찾더니 문을 열고
뒤로 물러나 그들을 들여보내 주었다.

그녀에게서 고약한 냄새가 났다. 아니, 어쩌면 그녀의
집에서 나는 냄새인지도 몰랐다. 해리는 옆걸음으로 그녀
를 지나쳐 투명 망토를 벗으면서 코를 찡그렸다. 옆에 서
보니 그녀가 얼마나 작은지 알 수 있었다. 나이를 먹고 몸
이 구부정해진 탓에 그녀의 키는 겨우 해리의 가슴 높이에
닿을 정도였다. 그녀가 문을 닫고 들어왔다. 벗겨져 가는

페인트칠에 대비되어 그녀의 손마디가 푸르스름하고 얼룩덜룩하게 보였다. 그녀는 돌아서서 해리의 얼굴을 들여다보았다. 백내장으로 탁해진 눈은 얇은 피부 주름 속으로 푹 꺼져 있었고, 얼굴은 온통 불거진 실핏줄과 검버섯으로 뒤덮여 있었다. 해리는 그녀가 자신을 알아볼 수 있기는 한지 궁금했다. 알아본다 한들 그녀에게 보이는 건 그가 신분을 훔친, 머리 벗어진 머글뿐이었다.

그녀가 좀먹은 검은색 숄을 풀어 두피가 훤히 보이는 듬성듬성한 백발을 드러내자 노쇠한 몸, 먼지, 빨지 않은 옷, 상한 음식물에서 비롯된 악취가 더 강해졌다.

"바틸다?" 해리가 또 한 번 반복했다.

그녀가 다시 고개를 끄덕였다. 해리는 피부에 닿은 로켓의 존재를 깨달았다. 그 안에서 가끔씩 달각거리거나 두근거리던 존재가 깨어났다. 차가운 황금 로켓 속에서 그것이 팔딱이는 게 느껴졌다. 자신을 파괴할 존재가 근처에 있는 걸 아는 걸까? 그것을 느낄 수 있는 걸까?

바틸다는 헤르미온느를 아예 못 본 것처럼 한쪽으로 밀치며 발을 질질 끌고 그들을 지나쳐 가더니 거실처럼 보이는 곳으로 사라졌다.

"해리, 난 잘 모르겠어." 헤르미온느가 숨죽여 말했다.

"저렇게 몸집이 작은데 뭘. 혹시 무슨 일이 생기더라도 우리가 힘으로 제압할 수 있을 거야." 해리가 말했다. "잘 들어. 너한테 미리 말했어야 하는데, 난 저 사람이 제정신이 아니라는 걸 알고 있었어. 뮤리엘 할머니가 저 사람더러 '노망'났다고 했거든."

"이리 오너라!" 바틸다가 옆방에서 소리쳤다.

헤르미온느가 소스라치게 놀라며 해리의 팔을 잡았다.

"괜찮아." 해리는 안심시키듯 말하고 앞장서서 거실로 들어갔다.

바틸다는 비틀비틀 돌아다니며 양초에 불을 붙이고 있었다. 그런데도 거실은 굉장히 어두웠다. 엄청나게 더러운 것은 말할 필요도 없었다. 두껍게 쌓인 먼지가 발밑에서 버석거렸고, 눅눅한 곰팡이 냄새가 나는가 싶더니 그보다 더 고약한 고기 썩는 냄새가 해리의 코를 찔렀다. 누군가가 바틸다의 집에 들러 그녀의 안부를 확인해 본 게 언제일지 문득 궁금해졌다. 그녀는 자신이 마법을 쓸 줄 안다는 사실조차 잊은 듯 손으로 서툴게 양초를 켰다. 축 늘어진 레이스 소매에 금방이라도 불이 붙을 것만 같았다.

"제가 할게요." 해리가 말했다. 그는 그녀에게서 성냥을 받아 들었다. 그녀가 지켜보는 가운데 해리는 방 이곳저곳에 놓여 있는 촛대 받침 위 양초 토막들에 불을 붙였다. 촛대 받침들은 곰팡이가 슬고 금이 간 컵들과 책이 잔뜩 쌓인 보조 탁자들 위에 아슬아슬하게 놓여 있었다.

마지막으로 불을 붙인 초가 놓여 있는 곳은 앞부분이 활처럼 둥글게 튀어나온 서랍장으로, 그 위에는 수많은 사진이 세워져 있었다. 불꽃이 일렁이며 피어오르자 먼지로 뒤덮인 은제 액자와 유리에 불꽃이 반사되어 너울거렸다. 해리는 그 사진들에서 작디작은 움직임을 포착했다. 바틸다가 서툰 손놀림으로 장작을 뒤적이는 사이 해리는 "테르지오"라고 중얼거렸다. 사진들에서 먼지가 싹 사라지면서, 가장 크고 화려하게 세공된 액자 중 대여섯 개가 비어 있는 것이 보였다. 바틸다나 다른 누군가가 그 사진들을 치워 버린 걸까 궁금증이 든 순간, 뒤쪽에 있는 사진 하나가 그의 눈길을 사로잡았다. 해리는 그 사진을 집어 들었다.

은제 액자 속에서 한가로이 미소 지으며 해리를 올려다보는 사람은 즐거운 표정을 짓고 있는 금발의 도둑, 즉 그레고로비치의 집 창턱에 걸터앉아 있던 바로 그 청년이었다. 해리는 이 청년을 어디에서 봤는지 즉시 떠올렸다.《알버스 덤블도어의 삶과 사기들》에서 그는 10대 시절의 덤블도어와 어깨동무를 하고 있었다. 사라진 사진들은 모두 리타 스키터의 책에 실린 게 틀림없었다.

"백숫 할머…… 아니, 선생님?" 그의 목소리가 조금씩 떨렸다. "이 사람은 누구예요?"

바틸다는 방 한가운데에 서서 헤르미온느가 자기 대신 불을 켜는 모습을 지켜보고 있었다.

"백숫 선생님?" 해리가 되풀이했다. 그는 두 손으로 사진을 들고 앞으로 나섰다. 그때 벽난로에서 불길이 확 치솟았다. 바틸다는 그의 목소리를 듣고 고개를 들었다. 해리의 가슴에 닿은 호크룩스가 더욱 빠르게 고동쳤다.

"이 사람은 누구죠?" 해리가 사진을 내밀며 물었다.

그녀는 진지하게 사진을 들여다보더니 눈을 들어 해리를 바라보았다.

"이게 누군지 아세요?" 그는 평소보다 훨씬 크고 느린 목소리로 되풀이했다. "이 남자요. 누군지 아세요? 이름이 뭐예요?"

바틸다는 멍한 표정만 지을 뿐이었다. 해리는 끔찍할 만큼 답답해졌다. 리타 스키터는 대체 어떻게 바틸다의 기억을 연 걸까?

"이 남자 누구예요?" 그가 큰 소리로 되풀이했다.

"해리, 뭐 하는 거야?" 헤르미온느가 물었다.

"이 사진 말이야, 헤르미온느. 이 사람이 그 도둑이야. 그레고로비치한테서 뭔가를 훔쳐 간 도둑! 부탁이에요!" 그가 바틸다에게 말했다. "이게 누구예요?"

하지만 그녀는 그저 그를 바라보기만 했다.

"우리한테 왜 따라오라고 하셨어요, 백숏 할…… 아니, 선생님?" 헤르미온느도 목소리를 높여 물었다. "저희한테 말해 주고 싶으신 게 있나요?"

바틸다는 헤르미온느의 말을 전혀 못 들은 것처럼 발을 질질 끌며 해리에게 몇 발짝 더 다가왔다. 그녀가 머리를 살짝 젖혀 복도를 돌아보았다.

"저희가 가길 바라세요?" 그가 물었다.

그녀는 같은 동작을 반복했다. 이번에는 가장 먼저 해리를 가리키더니 그다음에는 자기 자신을, 그다음에는 천장을 가리켰다.

"아, 알겠어요……. 헤르미온느, 같이 위층으로 올라가자는 것 같아."

"알았어." 헤르미온느가 말했다. "가자."

하지만 헤르미온느가 발걸음을 떼자 바틸다는 놀라울 정도로 힘차게 고개를 저으며 또 한 번 해리를 가리키고 그다음 자기 자신을 가리켰다.

"나만 같이 갔으면 좋겠다고 하시는데."

"왜?" 헤르미온느가 물었다. 촛불이 밝혀진 방에서 그녀의 목소리가 날카롭고 또렷하게 울려 퍼졌다. 그 시끄러운 소리에 나이 든 여자는 고개를 살짝 흔들었다.

"혹시 덤블도어 교수님이 그 검을 오직 나한테만 주라고 하신 게 아닐까?"

"정말 이분이 네가 누구인지 알아보는 거라고 생각해?"

"응." 해리가 그의 눈동자를 빤히 바라보는 부연 두 눈을 내려다보며 말했다. "그런 것 같아."

"뭐, 그럼 알겠어. 하지만 빨리 갔다 와, 해리."

"먼저 가세요." 해리가 바틸다에게 말했다.

그녀는 이해한 듯 발을 질질 끌며 그를 빙 돌아 문으로 향했다. 해리는 헤르미온느를 안심시키기 위해 미소를 머금고 그녀를 힐끗 돌아봤지만, 촛불이 밝혀진 누추한 방 한가운데서 팔로 자기 몸을 감싼 채 책꽂이 쪽을 보고 있는 그녀가 그의 미소를 보았는지는 확신할 수 없었다. 해리는 방에서 나가면서 헤르미온느와 바틸다의 눈을 피해 정체 모를 도둑의 사진이 끼워져 있는 은제 액자를 재킷 속에 집어넣었다.

계단은 가파르고 좁았다. 해리는 바틸다가 뒤로 넘어져

그를 덮칠까 봐, 반쯤은 그녀의 통통한 등을 손으로 받치고 싶은 마음이었다. 당장에라도 그런 일이 일어날 것 같았다. 조금씩 쌕쌕거리며 천천히 위층 층계참으로 올라간 그녀는 바로 오른쪽으로 돌아서 천장이 낮은 침실로 그를 이끌었다.

그곳은 칠흑처럼 어두웠고, 끔찍한 냄새를 풍겼다. 바틸다가 문을 닫기 전, 해리는 침대 밑으로 삐죽 튀어나온 요강을 발견했지만 그조차 곧 어둠에 삼켜졌다.

"루모스." 해리가 주문을 외우자 그의 마법 지팡이에 불이 붙었다. 그는 깜짝 놀랐다. 어둠 속에 잠겨 있던 그 몇 초 사이에 바틸다가 그에게 바짝 다가와 있었던 것이다. 해리는 그녀가 다가오는 소리도 듣지 못했다.

"네가 포터냐?" 그녀가 속삭이듯 물었다.

"네, 맞아요."

그녀가 엄숙하게 천천히 고개를 끄덕였다. 해리는 호크룩스가 그의 심장보다도 빠르게 고동치는 것을 느꼈다. 불쾌하고 불안한 느낌이었다.

"저한테 주실 게 있나요?" 해리가 물었지만, 그녀는 불이 켜진 지팡이 끝에 정신이 팔린 듯했다.

"저한테 주실 게 있나요?" 그가 다시 물었다.

그러자 그녀가 눈을 감았다. 몇 가지 일들이 동시에 일
어났다. 해리의 흉터가 고통스럽게 욱신거렸다. 호크룩스
가 꿈틀거리면서 그의 스웨터 앞자락이 실제로 움직였다.
어둡고 악취 나는 방이 갑자기 사라졌다. 그는 솟구치는
희열을 느끼며 높고 차가운 목소리로 말했다. *그 녀석을
잡아!*

해리는 서 있던 자리에서 비틀거렸다. 고약한 냄새가 나
는 어두운 방이 다시 주위를 에워싸는 듯했다. 그는 방금
무슨 일이 일어난 건지 알 수가 없었다.

"저한테 주실 게 있나요?" 그가 목소리를 높여 세 번째로
물었다.

"이쪽." 그녀가 구석을 가리키며 속삭였다. 마법 지팡이
를 치켜든 해리는 커튼이 쳐진 창문 아래 잔뜩 어질러진
화장대의 윤곽을 보았다.

이번에는 그녀가 앞장서지 않았다. 해리는 마법 지팡이
를 든 채 그녀와 정돈되지 않은 침대 사이를 살금살금 나아
갔다. 그러면서도 그는 그녀에게서 눈을 떼고 싶지 않았다.

"뭔데요?" 화장대에 다다라서 해리가 물었다. 화장대에
는 한눈에 보기에도 더럽고 냄새도 고약한 빨랫감 같은 것
들이 높이 쌓여 있었다.

"거기." 그녀가 아무렇게나 쌓여 있는 무더기를 가리키며 말했다.

해리가 눈길을 돌려 루비가 박힌 칼자루를 찾아 뒤얽힌 난장판을 훑는 순간, 그녀가 이상한 몸짓을 보였다. 해리는 곁눈으로 그 모습을 포착했다. 당황한 그가 돌아섰을 때 나이 든 육체가 무너지더니 그녀의 목이 있던 자리에서 커다란 뱀이 튀어나왔다. 해리는 공포에 사로잡혔다.

해리가 지팡이를 치켜들자 뱀이 공격해 왔다. 팔뚝을 덥석 무는 뱀의 위력에 마법 지팡이가 빙글빙글 돌면서 천장 쪽으로 날아갔다. 지팡이 끝에 켜진 불빛이 어지럽게 방을 빙빙 돌더니 이내 꺼져 버렸다. 다음 순간 뱀 꼬리에 강하게 명치를 얻어맞은 탓에 해리는 잠시 숨을 쉴 수 없었다. 그는 뒤쪽 화장대에 쌓인 더러운 옷 더미 위로 날아갔다.

그는 옆으로 몸을 굴려 아슬아슬하게 뱀의 꼬리를 피했다. 뱀 꼬리는 방금 전까지만 해도 해리가 있던 화장대를 후려쳤다. 바닥에 쓰러진 해리 위로 화장대의 유리 파편이 비처럼 쏟아졌다. 아래층에서 헤르미온느가 부르는 소리가 들렸다. "해리?"

해리는 마주 소리칠 수 있을 만큼 숨을 충분히 들이쉴 수가 없었다. 다음 순간 해리는 묵직하고 매끄러운 덩어리가 그를 바닥에 내동댕이치고 몸 위로 미끄러져 올라오는 것을 느꼈다. 강력하고 억센…….

"안 돼!" 그는 바닥에 꼼짝없이 짓눌린 채 헐떡였다.

"좋아." 그 목소리가 속삭였다. "좋아아…… 잡았다…… 잡았어…….."

"아씨오…… 아씨오 지팡이……."

하지만 아무 일도 일어나지 않았다. 뱀을 억지로 떼어 놓기 위해서라도 해리에게는 두 손이 필요했다. 뱀이 그의 상체를 휘감으며 숨통을 조여 왔다. 생명을 가진 것처럼 고동치는 호크룩스가 미쳐 날뛰는 심장과 겨우 몇 센티미터 떨어진 곳에서 동그란 얼음 조각처럼 그의 가슴을 파고들었다. 머릿속에서 차갑고 흰 빛이 흘러넘치면서 모든 생각이 사라졌다. 숨이 꺼져 갔다. 아득한 발소리, 모든 것이 사라지고…….

그의 가슴 밖에서 금속 심장이 쿵쾅댔다. 이제 그는 날아가고 있었다. 승리감으로 가득 찬 가슴을 안고, 빗자루나 세스트럴도 없이…….

해리는 악취가 진동하는 어둠 속에서 퍼뜩 눈을 떴다. 내기니가 그를 풀어 준 것이다. 그는 비틀거리며 일어났다. 층계참 불빛에 뱀의 모습이 드러났다. 놈이 공격하자 헤르미온느가 비명을 지르며 옆으로 몸을 날렸다. 커튼이 쳐진 창문이 그녀의 빗나간 저주에 맞아서 산산조각 났다. 얼어붙은 공기가 방을 가득 채웠다. 해리는 또 한 번 쏟아지는 유리 파편을 피해 허리를 숙였다. 그의 발이 무슨 연필 같은 것을 밟고 미끄러졌다. 그의 마법 지팡이였다.

그는 허리를 구부려 지팡이를 집어 들었다. 하지만 이제 뱀은 방 한가운데를 차지한 채 꼬리를 세차게 휘두르고 있었다. 헤르미온느의 모습은 어디에도 보이지 않았다. 한순간 해리는 최악의 상황을 떠올렸다. 하지만 그때 요란한 쾅 소리와 함께 붉은빛이 번쩍이더니 뱀이 공중에서 붕 날아와 해리의 얼굴을 강하게 후려쳤다. 묵직하게 똬리를 튼 뱀이 연달아 천장으로 솟구쳤다. 해리가 지팡이를 들어 올린 순간 흉터가 지난 몇 년 사이 그 어느 때보다도 더 고통스럽게 불타올랐다.

"오고 있어! 헤르미온느, 그자가 오고 있어!"

해리가 소리쳤다. 뱀이 사납게 식식대며 바닥에 떨어졌다. 주위는 온통 아수라장이었다. 뱀이 벽에 걸린 선반들을 박살 냈다. 해리가 침대 위로 뛰어올라 헤르미온느로 보이는 검은 형체를 붙잡는 순간, 깨진 도자기가 사방으로 날아갔다.

해리가 헤르미온느를 침대 너머로 잡아당기자 그녀는 아파서 비명을 질렀다. 뱀이 다시 몸을 일으켰다. 하지만 해리는 뱀보다 더 안 좋은 것이 다가오고 있다는 사실을, 어쩌면 이미 대문 앞에 와 있을 거라는 사실을 알고 있었다. 흉터의 고통으로 머리가 쪼개질 것만 같았다.

해리가 헤르미온느를 끌어당기면서 펄쩍 뛰어오르자 뱀이 달려들어 공격했다. 동시에 헤르미온느가 "컨프링고!"라고 소리쳤다. 그녀의 주문이 방 안을 날아다니며 옷장 거울을 날려 버리고 바닥에서 천장으로 튀더니 다시 그들을 향해 튕겨 나왔다. 해리는 그 열기에 손등이 화끈거리는 것을 느꼈다. 유리 파편이 뺨을 긋고 지나가는 순간 그는 헤르미온느를 붙들고 침대에서 부서진 화장대로 뛰어오른 뒤 깨진 창문 너머 아무것도 없는 곳으로 곧장 뛰어내렸다. 둘이 함께 공중에서 빙글빙글 돌아가는 동안 헤르미온느의 비명이 어둠 속에서 메아리쳤다…….

그때, 그의 흉터가 터졌다. 이제 그는 볼드모트가 되어 고약한 냄새가 나는 침실을 가로지르고 있었다. 그는 머리가 벗어진 남자와 조그만 여자가 빙글 돌아 사라지는 모습을 보면서 길고 새하얀 두 손으로 창턱을 움켜쥐고 있었다. 그가 분노의 고함을 내질렀다. 그 소리가 여자의 비명

소리와 뒤섞이더니 교회의 크리스마스 종소리를 누르고 어두운 정원 가득 울려 퍼졌다…….

그의 비명이 곧 해리의 비명이었고, 그의 고통이 곧 해리의 고통이었다……. 과거에 벌어졌던 그 일이 여기, 이곳에서 또 한 번 벌어질 수 있다니…… 하마터면 죽음이 무엇인지 알게 될 뻔했던 그 집이 뻔히 보이는 이곳에서…… 죽는다니……. 그 고통은 너무도 끔찍했다……. 몸에서 찢겨 나간다는 것……. 하지만 몸이 없다면 머리는 왜 이토록 지독하게 아픈 걸까? 이미 죽은 거라면, 어째서 이토록 견딜 수 없는 고통이 느껴지는 걸까? 고통은 죽음과 함께 멈추고 사라지는 것 아닌가…….

비가 내리고 바람이 불던 그날 밤, 호박 의상을 입은 두 아이가 광장을 아장아장 가로지르고, 가게 창문들은 종이 거미로 뒤덮여 있다. 자신들이 믿지도 않는 세상을 겉만 번지르르하게 표현하는 머글들의 장식물……. 그는 미끄러져 가고 있다. 이러한 상황에서는 언제나 알고 있던 몸속 깊은 곳의 목표 의식과 힘과 확신을 느끼며……. 분노가 아니다……. 분노는 그보다 약한 영혼들을 위한 것이다……. 이건 승리다. 그래…… 그는 이 일을 기다려 왔다, 그것을 원했다…….

"의상 멋진데요, 아저씨!"

그는 망토 후드 아래로 드러난 얼굴이 보일 만큼 가까이 다가온 소년의 미소가 흔들리는 것을 보았다. 분장한 아이의 얼굴이 두려움으로 흐려졌다. 아이는 몸을 돌려 달아났다……. 그는 로브 아래로 마법 지팡이 손잡이를 만지작거렸다……. 단 한 번의 간단한 동작이면 저 아이는 다시는 엄마를 만나지 못할 것이다……. 하지만 그건 쓸모없는, 아주 불필요한 일이었다…….

그는 더 어두운 또 다른 거리를 따라 움직였다. 마침내 목적지가 눈에 들어왔다, 피넬리우스 마법이 깨진 것을 저들은 아직 모르고 있다……. 그는 인도를 따라 굴러다니는 낙엽들보다 더 조용히 어두운 산울타리까지 다가가 그 너머를 바라보았다.

그들은 커튼을 쳐 놓지 않았다. 작은 거실에 있는 그들의 모습이 무척 또렷하게 보였다. 키가 크고 머리카락이 검은 안경 쓴 남자가 파란색 잠옷 차림의 조그만 검은 머리 아이를 즐겁게 해 주려고 마법 지팡이에서 알록달록한 연기를 펑펑 만들어 내고 있었다. 아이는 까르르 웃으면서 그 작은 손으로 연기를 움켜잡으려고 애썼다…….

문이 열리고 아이의 어머니가 들어와 뭐라고 말을 했지

만 그에게는 들리지 않았다. 그녀의 길고 짙은 빨간색 머리카락이 얼굴 위로 흘러내렸다. 이제 아버지가 아들을 안아 올려 어머니에게 건넸다. 아이 아버지는 마법 지팡이를 소파에 던져 놓고 하품을 하며 기지개를 켰다…….

그가 대문을 열자 살짝 삐걱거리는 소리가 났지만 제임스 포터는 듣지 못했다. 그의 하얀 손이 망토 밑에서 지팡이를 꺼내 문을 겨누자 문이 활짝 열렸다.

제임스가 복도로 달려 나왔을 때 그는 문턱을 넘어섰다. 쉬웠다, 너무 쉬웠다, 제임스 포터는 심지어 지팡이도 들고 있지 않았다…….

"릴리, 해리를 데리고 가! 그자야! 가! 도망쳐! 내가 막을 테니까…….'

그를 막겠다니, 지팡이도 들고 있지 않으면서……! 그는 웃음을 터뜨리다가 저주를 걸었다…….

"아바다 케다브라!"

녹색 빛이 비좁은 복도를 가득 채웠다. 벽에 기대 있던 유모차에 불이 붙었다. 계단 난간이 피뢰침처럼 번뜩였다. 제임스 포터는 끈이 떨어진 마리오네트처럼 쓰러졌다…….

그녀가 위층에 갇혀서 비명을 지르는 소리가 들렸다. 하지만 그녀에게 이성이 있다면, 적어도 그녀가 두려워할 일은 아무것도 없었다……. 그는 그녀가 바리케이드를 치고 숨으려고 시도하는 소리에 어렴풋한 즐거움을 느끼면서 계단을 올라갔다……. 그녀 또한 지팡이를 갖고 있지 않았다……. 저렇게 어리석다니, 저렇게 사람을 쉽게 믿다니. 친구들에게 안위를 맡겨 놓았다고 잠시나마 무기를 내려 놓을 수 있을 거라 생각하다니…….

그는 억지로 문을 열었다. 마법 지팡이를 한 차례 느긋하게 휘두르자, 문을 막으려고 다급히 쌓아 놓은 의자와 상자 들이 옆으로 날아갔다……. 아이를 품에 안고 서 있던 그녀는 그를 보더니 아들을 뒤쪽 요람에 내려놓고 두 팔을 활짝 벌렸다. 그게 무슨 소용이라도 있을 것처럼, 아이를 보이지 않게 가리고 자신이 대신 선택받기를 바라는 것처럼…….

"해리는 안 돼, 해리는 절대 안 돼, 제발, 해리는 안 돼요!"

"비켜라, 멍청한 여자 같으니……. 비켜라, 당장…….”

"해리는 안 돼요, 제발, 안 돼, 나를 죽여요, 대신 날 죽여…….”

"마지막 경고다."

"해리는 안 돼요! 제발…… 살려 줘요…… 해리만은 살려 주세요…… 해리는 안 돼! 해리는 안 돼! 제발…… 뭐든지 할게요…….”

“비켜라…… 비켜라, 여자여…….”

그는 그녀를 요람에서 강제로 떼어 놓을 수도 있었다. 하지만 둘 모두를 끝장내는 것이 더 현명한 행동일 것 같았다…….

녹색 빛이 방 안 가득 번뜩이고 여자는 남편과 마찬가지로 쓰러졌다. 아이는 지금껏 울음을 터뜨리지 않았다. 요람의 난간을 붙들고 설 수 있었던 그 아이는 밝은 얼굴로 관심을 보이며 침입자의 얼굴을 올려다보았다. 아마 망토 아래에 숨어 있는 사람은 더 많은 예쁜 빛들을 만들어 내는 아버지이고, 어머니는 언제라도 웃으면서 갑자기 벌떡 일어날 거라고 생각하는 듯했다…….

그는 지팡이를 아이의 얼굴에 아주 조심스럽게 겨눴다. 그는 이 설명할 수 없는 위험한 존재가 파괴되는 것을 보고 싶었다. 아이가 울기 시작했다. 그가 제임스가 아니라는 사실을 알아차린 것이다. 그는 아이가 우는 것이 마음에 들지 않았다. 고아원에 있을 때도 어린애들의 칭얼거림을 도저히 참을 수가 없었다…….

“아바다 케다브라!”

그리고 그는 부서졌다. 그는 아무것도 아니었고, 오직

고통과 공포뿐이었다. 몸을 숨겨야 했다. 이곳, 폐허가 된 집의 잔해가 아니라, 아이가 갇힌 채 울부짖는 곳이 아니라 저 먼 곳…… 어딘가 머나먼 곳에…….

"안 돼." 그가 신음했다.

난장판이 된 지저분한 바닥 위로 뱀이 버스럭거리며 지나갔다. 그는 그 아이를 죽였지만, 자신이 바로 그 아이였다…….

"안 돼……."

지금 그는 바틸다 집의 깨진 창문 앞에 서서 가장 커다란 상실에 관한 기억에 몰두해 있었다. 발밑에서는 거대한 뱀이 깨진 도자기와 유리 위로 스르르 기어가고 있었고…… 아래를 내려다보니 뭔가가 보였다……. 도저히 믿을 수 없는 것이…….

"안 돼……."

"해리, 괜찮아. 넌 괜찮아!"

그는 허리를 숙여 박살 난 액자를 집어 들었다. 거기에 그 정체 모를 도둑, 그가 찾던 도둑이 있었다…….

"안 돼…… 떨어뜨렸어…… 내가 떨어뜨렸어……."

"해리, 괜찮아. 일어나, 일어나라고!"

그는 해리였다……. 볼드모트가 아니라 해리……. 그리

고 부스럭거리는 것은 뱀이 아니었다…….

그는 눈을 떴다.

"해리." 헤르미온느가 속삭였다. "너 괜…… 괜찮아?"

"응." 그는 거짓말을 했다.

그는 텐트 안에 있는 2층 침대 아래 칸에 담요를 덮고 누워 있었다. 캔버스 천 천장 너머로 차갑고 가지런한 빛이 느껴지고 주변이 고요한 것으로 미루어 거의 새벽이 되었다는 사실을 알 수 있었다. 그는 땀으로 흠뻑 젖어 있었다. 침대보와 담요가 축축했다.

"빠져나왔네."

"응." 헤르미온느가 말했다. "너를 침대에 눕히려고 부유 마법을 사용해야 했어. 내 힘으로는 널 들어 올릴 수가 없어서. 너는…… 그러니까, 넌…….."

그녀의 갈색 눈 밑에 보랏빛 그림자가 드리워져 있었다. 그녀의 손에 작은 스펀지가 들려 있는 것이 보였다. 그녀가 그의 얼굴을 닦아 주고 있었던 것이다.

"너 아팠어." 그녀가 말을 마쳤다. "아주 많이."

"떠난 지는 얼마나 됐어?"

"몇 시간쯤. 거의 아침이야."

"그럼 나는…… 정신을 잃었던 거야?"

"딱히 그렇진 않았어." 헤르미온느가 불편한 듯 말했다. "넌 소리를 지르고 신음했고…… 뭐 그랬어." 그녀가 덧붙인 말에 해리는 불안해졌다. 그가 무슨 짓을 한 걸까? 볼드모트처럼 저주를 퍼부은 걸까? 아니면 요람 속 아기처럼 울음을 터뜨린 걸까?

"너한테서 호크룩스를 떼어 낼 수가 없었어." 헤르미온느가 말했다. 해리는 그녀가 화제를 돌리고 싶어 한다는 사실을 알아차렸다. "네 가슴에 딱 박혀 있더라. 너, 흉터 생겼어. 미안해. 그걸 떼어 내느라 절단 마법을 써야 했거든. 뱀에 물리기도 했는데, 그건 내가 상처를 닦아 내고 꽃박하를 좀 발랐어……."

그는 땀에 젖은 티셔츠를 몸에서 떼어 내고 가슴을 내려다보았다. 심장 위쪽에 로켓이 남긴 타원형의 짙은 붉은색 화상이 보였다. 팔뚝에서는 반쯤 치료된 물린 자국도 보였다.

"호크룩스는 어디에 뒀어?"

"내 가방에. 당분간은 떼어 놔야 할 것 같아."

그는 다시 베개 위에 드러누워 그녀의 수척하고 창백한 얼굴을 바라보았다.

"고드릭 골짜기에 가지 말았어야 했어. 내 잘못이야. 전부 내 잘못이야, 헤르미온느. 미안해."

"네 잘못 아니야. 나도 가고 싶었어. 난 정말로 덤블도어 교수님이 거기에 칼을 남겨 뒀을지 모른다고 생각했어."

"그래, 뭐…… 우리가 틀렸네. 그치?"

"무슨 일이 있었던 거야, 해리? 바틸다가 널 위층으로 데려갔을 때 무슨 일이 일어난 거야? 뱀이 숨어 있었어? 갑자기 튀어나와서 바틸다를 죽이고 널 공격한 거야?"

"아냐." 그가 말했다. "*바틸다가 뱀이었어……. 아니, 뱀이 바틸다였던 건가……. 어쨌든.*"

"뭐, 뭐라고?"

그는 눈을 감았다. 아직도 몸에서 바틸다의 집 냄새가 났다. 그 냄새 때문에 모든 일이 끔찍할 만큼 생생하게 떠올랐다.

"바틸다는 분명 죽은 지 좀 됐을 거야. 그 뱀이…… 바틸다 안에 있었어. '그 사람'이 고드릭 골짜기에 뱀을 두고 기다리게 한 거야. 네 말이 맞았어. 그자는 내가 그곳으로 돌아갈 줄 알고 있었어."

"뱀이 바틸다 안에 있었다고?"

해리는 다시 눈을 떴다. 헤르미온느는 역겨워서 구역질이 난다는 표정이었다.

"루핀이 우리는 절대 상상도 못 할 마법이 있을 거라고

244

했지." 해리가 말했다. "바틸다가 네 앞에서 말을 하지 않으려 들었던 건 뱀의 말밖에 할 줄 몰랐기 때문이야. 전부 뱀의 말이었어. 난 알아차리지 못했지만, 내용은 당연히 알아들을 수 있었어. 일단 그 방에 올라가자 뱀이 '그 사람'한테 메시지를 보내더라. 머릿속에 그 소리가 들리면서 그자가 흥분하는 것이 느껴졌어. 그자가 나를 거기 잡아 두라고 말했고…… 그리고……."

그는 바틸다의 목에서 뱀이 튀어나오던 장면을 떠올렸다. 헤르미온느한테 그런 자세한 내용까지 알려 줄 필요는 없었다.

"……그 여자가 변했어. 뱀으로 변해서 공격했어."

그는 뱀에 물린 자국을 내려다보았다.

"뱀은 나를 죽이려던 게 아니었어. 그냥 '그 사람'이 올 때까지 잡아 두려고 한 거지."

뱀을 죽이기만 했더라도 보람이 있었을 것이다. 그 모든 일이……. 그는 안타까운 마음에 일어나 앉아서 담요를 젖혔다.

"해리, 안 돼. 넌 좀 쉬어야 해!"

"쉬어야 하는 사람은 너야. 기분 나쁘라고 하는 말은 아닌데, 너 끔찍해 보여. 난 괜찮아. 내가 잠깐 망을 볼게. 내 마법 지팡이 어디 있어?"

그녀는 대답 없이 그를 바라보기만 했다.

"내 지팡이 어디 있어, 헤르미온느?"

그녀가 입술을 깨물었다. 두 눈에는 눈물이 괴어 있었다.

"해리……."

"내 지팡이 어디 있느냐니까?"

그녀는 침대 옆으로 손을 뻗더니 그에게 지팡이를 내밀었다.

호랑가시나무 불사조 지팡이는 거의 두 동강 나 있었다. 연약한 불사조 깃털 한 가닥만이 두 조각을 서로 이어 놓고 있을 뿐 나무는 완전히 쪼개졌다. 해리는 끔찍한 상처를 입은 생명체라도 되는 것처럼 두 손으로 그것을 받아 들었다. 제대로 생각할 수가 없었다. 두려움과 공포로 모든 것이 흐릿해졌다. 그는 헤르미온느에게 지팡이를 건넸다.

"고쳐 줘. 부탁이야."

"해리, 내 생각에 이런 식으로 부러졌을 때는……."

"제발, 헤르미온느. 해 보기라도 해!"

"레, 레파로."

달랑거리던 지팡이 반쪽이 다시 붙었다. 해리는 지팡이를 들어 올렸다.

"루모스!"

지팡이 끝에서 불빛이 희미하게 반짝이더니 곧 꺼졌다. 해리는 헤르미온느에게 지팡이를 겨눴다.

"엑스펠리아르무스!"

헤르미온느의 지팡이는 살짝 움직일 뿐 그녀의 손에서 벗어나지 않았다. 이런 별 볼 일 없는 마법을 시도하는 것만으로도 무리가 됐는지 지팡이는 다시 두 동강 나고 말았다. 해리는 충격을 받은 채 지팡이를 바라보았다. 눈앞의 현실을 받아들일 수가 없었다……. 그렇게 많은 일을 겪고도 살아남은 지팡이였는데…….

"해리." 헤르미온느가 속삭였다. 목소리가 너무 작아서 거의 들리지도 않았다. "정말, 정말 미안해. 나 때문인 것 같아. 있잖아, 그 집을 떠날 때 뱀이 우리를 쫓아왔어. 그래서 내가 폭발 저주를 걸었는데, 그 주문이 사방으로 튀었어. 틀림없이 그 주문에 맞았을……."

"사고였는데 뭐." 해리가 기계적으로 대꾸했다. 너무나 공허했고 충격적이었다. "고칠…… 고칠 방법을 찾을 수 있을 거야."

"해리, 그럴 수는 없을 것 같아." 헤르미온느가 말했다. 그녀의 얼굴에 눈물이 흘러내렸다. "론 일 기억나지? 차 사고

가 나면서 지팡이가 부러졌을 때 말이야. 그 지팡이를 원래대로 돌려놓을 수가 없어서 론은 결국 새걸 사야 했잖아.”

해리는 볼드모트에게 납치당해 인질로 잡혀 있는 올리밴더와 이미 죽은 그레고로비치를 떠올렸다. 대체 어떻게 새 지팡이를 구한단 말인가?

“뭐…….” 그가 짐짓 아무렇지도 않은 목소리로 말했다. “그럼 지금은 그냥 네 걸 빌리지 뭐. 망보는 동안 말이야.”

헤르미온느는 눈물로 번들거리는 얼굴로 해리에게 자기 지팡이를 건네주었다. 해리는 오직 그녀에게서 멀어지고 싶은 마음에, 침대 옆에 앉아 있는 그녀를 뒤로하고 자리를 떠났다.

18장

알버스 덤블도어의 삶과 사기들

해가 떠오르고 있었다. 아직 제 빛을 띠지 않은 맑고 드넓은 하늘이 머리 위에 펼쳐졌다. 하늘은 해리에게도, 해리의 고통에도 무관심한 듯했다. 해리는 텐트 입구에 앉아서 신선한 공기를 깊이 들이마셨다. 이렇듯 살아남아서 반짝반짝 빛나는 눈 내린 언덕 위로 태양이 떠오르는 광경을 보는 것 자체를 세상에서 가장 소중한 보물로 여겨야겠지만, 해리는 그렇게 감상에 빠져 있을 수 없었다. 지팡이를 잃은 충격에 그의 신경이 날카로워졌다. 그는 눈을 이불처럼 덮고 있는 계곡 너머를 바라보았다. 반짝이는 침묵을 뚫고 멀리서 교회 종소리가 들려왔다.

그는 통증을 이기려고 할 때 그러는 것처럼 자기도 모르게 손가락으로 팔을 꽉 짓누르고 있었다. 그는 셀 수 없을 만큼 피를 흘렸고, 오른팔 뼈가 완전히 사라진 적도 한 번 있었다. 이번 여행을 하면서는 가슴과 팔뚝에도 벌써 손 등, 이마의 흉터에 필적할 만한 흉터가 생겼다. 하지만 지 금까지는 단 한 번도 이토록 치명적인 타격을 입고, 나약 해지고 벌거벗은 느낌을 받은 적이 없었다. 마치 그가 가 진 마법 능력 중 가장 뛰어난 능력을 잃어버린 것 같았다. 그는 만약 이런 마음을 조금이라도 내비치면 헤르미온느 가 뭐라고 말할지 정확히 알고 있었다. 지팡이는 단지 마 법사의 실력을 반영할 뿐이라고 얘기하겠지. 하지만 틀렸 다. 그의 경우는 달랐다. 그녀는 지팡이가 나침반 바늘처 럼 빙빙 돌며 적에게 황금 불꽃을 날리는 일을 겪어 보지 못했다. 그는 더 이상 한 쌍을 이루는 심지의 보호도 받지 못할 것이다. 지팡이가 사라진 지금에야 해리는 자신이 그 것에 얼마나 의지해 왔는지를 깨달았다.

그는 부러진 지팡이 조각들을 주머니에서 꺼내 그것들 을 쳐다보지도 않고, 목에 걸고 있던 해그리드가 준 주머 니에 쑤셔 넣었다. 이제 주머니는 망가지고 쓸모없는 물건 으로 가득 차서 더 이상 뭘 넣을 수가 없었다. 해리의 손이 당나귀 가죽 안에 있는 낡은 스니치에 살짝 닿았다. 잠시 그는 스니치를 꺼내 던져 버리고 싶은 유혹과 싸워야 했다. 이해도 안 되고 도움도 안 되는 물건, 덤블도어가 남긴 다른 모든 것처럼 아무짝에도 쓸모없는…….

덤블도어를 향한 분노가 용암처럼 흘러넘쳐 마음속을 새까맣게 태우면서 다른 감정들을 싹 쓸어 냈다. 해리와 헤르미온느는 순전히 필사적인 마음에서 이야기를 나누다가 고드릭 골짜기에 해답이 있을 거라고 믿게 되었을 뿐이었다. 그곳으로 가야 한다고, 이 모든 것이 덤블도어가 마련해 놓은 어떤 비밀스러운 계획의 일부일 거라고 자신들을 설득했다. 하지만 결국 그들을 안내해 줄 지도도, 그 어떤 계획도 없었던 셈이다. 덤블도어는 그들이 어둠 속을 더듬거리도록, 누구의 도움도 받지 못한 채 알 수도 없고 꿈조차 꿀 수 없는 공포와 씨름하도록 내버려 두었다. 아무런 설명도 없었고, 무엇도 공짜로 주어지지 않았다. 그들에게는 검도 없었으며, 이제 해리에겐 지팡이도 없었다. 게다가 그는 도둑의 사진마저 떨어뜨리고 말았다. 이제 볼드모트가 그자의 정체를 알아내는 건 시간문제였다…….
이제 그자는 모든 정보를 갖게 되었다…….

"해리?"

헤르미온느는 해리가 그녀의 지팡이로 저주를 걸기라도

할 것처럼 겁에 질린 표정이었다. 그녀는 눈물범벅이 된 얼굴로 해리의 옆에 웅크리고 앉았다. 그녀의 양손에 각각 들린 찻잔이 떨리고 있었고, 팔 밑에는 부피가 큰 뭔가가 끼워져 있었다.

"고마워." 그가 잔 하나를 받아 들며 말했다.

"얘기 좀 해도 될까?"

"응." 그는 헤르미온느의 감정을 상하게 하고 싶지 않았기에 순순히 대답했다.

"해리, 너 그 사진 속 남자가 누군지 알고 싶어 했잖아……. 나한테 그 책이 있어."

그녀는 머뭇머뭇 문제의 책을 해리의 무릎 위에 올려놓았다. 한 번도 펼쳐 보지 않은 《알버스 덤블도어의 삶과 사기들》이었다.

"어디서…… 어떻게……?"

"바틸다의 거실에 놓여 있었어……. 이 쪽지가 끼워져 있었고."

헤르미온느는 형광 초록색의 삐죽삐죽한 글씨를 소리 내어 읽기 시작했다.

"'배티에게, 도와줘서 고마워요. 책을 한 권 드릴게요. 마음에 들었으면 좋겠네요. 당신은 모든 걸 말해 줬어요, 기억은 못 하겠지만. 리타.' 진짜 바틸다가 살아 있을 때 도착한 게 틀림없어. 하지만 아마 바틸다는 책을 읽을 상황이 아니었을 거야."

"그래, 그랬겠지."

해리는 덤블도어의 얼굴을 내려다보며 잔혹한 기쁨이 솟구치는 것을 느꼈다. 이제 덤블도어가 그에게 말해 줄 가치가 없다고 생각했던 모든 것을 알게 되었으니까. 덤블도어가 원하든, 원하지 않든 간에.

"너 아직 나한테 화 많이 나 있지?" 헤르미온느가 물었다. 고개를 든 해리는 그녀가 다시 울고 있다는 사실을 알아차렸다. 그의 얼굴에 분노가 떠올랐던 게 틀림없었다.

"아니야." 그가 나지막이 말했다. "아냐, 헤르미온느. 그게 사고였던 건 나도 알고 있어. 너는 우리 둘 다 살아서 거기를 빠져나오게 하려던 거였고. 정말 굉장했어. 네가 도와주지 않았더라면 난 죽었을 거야."

그는 그녀의 눈물 어린 미소에 마주 웃어 보이려고 애쓰다가 책으로 관심을 돌렸다. 책등이 뻣뻣했다. 한 번도 펼쳐 보지 않은 게 분명했다. 사진을 찾아 페이지를 넘겨 보던 그는 곧 그 사진을 찾아냈다. 젊은 덤블도어와 그의 잘생긴 친구가 오래전에 잊힌 농담에 웃음을 터뜨리고 있었다. 해리는 사진 밑에 있는 설명으로 시선을 내렸다.

'어머니가 죽고 얼마 지나지 않았을 때의 알버스 덤블도어. 친구 겔러트 그린델왈드와 함께.'

해리는 마지막 문구를 보고 한동안 입을 다물지 못했다. 그린델왈드. 친구, 그린델왈드. 그는 헤르미온느를 쳐다보았다. 그녀도 자기 눈을 믿을 수 없다는 듯 그 이름을 바라보고 있었다. 그녀가 천천히 눈을 들어 해리를 바라보았다.

"그린델왈드?"

해리는 나머지 사진들을 무시하고 그 결정적인 이름이 다시 나오는지 사진 앞뒤 페이지를 찾아보았다. 그는 머잖아 그 이름을 발견하고, 관련된 내용을 미친 듯이 읽었지만 뭐가 뭔지 알 수 없었다. 이 모든 내용을 이해하려면 앞으로 한참 돌아가야 했다. 그는 결국 '대의'라는 제목이 붙은 그 장의 첫 부분으로 갔다. 그와 헤르미온느는 함께 그 내용을 읽기 시작했다.

열여덟 번째 생일을 앞둔 덤블도어는 찬란한 영광에 휩싸여 호그와트를 떠났다. 그는 남학생 회장이자 반장이었고, 탁월한 마법에 대한 바너버스 핑클리 상 수상자이자 위즌가모트 영국 청년 대표이기도 했으며, 카이로에 있는 국제 연금

술 학회에서 주는 획기적인 기여 부문 금메달을 수상하기도 했다. 이후 덤블도어는 그가 학교에서 고른, 머리는 나쁘지만 헌신적인 조수인 '입 냄새' 엘파이어스 도지와 함께 대장정을 떠날 계획이었다.

두 젊은이는 런던의 리키 콜드런에 머무르며 다음 날 아침 그리스로 떠날 준비를 하고 있었다. 그때 부엉이 한 마리가 덤블도어의 어머니가 사망했다는 소식을 들고 도착했다. 이 책에 쓰일 인터뷰에 응하지 않겠다던 '입 냄새' 도지는 그 이후에 벌어진 일을 자기만의 감상적인 방식으로 해석해 대중에게 전한 바 있다. 그는 켄드라의 죽음은 비극적인 충격이었고, 탐험을 단념한 덤블도어의 결정은 고귀한 자기희생이었던 것처럼 포장했다.

실제로 덤블도어는 고드릭 골짜기로 즉시 돌아왔다. 남동생과 여동생을 '돌보기' 위해서였다. 하지만 그는 실제로 두 동생들에게 얼마나 신경을 썼을까?

"머리가 좀 이상했어요, 그 애버포스라는 녀석." 당시 가족이 고드릭 골짜기 외곽에 살고 있던 이니드 스믹은 말한다. "제멋대로 날뛰었죠. 물론 엄마 아빠를 잃었으니 불쌍하게 여길 만했죠. 그 녀석이 계속 염소 똥을 내 머리에 던져 대지만 않았다면 말이에요. 내가 보기에 알버스는 그 녀석에게 별로 신경 쓰지 않은 것 같아요. 어쨌든 둘이 같이 있는 건 한 번도 못 봤거든요."

제정신이 아닌 남동생을 위로해 준 게 아니라면 알버스는 대체 뭘 하고 있었던 걸까? 그 답은 여동생을 계속 가둬 두는 일이었던 듯하다. 첫 번째 간수였던 어머니가 죽은 뒤에도 아리아나 덤블도어의 딱한 상황은 전혀 달라지지 않았다. 그녀의 존재를 아는 외부인 자체가 극히 적었다. 그녀의 '건강이 안 좋다'는 말을 곧이곧대로 믿는 '입 냄새' 도지 같은 사람들 외에는.

도지처럼 그렇게 쉽게 믿는 덤블도어 가족의 또 다른 친구로, 고드릭 골짜기에서 오랜 세월을 살아온 저명한 마법 역사가 바틸다 백숏이 있다. 당연한 얘기지만 켄드라는 마을에 새로 도착한 가족을 환영해 주려는 바틸다에게 처음에는 퇴짜를 놓았다. 그러나 몇 년 뒤, 이 저술가는 호그와트에 다니고 있던 알버스에게 부엉이를 보냈다. 《오늘날의 변환 마법》에 실린, 종족 간 변환 마법에 관한 그의 논문을 읽고 긍정적인 인상을 받았던 것이다. 이 첫 번째 교류를 계기로 그녀는 덤블도어의 가족 모두와 친분을 맺게 되었다. 켄드라가 사망할 무렵 그녀가 고드릭 골짜기에서 이야기를 나누며 지내던 사람은 오직 바틸다뿐이었다.

불행하게도, 바틸다가 인생 전반에 보여 주었던 총명함은 이제 무뎌졌다. 아이버 딜런스비가 전한 바에 따르면 "불은 켜져 있지만 솥은 비어 있는 셈"이었다. 혹은, 이니드 스믹의 약간 저속한 표현을 빌리자면 "다람쥐 똥처럼 맛이 갔다". 그러나 실험과 검증을 거친 여러 가지 취재 기술을 결합함으로써, 나는 이 충격적인 이야기의 전말을 밝혀내기에 충분한 확실한 사실들을 추출해 낼 수 있었다.

바틸다는 마법사 세계의 다른 사람들과 마찬가지로 켄드라의 때 이른 죽음을 '마법의 오발' 탓으로 돌린다. 알버스와 애버포스가 사건 이후 오랫동안 반복해 온 이야기이기도 하다. 바틸다는 덤블도어의 가족이 아리아나에 대해서 하는 말도 앵무새처럼 따라 했다. 그녀가 "허약하다"거나 "민감하다"고 말이다. 하지만 한 가지 주제에 관해서만은 그녀에게 사용할 베리타세룸을 확보하기 위해 들인 나의 노력이 헛되지 않았다. 왜냐하면 오직 그녀만이 알버스 덤블도어의 인생 가장 깊숙이 은폐된 비밀을 전부 알고 있었기 때문이다. 이 책에서 최초로 밝히는 이 이야기는 덤블도어의 팬들이 믿고 있던 그에 관한 모든 사실을 의심하게 만든다. 그가 어둠의 마법을 혐오했다는 사실, 머글 탄압에 반대한 일, 심지어 가족에게 기울인 헌신까지도.

이제는 고아인 동시에 가장이 된 덤블도어가 고드릭 골짜기의 집으로 돌아간 바로 그 여름, 바틸다 백숏은 그녀의 조카손자인 겔러트 그린델왈드를 집에 받아들였다.

그린델왈드라는 이름은 물론 유명하다. 한 세대 뒤에 '그 사람'이 나타나 왕좌를 빼앗지 않았더라면 그는 '역대 가장 위험한 어둠의 마법사들'의 명단 맨 윗자리를 놓치지 않았을 것이다. 하지만 그린델왈드는 그 테러 활동을 영국에까지 넓히지 않았기에, 그가 권력을 얻게 된 자세한 경위는 그리 널리 알려져 있지 않다.

당시에도 덤스트랭은 어둠의 마법에 유감스러울 만큼 관용적인 학교로 유명했는데, 그곳에서 교육을 받은 그린델왈드는 덤블도어만큼이나 일찍 스스로의 총명함을 드러냈다. 그러나 겔러트 그린델왈드는 각종 상을 휩쓰는 것이 아닌 다른 목표에 자신의 재능을 집중했다. 그가 열여섯 살이 되자 덤스트랭조차 겔러트 그린델왈드의 비뚤어진 실험을 더 이상 눈감아 주지 못했고, 그는 결국 퇴학당했다.

지금까지 그린델왈드가 학교를 떠난 이후의 행적에 관해서는 '몇 달 동안 해외를 떠돌았다'는 것 외에 알려진 바가 없었다. 그러나 이제는 그린델왈드가 고드릭 골짜기의 이모할머니 댁에 찾아가기로 했다는 사실을 밝힐 수 있다. 이 이야기를 읽는 많은 사람에게는 충격적인 일이겠지만, 그는 그곳에서 다름 아닌 알버스 덤블도어와 친밀한 우정을 쌓기 시작했다.

"나한테는 사랑스러운 아이였어." 바틸다는 횡설수설했다. "나중에 어떤 사람이 되었든 간에 말이야. 난 자연스럽게 그 아이를 가엾은 알버스에게 소개해 줬지. 알버스한테는 또래 친구들이 없었으니까. 그 애들은 금방 서로를 좋아하게 됐어."

확실히 그랬다. 바틸다는 나에게 그간 보관해 왔던 편지를 보여 주었다. 알버스 덤블도어가 한밤중에 겔러트 그린델왈드에게 보낸 편지였다.

"그래, 두 사람은 온종일 토론을 하곤 했어. 둘 다 아주 총명한 청년들이었으니, 불에 올려놓은 펄펄 끓는 솥단지 같았지. 토론을 하고 난 뒤에도 가끔 알버스가 보내는 편지를 가져온 부엉이가 겔러트의 침실 창문을 두드리는 소리가 들렸어. 알버스는 어떤 아이디어가 떠오를 때마다 곧바로 겔러트한테 알려 주지 않고는 못 배겼거든!"

그리고 그것은 참으로 굉장한 아이디어들이었다. 알버스 덤블도어의 팬들에게는 엄청난 충격이겠지만, 그들의 영웅이 열일곱 살 때 새로 사귄 단짝 친구에게 전했던 생각들은 바로 이런 것들이었다(편지의 원본 이미지는 463페이지에 실려 있다).

겔러트.

마법사들의 지배가 **머글들에게도 이익이 된다**는 네 주
장은 중요한 지적이라는 생각이 든다. 그래, 우리에게는
힘이 있어. 그 힘이 우리에게 지배할 자격을 주는 것도
사실이야. 하지만 그 힘은 또한 우리에게 지배받는 자들
에 대한 책임을 안겨 주기도 해. 이 점을 강조해야 할 것
같아. 이것이 바로 우리가 세우려는 체제의 토대가 될
테니까. 우리 의견이 엇갈리는 지점에서는(당연히 그렇
게 되겠지) 이 점이 모든 주장의 기준이 되어야 해. 우리
가 지배하는 건 **대의를 위해서**라는 거지. 그러면 저항에
부닥칠 때마다 필요 이상의 힘을 써서는 안 된다는 결론
이 나와(덤스트랭에서 네가 저지른 실수가 이거야! 하
지만 불만은 없어. 네가 퇴학당하지 않았더라면 우리
는 결코 만나지 못했을 테니까).

알버스

덤블도어의 수많은 팬들에게는 놀랍고도 경악스러운 일
이겠지만, 이 편지는 한때 알버스 덤블도어가 비밀 유지 법령

을 뒤엎고 머글들에 대한 마법사들의 지배를 확립하려는 꿈을 꾼 적이 있었다는 증거다. 덤블도어를 언제나 머글 태생들의 위대한 옹호자로 여겨 온 사람들에게는 엄청난 타격이 아닌가! 이러한 빼도 박도 못할 새로운 증거에 비춰 볼 때, 머글들의 권리를 증진시키겠다는 그의 연설들은 얼마나 공허한가! 어머니를 애도하며 여동생을 돌보았어야 할 때 권력을 얻을 음모를 꾸미느라 바빴던 알버스 덤블도어의 모습은 또 얼마나 비열한가!

덤블도어를 무너져 가는 반석 위에 어떻게든 올려놓을 작정인 사람들은 어쨌든 그가 그 계획을 실행에 옮기진 않았으며 아마 심경의 변화를 겪었을 거라고, 정신을 차린 거라고 투덜거릴 게 뻔하다. 하지만 진실은 그보다 더욱 충격적인 것 같다.

그들의 위대한 우정이 시작된 지 겨우 두 달이 지났을 때 덤블도어와 그린델왈드는 갈라섰고, 다시 만나 그 전설적인 결투를 벌이기까지 한 번도 서로를 만나지 않았다(자세한 내용은 22장 참조). 이처럼 갑작스럽게 관계가 끊어진 이유는 무엇이었을까? 덤블도어가 정신을 차린 걸까? 그린델왈드에게 더는 그의 작전에 참여하고 싶지 않다고 말한 것일까? 아아, 그건 아니었다.

"내 생각에는 아마 가엾은 아리아나의 죽음 때문이었을 거야." 바틸다가 말한다. "끔찍한 충격이었지. 그 일이 일어났을 때 겔러트는 그 집에 있었는데, 아주 초조해하면서 집으로 돌아와 다음 날 고향에 돌아가고 싶다고 말했어. 뭐랄까, 보기에 끔찍할 만큼 괴로워하고 있었지. 그래서 내가 포트키를 마련해 줬어. 내가 녀석을 마지막으로 본 게 그때야. 알버스는 아리아나의 죽음에 정신이 나갔지. 두 형제에게는 너무 끔찍한 일이었어. 이 세상에 단둘만 남게 됐으니까. 감정이 약간 격해진 것도 놀랄 일은 아니지. 애버포스는 알버스를 비난했어. 뭐랄까, 그토록 끔찍한 상황에서는 다들 종종 그러잖아. 게다가 애버포스는 항상 약간 정신 나간 사람처럼 말했으니까. 가엾은 녀석. 그렇더라도 장례식장에서 알버스의 코를 부러뜨린 건 품위 있는 행동이 아니었어. 딸의 시신을 놓고 아들들이 그런 식으로 싸우는 걸 켄드라가 봤다면 억장이 무너졌겠지. 겔러트가 장례식 때까지 머물지 않아서 안타까워…… 적어도 알버스한테는 위로가 됐을 텐데……."

눈앞에 관을 두고 벌인 이 끔찍한 몸싸움은 아리아나 덤블도어의 장례식에 참석한 몇 안 되는 사람들에게만 알려져 있는데, 여기서 몇 가지 의문이 생긴다. 애버포스 덤블도어가 여동생의 죽음을 알버스 탓으로 돌린 이유는 정확히 무엇일까? '배티'('바틸다'의 애칭이자, '약간 제정신이 아닌'이라는 뜻도 갖고 있다―옮긴이)가 우기는 것처럼, 단순히 슬픔을 토로한 것이었을까? 아니면 좀 더 구체적인 어떤 이유가 있어서 분노한 것일까? 덤스트랭에서 동료 학생들을 공격해 죽일 뻔한 탓에 퇴학을 당한 그린델왈드는 아리아나가 죽고 몇 시간 후 영국을 떠났고, 알버스는 마법사 세계의 간청에 의해 어쩔 수 없이 마주하게 될 때까지(부끄러워서였을까, 두려워서였을까?) 다시는 그와 만나지 않았다.

그 후, 덤블도어와 그린델왈드 둘 다 어린 시절의 이 짧은 우정에 대해 언급하지 않은 것으로 보인다. 하지만 5년이라는 세월이 혼란과 죽음, 실종으로 점철되어 흘러가는데도 덤블도어가 겔러트 그린델왈드에 대한 공격을 미뤄 왔다는 데는 의심의 여지가 없다. 덤블도어가 망설인 까닭은 그린델왈드에게 남아 있는 애정 때문이었을까, 아니면 한때 두 사람이 가장 친한 친구였다는 사실이 드러날까 봐 두려웠기 때문일까? 한때 그토록 즐겁게 만났던 사람을 쫓게 되었을 때, 덤블도어는 울며 겨자 먹는 심정이었을까?

또, 수수께끼의 아리아나는 어떻게 죽은 것일까? 어떤 어둠의 마법 의식의 의도치 않은 피해자는 아니었을까? 두 젊은이가 영광과 권력을 노리고 있을 때, 그녀가 맞닥뜨려서는 안 될 무언가와 우연히 마주하게 된 것일까? 아리아나 덤블도어가 '대의를 위하여' 죽은 첫 번째 사람일 수도 있을까?

그 장은 여기에서 끝났다. 해리는 눈을 들었다. 헤르미온느는 그보다 먼저 그 페이지를 다 읽었다. 그녀는 해리의 손에서 책을 끌어갔다. 그러고는 그의 표정을 보더니 약간 놀란 얼굴로, 뭔가 불결한 것을 감추듯 책을 보지도 않고 탁 덮어 버렸다.

"해리⋯⋯."

해리는 고개를 저었다. 마음속 확신 같은 것이 무너져 내렸다. 론이 떠난 뒤에 느꼈던 바로 그 감정이었다. 그는 덤블도어를 믿었고, 그가 선과 지혜의 화신이라고 믿었다. 이제는 모든 게 잿더미로 변했다. 대체 얼마나 더 많은 걸 잃어야 하는 걸까? 론, 덤블도어, 불사조 지팡이⋯⋯.

"해리." 그녀는 해리의 그런 생각을 읽은 듯했다. "내 말 들어. 이건⋯⋯ 이건 별로 좋은 글이 아니야."

"그래, 넌 그렇게 말할 수 있겠지."

"잊지 마, 해리. 이건 리타 스키터의 글이야."

"그린델왈드한테 보낸 그 편지, 읽지 않았어?"

"그래, 읽⋯⋯ 읽었어." 그녀는 심란한 표정을 짓고 차가운 손으로 찻잔을 부드럽게 감싸며 머뭇거렸다. "그 부분이 최악이라고 생각해. 분명 바틸다는 이 모든 게 그냥 말뿐이라고 생각했을 거야. 하지만 '대의를 위하여'는 그린델왈드의 선전 문구가 됐어. 그자가 이후에 저지른 모든 잔혹한 행위를 정당화하는 말이 됐단 얘기야. 그리고⋯⋯ 저편지를 보면⋯⋯ 덤블도어 교수님이 그린델왈드한테 아이디어를 준 것처럼 보여. 사람들은 '대의를 위하여'가 심지어 누멘가드 입구에도 새겨져 있다고 해."

"누멘가드가 뭔데?"

"그린델왈드가 적들을 가두려고 지은 감옥이야. 덤블도어 교수님한테 붙잡힌 뒤에 결국 그린델왈드 본인도 거기 갇히게 됐어. 아무튼, 그린델왈드가 세력을 일으키는 데 덤블도어 교수님의 아이디어가 도움이 됐다는 건⋯⋯ 그건 정말 끔찍한 생각이야. 하지만 달리 생각하면, 아무리 리타 스키터라도 두 사람이 아주 어릴 때 어느 해 여름 몇 달 동안만 알고 지냈다고만 할 뿐 그 이상 친했다는 얘기는 지어낼 수 없었다는⋯⋯."

"네가 그렇게 말할 줄 알았어." 해리가 말했다. 그는 분노가 헤르미온느 쪽으로 향하는 것을 바라지 않았지만 목소리를 침착하게 유지하기가 어려웠다. "너라면 '둘 다 어렸다'고 말할 줄 알았다고. 이 사람들은 지금 우리랑 같은 나이였어. 우린 지금 어둠의 마법과 싸우느라 목숨을 걸고 있고. 그런데 덤블도어는 새로 사귄 단짝 친구랑 머리를 맞대고 머글들을 지배할 권력을 손에 넣을 음모를 짜고 있었던 거야."

더 이상 분노를 참을 수가 없을 것 같았다. 그는 자리에서 일어나, 분노를 조금이라도 떨쳐 버리려고 주위를 서성거렸다.

"덤블도어 교수님이 편지에 쓴 내용을 변호하려는 건 아니야." 헤르미온느가 말했다. "'지배할 자격'이니 뭐니 하는 이 모든 헛소리는 '마법은 힘이다'랑 똑같은 얘기야. 하지만 해리, 덤블도어 교수님은 막 어머니를 여의었고 홀로 집 안에 틀어박혀 있었어."

"홀로? 덤블도어는 혼자가 아니었어! 함께할 남동생과 여동생이 있었잖아. 덤블도어가 계속 가둬 뒀던 스큅 여동생이⋯⋯."

"난 그 말 안 믿어." 헤르미온느가 말했다. 그녀도 자리에서 일어섰다. "그분 여동생에게 무슨 문제가 있었는지는 모르겠지만 스큅이었을 것 같지는 않아. 우리가 아는 덤블도어 교수님은 절대, 절대로 그런 일이 일어나도록 놔두지……."

"우리가 안다고 생각한 덤블도어는 머글들을 힘으로 지배하려 들지도 않았겠지!" 해리가 소리쳤다. 그의 목소리가 텅 빈 언덕 위에 메아리치자, 검은 새 몇 마리가 하늘로 날아올라 꽥꽥 울면서 부연 하늘을 배경으로 나선을 그렸다.

"덤블도어 교수님은 변했어, 해리. 변한 거야! 단지 그뿐이야! 어쩌면 열일곱 살 때는 그런 신념을 가졌을 수도 있지. 하지만 그분은 여생을 어둠의 마법과 싸우는 데 바쳤어! 그린델왈드를 막은 사람도 덤블도어 교수님이었고, 항상 머글 보호와 머글 태생의 권리를 지지해 온 사람도 교수님이었어. 그분은 처음부터 '그 사람'과 싸워 왔고 그자를 무찌르려다가 돌아가신 분이라고!"

그들 사이에 놓인 리타 스키터의 책 표지에서 알버스 덤블도어의 얼굴이 둘 모두에게 서글프게 미소 지어 보였다.

"해리, 미안하지만 난 네가 이렇게 화를 내는 진짜 이유는 덤블도어 교수님이 너한테 이런 얘기들을 직접 해 주지 않았기 때문이라고 생각해."

"그럴지도 모르지!" 해리가 소리쳤다. 그는 머리 위로 두 팔을 휙 들어 올렸다. 분노를 억누르려는 것인지, 환멸감의 무게에서 스스로를 보호하기 위해서인지는 알기 어려웠다. "덤블도어가 나한테 뭘 요구했는지 봐, 헤르미온느!
목숨을 걸어라, 해리! 이번에도! 이번에도! 그렇지만 내가
모든 걸 설명할 거라고는 기대하지 마라, 그냥 맹목적으로
나를 믿어라, 내가 하려는 일이 뭔지 나 스스로도 잘 알고
있다고 믿어라, 나는 너를 믿지 않더라도 너는 나를 믿어
라! 덤블도어는 진실을 다 알려 준 적이 한 번도 없어! 단
한 번도!"

너무 힘주어 소리치는 바람에 목소리가 갈라졌다. 그들
은 사방이 하얗고 아무것도 없는 곳에서 서로를 바라보며
서 있었다. 해리는 자신들이 이 드넓은 하늘 아래 곤충들
만큼이나 보잘것없다고 느꼈다.

"덤블도어 교수님은 너를 사랑하셨어." 헤르미온느가 말
했다. "나는 알아."

해리는 들어 올렸던 팔을 내렸다.

"헤르미온느, 덤블도어가 누굴 사랑했는지는 모르겠지
만 그게 나였던 적은 한 번도 없어. 이건 사랑이 아니야.
나를 이 구렁텅이 속에 남겨 놓고 떠난 것 말이야. 덤블도
어는 나보다 겔러트 그린델왈드와 속마음을 훨씬 많이 나
눴어."

해리는 눈밭에 떨어뜨린 헤르미온느의 지팡이를 집어

들고 텐트 입구에 다시 앉았다.

"차 잘 마셨어. 망은 끝까지 볼게. 넌 따뜻한 데로 다시 들어가."

헤르미온느는 망설였지만, 이것으로 대화가 끝났다는 사실을 알아차렸다. 그녀는 책을 집어 들고 그를 지나쳐 다시 텐트 안으로 들어갔다. 그녀의 손이 해리의 머리를 가볍게 스쳤다. 헤르미온느의 손길을 느낀 해리는 눈을 감았다. 그녀가 한 그 말, 덤블도어가 정말로 그를 사랑했다는 말이 사실이기를 바라는 자신이 증오스러웠다.

19장
은빛 암사슴

헤르미온느가 망보는 일을 넘겨받은 자정쯤에는 눈이 내리고 있었다. 해리는 혼란스럽고 심란한 꿈을 꾸었다. 내기니가 처음에는 금이 간 커다란 반지를, 그다음에는 크리스마스 장미 화환을 비집고 들락거렸던 것이다. 그는 겁에 질린 채 계속 잠에서 깼다. 텐트를 채찍처럼 내리치는 바람이 발소리나 목소리라고 상상하며, 멀리서 누군가가 그를 소리쳐 부르는 것이라고 확신하면서.

그는 결국 어둠 속에서 일어나, 텐트 입구에 앉아 지팡이 불빛에 비춰 《마법의 역사》를 읽고 있던 헤르미온느에게 다가갔다. 여전히 눈이 펑펑 내리고 있었다. 해리가 아침 일찍 짐을 싸서 떠나자고 제안하자 그녀는 안심한 기색으로 반겼다.

"좀 더 눈보라를 피할 수 있는 곳으로 가자." 그녀가 잠 옷 위로 운동복 상의를 걸쳐 입으며 몸을 덜덜 떨었다. "바 깥에서 사람들 오가는 소리가 계속 들린 것 같아. 한두 번 은 누군가를 본 것 같기도 하고."

해리는 스웨터를 입다 말고 잠깐 멈춰서 탁자 위에 조용 하게 가만히 놓여 있는 스니코스코프를 힐끗 바라봤다.

"분명 상상한 걸 거야." 헤르미온느가 초조한 표정을 지 으며 말했다. "어두운데 눈까지 오니까 착시가 일어나는 거지……. 하지만 혹시 모르니까 투명 망토를 쓰고 순간이 동 하는 게 좋겠지?"

30분 뒤 해리는 텐트를 접고 호크룩스를 목에 걸었다. 헤르미온느는 구슬가방을 꽉 움켜쥐었다. 그리고 그들은 순간이동 했다. 늘 그렇듯 온몸을 조이는 느낌이 그들을 덮쳤다. 해리의 두 발이 눈 덮인 땅바닥을 떠나, 낙엽이 깔 린 얼어붙은 흙바닥을 세차게 디뎠다.

"여기가 어디야?" 헤르미온느가 구슬가방을 열고 텐트 폴대를 꺼내기 시작하자 그가 새로 도착한 숲을 둘러보며 물었다.

"딘 숲이야." 그녀가 말했다. "언젠가 엄마 아빠랑 여기로 캠핑을 온 적이 있어."

이곳 역시 매섭게 추웠고 주위 사방의 나무에는 눈이 쌓여 있었지만 적어도 바람은 피할 수 있었다. 그들은 텐트 안에 틀어박힌 채 밝은 파란색 불꽃 앞에 웅크리고 몸을 녹이며 그날 대부분을 보냈다. 헤르미온느가 아주 능숙하게 만들어 내는 그 유용한 불꽃은 유리병에 담아 들고 다닐 수 있었다. 해리는 잠깐이지만 심각한 병을 앓았다가 회복하는 것 같은 기분이었다. 헤르미온느의 세심한 배려 덕분에 더욱 그런 기분이 들었다. 그날 오후가 되자 다시 눈발이 흩날렸다. 그들이 있는 바람이 들지 않는 공터에조차 가루 같은 눈이 흩뿌려졌다.

이틀 밤이나 거의 잠을 자지 못한 탓에 해리는 평소보다 신경이 날카로워진 것을 느꼈다. 고드릭 골짜기에서 너무나 아슬아슬하게 탈출했기 때문인지 볼드모트가 전보다 더 가까운 곳에 더 위협적으로 다가와 있는 기분이었다. 다시 어둠이 내리자 해리는 망을 보겠다는 헤르미온느의 제안을 물리치고 그녀에게 가서 자라고 말했다.

해리는 낡은 쿠션을 텐트 입구로 가져가 그 위에 앉았다. 가지고 있는 스웨터를 모조리 껴입었는데도 몸이 부들부들 떨렸다. 시간이 갈수록 어둠이 점점 깊어지더니 결국은 바로 앞도 보이지 않게 되었다. 그는 잠깐이나마 지니의 이름이 붙은 점을 살펴보기 위해 도둑 지도를 꺼내려다가, 지금이 크리스마스 연휴 기간이라는 것을 깨달았다. 그녀는 버로로 돌아갔을 것이다.

드넓은 숲속에서는 작은 움직임 하나하나도 크게 느껴지는 것 같았다. 해리는 숲이 분명 살아 있는 생명체로 가득한 줄 알면서도 그 모든 것이 꼼짝 않고 조용히 있어 줬으면 좋겠다고 생각했다. 그래야 애꿎은 생명체들의 종종걸음과 어슬렁거리는 소리를 또 다른 불길한 움직임을 암시하는 소리와 구분할 수 있을 테니 말이다. 그는 몇 년 전 낙엽 위로 망토가 스르르 미끄러지던 소리를 떠올렸다. 그때 그 소리가 다시 들린 것 같았지만 곧 머릿속에서 그 생각을 떨쳐 냈다. 그들이 건 보호 마법은 몇 주 동안이나 잘 작동해 왔다. 왜 이제 와서 깨지겠는가? 하지만 그는 오늘밤은 뭔가 다르다는 느낌을 떨칠 수가 없었다.

해리는 몇 번인가 흠칫하며 몸을 꼿꼿이 세웠다. 텐트 벽에 어색한 각도로 기대어 잠들었기에 목이 뻐근했다. 밤이 벨벳처럼 짙은 어둠에 접어들자, 그는 순간이동 중인 상태에서 멈춰 있는 것 같은 기분이 들었다. 눈앞으로 손을 들어 손가락이 보이는지 살피려는 순간, 뭔가가 보였다.

밝은 은빛이 그의 눈앞에 나타나 나무 사이로 움직였다. 어디서 나오는 빛인지는 알 수 없었지만, 그것은 아무 소리도 내지 않고 움직이고 있었다. 그 빛은 그저 그를 향해 흘러오는 것처럼 보였다.

해리는 벌떡 일어섰다. 목소리가 목구멍에서 얼어붙었다. 그는 헤르미온느의 지팡이를 높이 들어 올렸다. 눈이 멀 정도로 빛이 환해지자 해리는 눈을 가늘게 떴다. 앞에 있는 나무들이 칠흑 같은 윤곽을 드러냈다. 그것은 점점 더 가까이 다가오고 있었다…….

잠시 후, 그 빛의 근원이 오크나무 뒤에서 나타났다. 달빛처럼 밝고 눈부신 은백색 암사슴이 여전히 소리 없이, 고운 가루처럼 쌓인 눈에 아무런 발자국도 남기지 않고 땅 위를 조심조심 내딛고 있었다. 긴 속눈썹이 달린 커다란 눈을 가진 암사슴은 그 아름다운 머리를 높이 들고 그를 향해 다가왔다.

해리는 경이로운 마음으로 그 동물을 바라보았다. 암사슴은 이상하게 여겨지기는커녕 왠지 모르게 친근했다. 마치 암사슴이 나타나기만 기다리고 있었는데, 이 순간이 오기 전까지는 만나기로 한 것을 까맣게 잊고 있었던 듯한 느낌이었다. 방금까지만 해도 헤르미온느를 소리쳐 부르

고 싶었던 강렬한 충동이 지금은 싹 사라져 있었다. 그는
알았다. 암사슴은 그를, 오직 그만을 찾아온 것이다. 목숨
을 걸고 장담할 수 있었다.

그들은 잠시 서로를 뚫어지게 바라보았다. 잠시 후 암사
슴은 몸을 돌려 걸어가기 시작했다.

"안 돼." 그가 말했다. 한참 동안 말을 하지 않은 탓에 목
소리가 갈라졌다. "돌아와!"

암사슴은 계속해서 나무 사이를 찬찬히 걸어갔고, 머잖
아 굵직하고 검은 나무줄기가 그 빛을 가리며 줄무늬를 만
들어 냈다. 그는 한순간 망설였다. 경고의 목소리가 속삭
였다. 이건 속임수나 미끼, 아니면 함정일 수도 있어. 하지
만 본능이, 저항할 수 없는 본능이 그에게 이것은 어둠의
마법이 아니라고 말해 주었다. 그는 사슴을 따라갔다.

해리의 발밑에서 눈이 뽀드득거렸지만, 암사슴은 나무
사이를 지나면서 아무런 소리도 내지 않았다. 오직 빛으로
만 이루어져 있었기 때문이다. 암사슴은 점점 더 깊은 숲
속으로 그를 이끌었고, 해리는 암사슴이 언젠가 멈춰서 그
가 가까이 다가가는 것을 허락해 주리라는 확신에 걸음을
재촉했다. 그때가 되면 암사슴은 입을 열 것이고, 그 목소
리는 해리가 알아야만 하는 것들을 말해 줄 것이다.

마침내 사슴이 멈춰 섰다. 사슴이 아름다운 머리를 다시 한 번 그에게 돌리자 해리는 달리기 시작했다. 마음속에서는 의문이 불타올랐다. 하지만 입술을 떼고 질문을 던지려는 순간 암사슴은 사라졌다.

어둠이 사슴을 통째로 삼켜 버렸지만, 빛나던 그 모습은 여전히 해리의 망막에 새겨져 있었다. 사슴의 잔상이 그의 시야를 흐렸고, 그가 눈을 감자 환하게 빛나면서 방향감각을 흐트러뜨렸다. 암사슴의 존재는 안전함을 의미했기에 이제는 두려움이 몰려왔다.

"루모스." 그가 속삭이자 마법 지팡이 끝에 불이 켜졌다.

숲속에서 아득히 들려오는 잔가지 부러지는 소리와 눈이 부드럽게 사락사락 내리는 소리에 귀를 기울이고 서 있자니, 그가 눈을 한 번 깜빡일 때마다 암사슴의 잔상이 희미해져 갔다. 공격을 당하게 될까? 암사슴이 그를 습격 장소로 꾀어낸 걸까? 누군가가 마법 지팡이 빛이 닿지 않는 곳에 서서 그를 지켜보고 있다는 생각은 그저 상상일까?

해리는 마법 지팡이를 더 높이 들어 올렸다. 아무도 그에게 달려들지 않았고, 나무 뒤에서 번뜩이는 녹색 빛이 폭발하지도 않았다. 그렇다면 암사슴은 왜 그를 이곳으로 이끌었을까?

지팡이 불빛에 비쳐 뭔가가 희미하게 빛났다. 해리는 빙글 돌아봤지만, 그곳에 있는 것이라고는 얼어붙은 작은 연못뿐이었다. 해리가 지팡이를 더 높이 들고 자세히 살펴보자 갈라진 검은 수면이 반짝였다.

그는 조심스레 앞으로 나아가 연못을 내려다보았다. 얼어붙은 수면에 일그러진 그의 모습과 지팡이 불빛이 비쳤다. 하지만 두껍고 뿌연 잿빛 빙판 아래 저 깊은 곳에서 또 다른 뭔가가 반짝이고 있었다. 커다란 은색 십자가 같은 것이⋯⋯.

해리는 심장이 목구멍으로 튀어나올 지경이었다. 그는 연못 가장자리에 털썩 무릎을 꿇고 가능한 한 연못 밑바닥까지 비추도록 지팡이를 기울였다. 짙은 붉은빛이 번쩍했다⋯⋯. 그것은 손잡이에 빛나는 루비들이 박혀 있는 검이었다⋯⋯. 그리핀도르의 검이 숲속 연못 밑바닥에 놓여 있었다.

해리는 간신히 숨을 쉬며 그 검을 내려다보았다. 어떻게 이런 일이 가능할까? 어쩌다가 저 검이 숲속 연못 속에, 그들의 야영지와 이토록 가까운 곳에 놓여 있게 된 걸까? 알수 없는 어떤 마법이 헤르미온느를 이곳으로 인도한 걸까? 혹은 해리가 패트로누스라고 생각했던 암사슴이 이 연못의 수호자 같은 존재인 걸까? 아니면 그들이 이곳에 도착한 이후에, 정확히 그들이 이곳에 왔기 때문에 저 검이 연못 안에 놓이게 된 걸까? 그렇다면 이 검을 해리에게 전해주고 싶어 한 사람은 어디에 있을까? 해리는 다시 한 번 주위 나무들과 덤불에 지팡이를 겨누며 인간의 형체나 번뜩이는 눈동자가 있는지 찾아봤지만 그 무엇도 보이지 않았다. 그래도 얼어붙은 연못 밑바닥에 놓여 있는 검 쪽으로 다시 관심을 돌리자 해리는 두려운 만큼 기쁨도 더 커지는 것을 느꼈다.

그는 은빛 형체에 마법 지팡이를 겨누고 중얼거렸다. "아씨오 검."

검은 꿈쩍도 하지 않았다. 물론 움직일 거라고 기대한 건 아니었다. 그렇게 쉬운 일이었다면 검은 얼어붙은 연못 깊은 곳이 아니라 그가 집어 들 수 있도록 땅 위에 놓여 있었을 것이다. 해리는 꽁꽁 언 연못 주위를 돌며, 지난번 검이 스스로 그에게 왔던 때를 떠올렸다. 당시 그는 끔찍한 위험에 처해 도움을 요청했었다.

"도와줘." 그가 웅얼거렸지만, 검은 냉담하게 꼼짝도 하지 않고 연못 밑바닥에 그대로 있었다.

지난번 이 검을 돌려주었을 때 덤블도어가 뭐라고 했더

라? 해리는 다시 걷기 시작하며 스스로에게 물었다. '진정한 그리핀도르만이 모자에서 그 검을 꺼낼 수 있단다.' 그리핀도르라는 것을 확실히 보여 주는 자질들은 뭐였지? 해리의 머릿속에서 작은 목소리가 대답했다. '용기, 대담함, 기사도 정신이 그리핀도르의 특징이지.'

해리는 걷다 말고 길게 한숨을 내쉬었다. 연기 같은 숨결이 얼어붙은 공기 속에서 빠르게 흩어졌다. 그는 무엇을 해야 하는지 알았다. 솔직히, 얼음 아래에 놓인 검을 발견한 그 순간부터 결국 이렇게 될 거라고 생각했다.

그는 주위의 나무들을 다시 힐끗 둘러보았다. 하지만 이제는 아무도 그를 공격하지 않으리라는 확신이 들었다. 공격할 거라면, 그가 혼자서 숲을 걸어오는 동안 얼마든지 기회가 있었다. 해리가 연못을 살펴볼 때도 마찬가지였다. 지금 해리가 머뭇거리는 유일한 이유는 곧 겪게 될 일이 전혀 내키지 않았기 때문이었다.

해리는 손가락으로 더듬어 가며 겹겹이 껴입은 옷을 벗기 시작했다. 서글프게도, 이 일 어디에 '기사도 정신'이 요구되는 건지 모르겠다는 생각이 들었다. 자기 대신 이 일을 해 달라고 헤르미온느를 소리쳐 부르지 않는 것을 기사도 정신으로 친다면 모를까.

그가 옷을 벗고 있을 때 어딘가에서 부엉이 울음소리가 들렸고, 그는 찌르는 듯한 고통을 느끼며 헤드위그를 떠올렸다. 이제 추위에 온몸이 떨리고 이가 딱딱 부딪쳤다. 그래도 해리는 계속 옷을 벗었고 마침내 속옷만 입은 채 맨발로 눈밭에 섰다. 그는 마법 지팡이와 어머니의 편지, 시리우스의 거울 파편, 예전에 잡은 스니치가 들어 있는 주머니를 옷 위에 두고 헤르미온느의 마법 지팡이로 얼음을 가리켰다.

"디핀도."

고요한 가운데 얼음이 총소리 같은 소음을 내며 쩍 갈라졌다. 연못 표면이 부서지더니 검은 얼음 덩어리가 출렁이는 수면 위에서 흔들거렸다. 해리가 보기에 연못은 깊지 않았지만 검을 가져오려면 물속으로 완전히 들어가야 했다.

눈앞에 닥친 임무를 깊이 생각한다고 해서 일이 더 쉬워지거나 물이 따뜻해지지는 않을 터였다. 그는 연못 가장자리로 다가가 여전히 불이 켜져 있는 헤르미온느의 지팡이를 땅바닥에 내려놓았다. 그런 다음 얼마나 추울지, 잠시 후 몸을 얼마나 떨게 될지 생각하지 않으려고 애쓰며 물속으로 뛰어들었다.

몸에 있는 모든 구멍이 항의하듯 비명을 질렀다. 얼어붙

은 물에 어깨까지 담그자 폐 속에 있는 공기마저 딱딱하게
어는 것 같았다. 거의 숨을 쉴 수가 없을 지경이었다. 몸이
어찌나 격렬하게 떨리는지, 연못 가장자리에서 물살이 찰
랑거렸다. 그는 얼얼한 발로 검날 쪽을 더듬어 보았다. 잠
수는 딱 한 번만 하고 싶었다.

해리는 숨을 헐떡이고 부들부들 떨면서, 몸을 물속에 완
전히 담그는 순간을 조금씩 미뤘다. 그러다가 어쨌든 해야
만 하는 일이라고 스스로를 타이른 뒤 용기를 모조리 끌어
모아 물속으로 들어갔다.

그 차가움은 고통의 극치였다. 그것은 마치 불처럼 해리
를 공격해 왔다. 그는 검은 물살을 가르며 연못 바닥으로
내려갔다. 손을 뻗어 검을 더듬는데 머리가 얼어붙는 것
같았다. 그의 손가락이 검 손잡이를 쥐었다. 그는 검을 위
로 끌어 올렸다.

그때 뭔가가 해리의 목을 세게 조여 왔다. 잠수할 때는
몸에 걸리는 것이 아무것도 없었는데, 아마도 수초인 것
같았다. 그는 검을 들지 않은 손으로 그것을 풀어내려고
했다. 목을 조이는 것은 수초가 아니었다. 호크룩스 줄이
팽팽하게 당겨지면서 천천히 그의 숨통을 죄고 있었다.

해리는 거칠게 발버둥 치며 수면 위로 몸을 밀어 올리려

고 했지만, 연못 속 바위 면에만 자꾸 부딪칠 뿐이었다. 그는 발길질을 해 대면서 숨이 막혀 오는 것을 느끼며, 목을 조르는 줄을 움켜쥐려고 애썼다. 손가락이 얼어붙어 줄을 풀어낼 수가 없었다. 이제 머릿속에서 작은 불빛들이 팡팡 터지고 있었다. 익사하고 말 것이다. 아무것도 남지 않았다. 그가 할 수 있는 일은 아무것도 없었다. 그의 가슴에 다가드는 저 팔은 틀림없이 죽음의……

숨이 막혀 헛구역질을 하고 온몸이 푹 젖은 채, 그는 살면서 겪었던 것 중 가장 끔찍한 추위를 느끼며 눈밭에 엎드려 있었다. 근처에서 누군가가 헐떡이고 기침을 하면서 비틀거렸다. 그 뱀이 공격했을 때 나타났던 것처럼 헤르미온느가 다시 와 준 것이다……. 하지만 그녀가 내는 소리 같지 않았다. 굵직한 기침 소리, 그 묵직한 발소리는 꼭…….

해리는 머리를 들어 자기를 구해 준 사람의 정체를 확인할 기력이 없었다. 그가 할 수 있는 일은 부들부들 떨리는 손을 목으로 가져가 로켓이 살갗으로 파고든 자리를 만져 보는 것뿐이었다. 로켓은 거기에 없었다. 누군가가 그것을 그의 목에서 끊어 낸 것이다. 그때 그의 머리 위에서 숨 가쁜 목소리가 들렸다.

"너…… 미쳤냐?"

그 목소리를 들었을 때 해리가 받은 충격 외에 그를 자리에서 벌떡 일으켜 세울 수 있는 건 아무것도 없었을 것이다. 그는 격렬하게 몸을 떨며 비틀비틀 일어섰다. 거기, 눈앞에 론이 서 있었다. 론은 옷을 다 입고 있었지만 쫄딱 젖고 머리카락은 얼굴에 착 달라붙은 채, 한 손에 그리핀도르의 검을 들고 다른 손으로는 끊어진 줄을 쥐고 있었다. 줄에는 호크룩스가 대롱대롱 매달려 있었다.

"도대체 왜……." 론이 호크룩스를 들어 올리며 헐떡였다. 호크룩스는 최면이라도 걸리는 것처럼 짧아진 줄에 매달려 앞뒤로 흔들렸다. "물에 뛰어들기 전에 이걸 떼어 놓지 않은 거야?"

해리는 대답할 수 없었다. 론이 다시 온 것에 비하면 은빛 암사슴은 아무것도, 정말 아무것도 아니었다. 믿을 수가 없었다. 그는 추위에 몸을 떨면서, 아직 물가에 놓여 있는 옷가지를 주워 들고 입기 시작했다. 해리는 머리 위로 스웨터 여러 벌을 연달아 껴입으면서 론을 뚫어지게 바라보았다. 옷 때문에 잠깐씩 보이지 않을 때마다 그가 사라질지도 모른다는 생각이 들긴 했지만, 론은 진짜가 틀림없었다. 그가 방금 연못에 뛰어들어 해리의 목숨을 구해 준 것이다.

"너, 너였어?" 해리가 마침내 입을 열었다. 이가 딱딱 부딪쳤다. 하마터면 목이 졸려 죽을 뻔한 탓에 목소리는 평소보다 힘이 없었다.

"뭐, 그래." 론이 약간 어리둥절한 표정을 지으며 말했다.

"네, 네가 그 암사슴을 만들어 냈어?"

"뭐? 아니, 당연히 아니지! 난 네가 한 건 줄 알았는데!"

"내 패트로누스는 수사슴이야."

"아, 맞다. 어쩐지 달라 보인다 싶더라. 뿔이 없었지."

해그리드가 준 주머니를 목에 건 해리는 마지막 남은 스웨터를 입고 허리를 숙여 헤르미온느의 지팡이를 집어 든 뒤 다시 론을 마주 보았다.

"넌 어떻게 여기 있는 거야?"

론은 어차피 이 얘기가 나올 거라면 나중에 나오기를 바랐던 게 틀림없었다.

"뭐, 난…… 그게…… 돌아왔어. 만약에…….." 그는 목을 가다듬었다. "그러니까, 아직도 내가 필요하다면 말이야."

잠시 침묵이 흐르는 사이, 론이 떠났다는 사실이 둘 사이에 벽을 만드는 듯했다. 하지만 그는 여기에 있었다. 돌아왔다. 그리고 방금 해리의 목숨을 구해 주었다.

론은 두 손을 내려다보았다. 그러고는 자기 손에 들려 있는 물건을 보고 잠시 놀란 듯했다.

"아 그래, 내가 이걸 꺼냈어." 그는 해리가 살펴볼 수 있도록 검을 필요 이상으로 높이 들어 올리며 말했다. "이것 때문에 뛰어든 거 맞지?"

"응." 해리가 말했다. "근데 도무지 이해가 안 가. 어떻게 여기까지 온 거야? 우릴 어떻게 찾아냈어?"

"사연이 길어." 론이 말했다. "나는 몇 시간 동안이나 너희를 찾아다녔어. 여긴 정말 큰 숲이잖아? 그러다가 아침이 올 때까지 나무 밑에서 잠이나 좀 자야겠다고 생각하던 참에 그 사슴이 오는 걸 봤어. 네가 그 뒤를 따라오는 게 보이더라."

"다른 사람은 못 봤고?"

"응." 론이 말했다. "난……."

하지만 그는 몇 미터 떨어진 곳에서 나란히 자라는 나무 두 그루를 힐끗 바라보더니 머뭇거렸다.

"저쪽에서 뭔가 움직이는 걸 본 것 같긴 해. 근데 난 연못으로 달려가고 있었어. 네가 뛰어들어서 아직 나오지 않았으니까. 그래서 저기에 가 볼 생각은 못 했…… 야!"

해리는 이미 론이 가리킨 곳으로 서둘러 달려가고 있었

다. 오크나무 두 그루가 가까이 붙어 자라고 있는 곳이었다. 두 나무줄기 사이는 눈높이에서 겨우 한 뼘 정도만 벌어져 있을 뿐이었다. 모습을 숨기고 바깥을 내다보기에는 이상적인 장소였다. 하지만 뿌리 주위의 땅바닥에는 눈이 쌓여 있지 않았기에 발자국은 흔적도 보이지 않았다. 그는 론이 검과 호크룩스를 들고 서서 기다리는 곳으로 돌아갔다.

"뭐 있어?" 론이 물었다.

"아니." 해리가 대답했다.

"그런데 검은 어쩌다가 저 연못에 들어가게 된 거야?"

"분명 패트로누스를 불러낸 사람이 거기 넣어 놓았을 거야."

그들은 정교하게 세공된 은색 검을 바라보았다. 헤르미온느의 마법 지팡이 불빛에 비쳐, 루비 박힌 손잡이가 희미하게 빛났다.

"이 검이 진짜일까?" 론이 물었다.

"알아볼 방법은 하나밖에 없지. 안 그래?" 해리가 말했다.

호크룩스는 아직도 론의 손에서 달랑거리고 있었다. 로켓이 조금씩 움찔거렸다. 해리는 그 안에 있는 것이 또다시 불안해하고 있다는 것을 알았다. 그것은 검의 존재를 느끼고, 해리가 검을 손에 넣지 못하도록 그를 죽이려고 했다. 지금은 기나긴 토론을 하고 있을 때가 아니었다. 지금이야말로 로켓을 영원히 파괴할 순간이었다. 해리는 헤르미온느의 마법 지팡이를 높이 들고 주위를 둘러보다가 적당한 장소를 발견했다. 플라타너스 그림자 속에 평평한 바위가 놓여 있었다.

"이리 와." 해리가 말하며 앞장서 갔다. 그는 바위 위에 쌓인 눈을 쓸어 내고 호크룩스를 달라는 뜻으로 손을 내밀었다. 그러나 론은 그에게 검을 건넸고 해리는 고개를 저었다.

"아니, 네가 해야지."

"내가?" 론이 충격받은 표정으로 물었다. "왜?"

"연못에서 검을 꺼낸 게 너니까. 네가 해야 할 것 같아."

그는 친절하게 굴려는 것도 아니고 아량을 베풀려는 것도 아니었다. 암사슴이 선하다는 사실을 확실히 알았던 것처럼 검을 휘둘러야 할 사람이 론이라는 사실을 알고 있었을 뿐이다. 덤블도어 역시 최소한 몇 가지 마법과 몇몇 행위들의 헤아릴 수 없는 힘에 대해서는 해리에게 가르쳐 준 적이 있었다.

"내가 로켓을 열게." 해리가 말했다. "그럼 네가 검을 꽂아. 바로 해야 돼. 알았지? 안에 무엇이 들어 있든 저항하

려 들 거야. 일기장에 깃든 리들의 일부도 나를 죽이려고
했어."

"어떻게 열 건데?" 론이 물었다. 그는 겁에 질린 표정이
었다.

"뱀의 말을 써서 열리라고 명령할게." 해리가 말했다. 대
답이 너무 쉽게 나와서 항상 마음 깊숙한 곳에서는 그 답
을 알고 있었다는 생각마저 들었다. 아마 최근에 내기니와
맞닥뜨린 일이 그 사실을 깨닫게 해 준 것 같았다. 그는 반
짝반짝 빛나는 초록색 돌들로 장식된 뱀 모양 'S'자를 바라
보았다. 그것을 차가운 바위 위에서 똬리를 틀고 있는 작
디작은 뱀으로 상상하기는 어렵지 않았다.

"안 돼!" 론이 말했다. "안 돼, 열지 마! 진심이야!"

"왜?" 해리가 물었다. "이 망할 것 빨리 없애 버리자. 벌
써 몇 달이나……."

"난 못해, 해리. 진짜야…… 네가 해……."

"아니 왜?"

"저건 나한테 나쁜 영향을 주니까!" 론이 바위에 놓인 로
켓에서 물러나며 말했다. "난 저걸 다룰 수 없어! 내 행동
에 대해서 변명하려는 건 아닌데, 해리, 저 로켓은 너랑 헤
르미온느한테보다 나한테 훨씬 안 좋은 영향을 끼쳤어. 저

것 때문에 별생각이 다 들더라. 계속 생각해 오던 거긴 한데 저게 모든 걸 더 나쁘게 만들었어. 뭐라고 설명은 못 하겠어. 저걸 내려놓으면 정신이 똑바로 돌아왔지만 곧 다시 저 빌어먹을 걸 목에 걸어야 했고……. 난 못해, 해리!"

그는 고개를 저으며 칼을 옆으로 늘어뜨린 채 뒤로 물러났다.

"할 수 있어." 해리가 말했다. "넌 할 수 있어! 방금 그 검도 네가 찾았잖아. 난 그걸 써야 할 사람이 너라는 걸 알아. 부탁이야. 그냥 해치워, 론."

해리가 자신의 이름을 부르는 소리가 론에게는 격려가 된 듯했다. 론은 침을 꿀꺽 삼키더니, 긴 코로 여전히 숨을 몰아쉬며 다시 바위 쪽으로 다가갔다.

"언제 할지 말해 줘." 그가 숨 막히는 듯한 소리로 말했다.

"셋을 셀게." 해리가 말했다. 그는 로켓을 다시 내려다보았다. 그리고 눈을 가늘게 뜨고 S자에 집중하면서 뱀을 떠올렸다. 로켓 안에 들어 있는 것이 덫에 걸린 바퀴벌레처럼 꿈틀거렸다. 목에 생긴 상처가 여전히 쓰라리지만 않았더라도 그 존재가 불쌍하게 여겨졌을 수도 있었다.

"하나…… 둘…… 셋…… 열어."

마지막 단어는 뱀처럼 식식대는 소리가 되어 흘러나왔

다. 로켓의 황금색 뚜껑이 찰칵하는 작은 소리를 내며 활짝 열렸다.

각각 뚜껑과 본체에 붙은 두 개의 작은 유리 뒤에는 살아서 깜빡거리는 눈이 하나씩 들어 있었다. 동공이 뱀처럼 쭉 째진 새빨간 눈동자로 변하기 전에 톰 리들의 눈이 그랬듯 까맣고 잘생긴 눈이었다.

"찔러." 해리가 로켓을 바위 위에 단단히 잡고 말했다.

론은 떨리는 손으로 검을 들었다. 검 끝이 미친 듯이 돌고 있는 눈알 위로 향했다. 해리는 로켓을 꽉 쥔 채, 텅 빈 유리에서 피가 쏟아져 나오는 장면을 미리 상상하며 마음을 다잡았다.

그때 호크룩스에서 식식거리는 목소리가 흘러나왔다.

"나는 네 마음속을 보았다. 그러므로 네 마음은 내 것이다."

"듣지 마!" 해리가 거칠게 외쳤다. "찔러!"

"나는 네 꿈들을 보았다, 로널드 위즐리. 너의 두려움도 보았다. 네가 욕망하는 모든 것이 이루어질 수 있지만, 네가 두려워하는 일 또한 모두 이루어질 수 있다……."

"찌르라고!" 해리가 소리쳤다. 그의 목소리가 주위를 에워싼 나무 사이로 메아리쳤다. 검 끝이 떨렸다. 론은 리들의 눈을 내려다보았다.

"너는 늘 사랑을 가장 못 받는 아이였다. 너희 어머니는 딸을 무척 갖고 싶어 했으니까……. 지금도 넌 가장 사랑받는 존재가 아니다. 그 소녀는 네 친구를 더 좋아하니까……. 넌 언제나 두 번째야. 영원히 남들의 그림자에 가려져서……."

"론, 지금 찔러!" 해리가 소리쳤다. 그는 로켓이 그의 손아귀에서 떨리는 것을 느꼈다. 무슨 일이 벌어질지 두려웠다. 론이 검을 더 높이 들어 올렸고, 바로 그 순간 리들의 두 눈이 진홍색으로 번뜩였다.

로켓의 양쪽 유리 속에 있는 그 눈에서 기괴한 거품이 피어올랐다. 그것은 이상하게 일그러진 해리와 헤르미온느의 머리였다.

두 사람의 형상이 로켓 밖으로 부풀어 오르자 론은 깜짝 놀라 비명을 지르며 물러섰다. 두 형상에서 가슴, 허리, 다리가 차례차례 생겨나더니 마침내 같은 뿌리에서 자란 나무들처럼 로켓 안에 나란히 서서 론과 진짜 해리 위로 흔들거렸다. 로켓이 갑자기 엄청나게 뜨거워져서 해리는 얼른 손가락을 뗐다.

"론!" 그가 외쳤지만 리들-해리는 이제 볼드모트의 목소리로 말하고 있었다. 론은 최면에 걸린 듯 그 얼굴을 응시했다.

"왜 돌아온 거야? 네가 없을 때가 더 좋았는데. 더 행복했는데. 네가 없어서 기뻤는데……. 우리는 네가 얼마나 멍청하고 비겁하고 주제넘었는지 이야기하면서 비웃었던 말이야……."

"주제넘어!" 리들-헤르미온느가 되풀이했다. 그녀는 진짜 헤르미온느보다 더 아름다웠지만 더 무시무시했다. 그녀는 론의 눈앞에서 흔들거리면서 깔깔 웃어 댔다. 론은 겁에 질려서 꼼짝할 수 없는 듯했고, 검은 그의 옆에 부질없이 축 늘어져 있었다. "딴 사람 눈에 네가 보이기나 하겠니? 누가 널 보려고나 하겠느냐고, 옆에 해리 포터가 있는데. 대체 네가 한 게 뭐야? 선택받은 자와 비교해 봐! 네가 대체 뭔데? 살아남은 소년과 비교해 보란 말이야!"

"론, 찔러, **찌르라고!**" 해리가 소리쳤지만 론은 움직이지 않았다. 휘둥그레진 그의 눈에 리들-해리와 리들-헤르미온느가 비쳤다. 그들의 머리카락은 불길처럼 나부꼈고, 눈은 빨갛게 번뜩였으며, 목소리는 사악한 이중창을 부르듯 점점 높아졌다.

"네 어머니가 고백했어." 리들-헤르미온느가 야유하는

가운데 리들-해리가 비웃었다. "내가 자기 아들인 게 더 좋았을 거라고, 기꺼이 바꾸겠다고……."

"누군들 해리를 더 좋아하지 않겠어? 어떤 여자가 널 받아 주겠니? 넌 아무것도 아니야. 아무것도. 해리에 비하면 아무것도 아니라고." 리들-헤르미온느가 읊조리듯 말하더니 뱀처럼 몸을 길게 늘여 리들-해리를 휘감고 바짝 끌어안았다. 그들의 입술이 맞닿았다.

그 앞에 서 있는 론의 얼굴은 고통으로 가득했다. 그는 두 팔을 덜덜 떨며 검을 높이 들어 올렸다.

"해치워, 론!" 해리가 소리쳤다.

론이 그를 바라보았다. 론의 눈동자에서 진홍색 빛의 흔적이 감도는 것 같았다.

"론……?"

검이 번뜩이며 휘둘러졌다. 해리는 몸을 던져 피했다. 쨍그랑하고 금속이 부딪치는 소리와 함께 비명 소리가 길게 이어졌다. 해리는 스스로를 방어할 태세로 마법 지팡이를 들고 눈 위에서 미끄러지며 휙 돌아섰다. 하지만 싸울 일은 없었다.

그와 헤르미온느의 괴물 같은 모습은 사라졌다. 그곳에는 오직 손에 검을 느슨하게 쥐고 서서, 평평한 바위 위에서 산산조각 난 로켓의 잔해를 내려다보는 론만 있을 뿐이었다.

해리는 론에게 천천히 다가갔다. 뭐라고 말해야 할지, 뭘 해야 할지 알 수가 없었다. 론은 힘겹게 숨을 쉬고 있었다. 그의 눈동자는 더 이상 빨갛지 않았다. 평소처럼 파랬고 눈물마저 괴어 있었다.

해리는 못 본 척 허리를 구부려 부서진 호크룩스를 집어 들었다. 론은 두 개의 유리를 모두 꿰뚫었다. 리들의 눈은 사라졌고, 얼룩진 실크 안감에서는 조금씩 연기가 피어오르고 있었다. 호크룩스 안에 살던 존재는 사라졌다. 론을 괴롭힌 것이 그것의 마지막 발악이었던 것이다.

론이 검을 떨어뜨리자 쨍그랑하는 소리가 울렸다. 그는 털썩 쪼그려 앉으며 양팔에 얼굴을 묻었다. 그는 떨고 있었지만 해리는 론이 추워서 그러는 게 아니라는 것을 알았다. 해리는 부서진 로켓을 주머니에 쑤셔 넣고 론 옆에 무릎을 꿇고 앉아 조심스럽게 그의 어깨에 한 손을 올렸다. 론은 그 손을 떨쳐 내지 않았다. 좋은 징조였다.

"네가 떠난 뒤에……." 해리가 나직한 목소리로 입을 열었다. 론의 얼굴이 가려져 있어서 다행이었다. "헤르미온느는 1주일을 울었어. 아마 1주일도 더 울었을 거야. 나한

테 우는 모습을 보여 주지 않았을 뿐이지. 서로 한 마디도
하지 않은 밤도 많았어. 네가 없었으니까……."

그는 말을 끝맺지 못했다. 론이 그들 곁으로 돌아온 지
금에서야 그의 빈자리가 얼마나 컸는지 온전히 깨달을 수
있었다.

"헤르미온느는 나한테 누나나 여동생이나 마찬가지야."
그가 말을 이었다. "난 그런 식으로 헤르미온느를 사랑하
고, 걔도 나한테 똑같은 감정을 느낄 거라고 생각해. 항상
그랬어. 너도 아는 줄 알았는데."

론은 대꾸하지 않고 해리에게서 얼굴을 돌리더니 소매
에 대고 요란하게 코를 풀었다. 해리는 다시 일어나 론의
커다란 배낭이 놓여 있는 곳으로 향했다. 배낭은 몇 미터
떨어진 곳에, 론이 익사하기 직전의 해리를 구하려고 연못
으로 달려갈 때 내던진 자리에 그대로 놓여 있었다. 그가
배낭을 등에 메고 돌아오자 론은 자리에서 일어났다. 눈은
충혈되어 있었지만 평상심을 되찾은 듯했다.

"미안해." 론이 잔뜩 잠긴 목소리로 말했다. "그렇게 가
버려서 미안해. 나도 알아, 내가…… 나는……."

그는 매우 심한 욕설이 휙 날아들어 그를 비난하길 바라
는 것처럼 어둠 속을 둘러보았다.

"오늘 밤 일로 만회한 셈이지." 해리가 말했다. "검도 찾
고. 호크룩스도 끝장내고. 내 목숨도 구하고."

"그렇게 말하니까 실제보다 멋지게 들린다." 론이 웅얼
거렸다.

"그런 일은 항상 실제보다 멋지게 들려." 해리가 말했
다. "내가 오래전부터 너한테 하려고 애쓰던 얘기가 바로
그거야."

그들은 동시에 앞으로 걸어 나와 서로를 끌어안았다. 해리
는 여전히 흠뻑 젖어 있는 론의 재킷 뒷자락을 움켜쥐었다.

둘이 서로에게서 떨어질 때 해리가 말했다. "이제 텐트
만 다시 찾으면 되겠다."

그러나 텐트를 찾는 일은 어렵지 않았다. 암사슴을 따라
어두운 숲길을 걸을 때는 길게 느껴졌지만, 론이 곁에 있
으니 돌아가는 길은 놀랄 만큼 짧았다. 해리는 헤르미온느
를 깨우고 싶어 조바심이 났다. 텐트 안으로 들어갈 때는
점점 더 기분이 들떴다. 론은 뒤에 조금 처진 채 따라오고
있었다.

연못가와 숲에 있다가 돌아왔기 때문인지 텐트는 천국
처럼 따뜻하게 느껴졌다. 유일한 불빛인 파란색 불꽃들이
바닥에 놓인 그릇 안에서 여전히 일렁이고 있었다. 헤르미

온느는 담요 아래 웅크린 채 깊이 잠들어 있었고, 해리가 몇 번 이름을 불렀는데도 꼼짝하지 않았다.

"*헤르미온느!*"

그녀는 움찔하더니 재빨리 일어나 앉으며 얼굴에서 머리카락을 쓸어 냈다.

"왜 그래? 해리? 괜찮아?"

"괜찮아, 다 괜찮아. 괜찮은 것 이상이야. 엄청 좋아. 여기 누가 왔는지 봐."

"무슨 말이야? 누가……?"

그녀는 검을 들고 서서 올이 다 드러난 카펫에 물을 뚝뚝 흘리고 있는 론을 발견했다. 해리는 어두운 구석으로 물러나 론의 배낭을 벗었다. 텐트 벽과 구분이 안 될 정도로 딱 달라붙어 있을 작정이었다.

헤르미온느는 미끄러지듯 침대를 빠져나와 몽유병 환자처럼 론을 향해 다가갔다. 그녀의 눈길은 하얗게 질린 론의 얼굴에 닿아 있었다. 그녀는 론 바로 앞에서 걸음을 멈췄다. 그녀의 입술이 살짝 벌어지고 두 눈은 휘둥그레졌다. 론이 희미하게 기대감에 찬 미소를 지으며 두 팔을 반쯤 들어 올렸다.

헤르미온느가 앞으로 달려들더니 손이 닿는 대로 론을

때리기 시작했다.

"아야…… 아…… 그만해! 이게 무슨……? 헤르미온느…… **아얏!**"

"이…… 천하의…… 멍청이…… 로널드…… 위즐리!"

그녀는 한 마디 한 마디 할 때마다 주먹질을 했다. 론은 돌진해 오는 헤르미온느에게서 뒤로 물러나며 머리를 가렸다.

"몇 주나…… 몇 주나…… 지났는데…… 네가…… 여길…… 기어들어…… 와? ……아, 내 지팡이 어디 있어?"

그녀는 해리의 손에서 지팡이를 억지로 빼낼 태세였다. 해리는 본능적으로 반응했다.

"프로테고!"

론과 헤르미온느 사이에 눈에 보이지 않는 방패가 나타났다. 헤르미온느는 그 힘에 밀려 뒤로 넘어지고 말았다. 그녀는 입에 들어간 머리카락을 뱉어 내며 다시 벌떡 일어났다.

"헤르미온느!" 해리가 말했다. "진정……."

"진정 못 해!" 그녀가 소리쳤다. 해리는 그녀가 이런 식으로 이성을 잃는 모습은 한 번도 본 적이 없었다. 그녀는 제정신이 아닌 것 같았다.

"내 지팡이 돌려줘! *내놔!*"

"헤르미온느, 제발……."

"나한테 이래라저래라 하지 마, 해리 포터!" 그녀가 꽥 소리 질렀다. "그러기만 해 봐! 당장 돌려달란 말이야! 그리고 **너!**"

그녀는 맹렬히 비난하는 기세로 론을 가리켰다. 그 모습이 마치 저주를 퍼붓는 것처럼 보여서 해리는 론이 몇 발짝 물러서는 것도 어쩔 수 없다고 생각했다.

"난 널 쫓아서 뛰어갔었어! 널 소리쳐 불렀어! 돌아오라고 빌었어!"

"알아." 론이 말했다. "헤르미온느, 미안해. 난 정말……."

"아, *미안하셔!*"

그녀가 이성을 잃은 높은 목소리로 웃었다. 론이 도와달라는 듯 쳐다봤지만 해리는 아무런 도움도 줄 수 없어 그저 얼굴을 찌푸릴 뿐이었다.

"몇 주나…… *몇 주나……* 지나서 돌아와 놓고, *미안하다고 말하면 다 괜찮을 줄 알아?*"

"야, 내가 그것 말고 또 무슨 말을 할 수 있겠어?" 론이 소리쳤다. 해리는 맞서 싸우는 론이 기특했다.

"아, 그건 모르겠네!" 헤르미온느가 한껏 비꼬며 크게 소리쳤다. "네 머릿속을 뒤져 봐, 론. 다 뒤져 봐야 2초 정도밖에 안 걸릴 텐데……."

"헤르미온느." 그 말은 좀 너무했다는 생각에 해리가 끼어들었다. "론이 방금 내 목숨을 구했……."

"알 게 뭐야!" 그녀가 소리쳤다. "쟤가 뭘 했는지 관심 없어! 몇 주씩이나 지나는 동안 우린 죽었을 수도 있었어. 쟤한텐 알 바 아니었겠……."

"너희가 죽지 않았다는 건 알고 있었어!" 론이 처음으로 헤르미온느의 목소리를 누르고 소리쳤다. 방패 마법이 둘 사이를 가로막고 있는 상황에서 론은 최대한 그녀에게 가까이 다가갔다. "해리 얘기가 《예언자일보》를 도배하다시피 하고, 라디오에도 엄청 많이 나오고 있어. 다들 사방으로 너를 찾아다니고 있단 말이야. 떠도는 소문도, 정신 나간 이야기도 굉장히 많아. 너희가 죽었다면 나도 그 소식을 곧바로 듣게 됐을걸? 그간 어땠는지 넌 모를……."

"넌 어떻게 지냈는데?"

그녀의 목소리는 이제 너무 높아져서, 조금만 더 높아지면 박쥐들한테나 들릴 지경이었다. 하지만 그녀는 너무 화가 나서 잠시 말을 잃었고 론은 그 기회를 잡았다.

"순간이동을 한 그 순간 돌아오고 싶어졌지만 곧바로 인간 사냥꾼 무리를 맞닥뜨렸어, 헤르미온느. 그래서 아무 데도 갈 수 없었단 말이야!"

"무슨 무리를 만났다고?" 해리가 물었다. 헤르미온느는 의자에 털썩 주저앉아 몇 년 동안은 풀지 않을 태세로 팔다리를 단단히 꼬았다.

"인간 사냥꾼." 론이 말했다. "그놈들이 사방에 깔려 있어. 머글 태생이랑 혈통 배신자들을 잡아다가 돈을 벌려는 패거리야. 한 명 잡을 때마다 정부에서 포상금을 주거든. 나는 혼자 있었던 데다 학교에 다닐 만한 나이로 보였으니 놈들은 정말 신이 났어. 내가 숨어 있던 머글 태생이라고 생각했나 봐. 정부로 끌려가지 않으려고 재빨리 말을 지어내야 했어."

"뭐라고 했는데?"

"스탠 션파이크라고 했지. 처음 생각난 사람이 그 친구라서."

"근데 그 말을 믿어?"

"그렇게 머리 좋은 놈들은 아니더라고. 그중 한 명은 확실히 트롤 혼혈이었을 거야. 아주 그냥 냄새가……."

론은 헤르미온느를 힐끔 바라보았다. 이 가벼운 농담에

그녀의 태도가 좀 부드러워질지 모른다고 기대하는 게 틀림없었다. 하지만 단단히 끼고 있는 팔짱 위로 보이는 그녀의 얼굴은 여전히 딱딱하게 굳어 있었다.

"아무튼, 그자들은 내가 스탠인지 아닌지를 놓고 자기들끼리 말다툼을 벌였어. 솔직히 좀 한심하더라만, 그래도 상대는 다섯이고 나는 한 명인 데다가 놈들은 내 마법 지팡이도 가져갔단 말이야. 그때 놈들 중 둘이 싸우기 시작했고 다른 놈들은 거기에 정신이 팔렸어. 그 틈에 나는 날 잡고 있던 놈의 배에 한 방 먹이고 그자의 지팡이를 빼앗았어. 그러고는 내 지팡이를 들고 있는 놈을 무장해제시킨 다음 순간이동 했지. 제대로 하지는 못했어. 또 분할이 돼 버려서……." 론은 오른손을 들어 손톱 두 개가 사라진 자리를 보여 주었다. 헤르미온느는 매정하게 눈썹만 치켜올렸다. "그런 다음 너희가 있는 곳에서 몇 킬로미터 떨어진 곳에 도착했어. 우리가 있었던 그 강둑으로 돌아갔을 때쯤에는…… 너희가 떠나고 없더라."

"세상에, 정말 손에 땀을 쥐게 하는 얘기네." 헤르미온느가 누군가를 상처 주고 싶을 때 쓸 법한 거만한 말투로 말했다. "너무너무 무서웠겠다. 그사이 우리는 고드릭 골짜기에 갔는데…… 한번 생각해 보자, 거기서 무슨 일이 있었더라, 해리? 아 그래, '그 사람'의 뱀이 나타났어. 그 뱀이 우리 둘 다 죽일 뻔했고, 그다음에는 '그 사람'이 직접 나타나서 간발의 차이로 우리를 놓쳐 버렸지 뭐야?"

"뭐?" 론이 입을 쩍 벌리고 그녀와 해리를 번갈아 봤지만, 헤르미온느는 그런 그를 무시했다.

"손톱이 없어졌다니. 상상해 봐, 해리! 그 얘기를 들으니 우리가 겪은 고통도 정말 객관적으로 보인다. 그치?"

"헤르미온느." 해리가 조용히 말했다. "론이 방금 내 목숨을 구해 줬어."

그녀는 해리의 말을 듣지 못한 듯했다.

"아무튼 내가 알고 싶은 것 한 가지는……." 그녀가 론의 머리 위 30센티미터 지점에 시선을 둔 채 말했다. "오늘 밤 네가 우리를 정확히 어떻게 찾아냈냐는 거야. 그건 중요한 문제야. 일단 어떻게 찾았는지 알면, 만나고 싶지 않은 사람이 절대 찾아오지 못하도록 확실히 막을 수 있을 테니까."

론이 그녀를 노려보더니 청바지 주머니에서 작은 은색 물건을 꺼냈다.

"이거."

그녀는 론이 보여 주는 물건을 보기 위해 어쩔 수 없이 그를 바라보았다.

"딜루미네이터?" 그녀가 물었다. 너무 놀란 나머지 싸늘하고 사나운 표정을 짓는 것도 잊어버렸다.

"이건 그냥 불만 껐다 켰다 하는 물건이 아니야." 론이 말했다. "어떤 식으로 작동하고, 왜 하필 그때만 그런 일이 일어났는지는 잘 모르겠어. 떠나자마자 줄곧 돌아오고 싶었는데 말이야. 아무튼, 난 라디오를 듣고 있었어. 크리스마스 날 아주 이른 아침이었는데 그때…… 그때 네 목소리가 들렸어."

그는 헤르미온느를 보고 있었다.

"라디오에서 내 목소리가 들렸다고?" 그녀가 믿을 수 없다는 듯 물었다.

"아니, 내 주머니에서 네 목소리가 나오는 걸 들었어. 네 목소리는……." 그는 딜루미네이터를 다시 들어 올렸다. "여기서 나오고 있었어."

"내가 정확히 뭐라고 말했는데?" 헤르미온느가 물었다. 그녀의 목소리에는 의심과 호기심이 뒤섞여 있었다.

"내 이름을 불렀어. '론.' 그러더니 네가…… 마법 지팡이에 대해서 뭐라고 말했어……."

헤르미온느의 얼굴이 불타오르듯 붉어졌다. 해리도 기억났다. 론이 떠나고 처음으로 둘 중 한 사람이 그의 이름을 소리 내서 말한 순간이었다. 헤르미온느가 해리의 지팡이를 고치는 일에 대해 얘기하다가 론의 이름을 언급했던 것이다.

"그래서 이걸 꺼내 봤어." 론은 딜루미네이터를 보면서 말을 이었다. "특별히 달라 보이는 점은 없었지만 네 목소리가 들린 건 확실했어. 그래서 눌러 봤지. 그랬더니 내 방 불이 꺼지고 창문 바로 바깥에 또 다른 빛이 나타나는 거야."

론이 딜루미네이터를 쥐지 않은 손을 들어 앞쪽을 가리켰다. 그의 두 눈은 해리에게도, 헤르미온느에게도 보이지 않는 무언가에 집중되어 있었다.

"둥근 빛이었어. 뭐랄까, 팔딱팔딱 맥박이 뛰는 것 같았고 푸르스름했어. 포트키 주위에서 나는 그 빛처럼 말이야. 알지?"

"응." 해리와 헤르미온느가 자동적으로 입을 모아 대답했다.

"난 그게 바로 포트키라는 걸 알아차렸어." 론이 말했다. "그래서 물건을 챙겨 짐을 싼 다음 배낭을 메고 정원으로 나갔지. 거기에 그 둥근 빛이 둥둥 떠서 나를 기다리고 있었어. 내가 나오니까 위아래로 살짝 움직이더라. 그래서 그걸 따라서 헛간 뒤로 갔는데 그때 그게…… 뭐랄까, 내 안으로 들어왔어."

"뭐라고?" 해리는 잘못 들었다고 확신하며 그렇게 물었다.

"그게 그러니까, 나한테로 날아왔어." 론이 검지를 들어 그 움직임을 설명했다. "내 가슴으로 곧장 말이야. 그런 다음에…… 그냥 통과했어. 바로 여기를." 그는 심장 근처를 짚었다. "느낄 수 있었어. 뜨겁더라. 근데 그게 내 안에 들어오고 나니까 뭘 해야 하는지 알겠더라고. 이게 내가 가야 할 곳으로 날 데려다줄 거라는 걸 알았어. 그래서 순간이동을 해서 어느 언덕에 도착했는데 사방에 눈이 쌓여 있었어……."

"우리가 거기 있었어." 해리가 말했다. "거기에서 이틀 밤을 잤고. 두 번째 밤에는 줄곧 누군가가 어둠 속을 돌아다니면서 외치는 소리가 들리는 것 같았는데!"

"그래, 뭐, 아마 나였을 거야." 론이 말했다. "아무튼, 너희 보호 마법은 잘 작동하고 있어. 난 너희를 볼 수도 없었고 너희 소리를 듣지도 못했거든. 하지만 너희가 근처에 있다는 건 확실히 알 수 있었어. 그래서 결국 침낭에 들어가서 너희 둘 중 한 명이 나타나기를 기다렸지. 텐트를 챙길 때는 어쩔 수 없이 모습이 보일 거라고 생각했거든."

"아니, 그렇지 않았어." 헤르미온느가 말했다. "더 조심해야겠다 싶어서 투명 망토를 쓰고 순간이동을 했으니까. 게다가 정말 이른 시간에 출발했어. 해리가 말했다시피 누가 어슬렁거리고 돌아다니는 소리를 들었거든."

"뭐, 나는 그 언덕에 하루 종일 머물렀어." 론이 말했다. "너희가 나타날 거라고 계속 기대했으니까. 하지만 날이 어두워지기 시작하자 너희들을 놓친 게 틀림없다는 사실을 알았지. 그래서 딜루미네이터를 또 한 번 눌렀더니 파란 불이 나와서 내 안으로 들어왔고, 난 순간이동을 해서 여기 이 숲에 도착했어. 난 너희가 여전히 안 보이길래, 결국 둘 중 한 명이 모습을 드러내기만 바라며 기다려야 했어. 근데 해리가 나타났지. 물론 그 암사슴을 먼저 봤지만."

"뭘 봤다고?" 헤르미온느가 날카롭게 물었다.

그들은 무슨 일이 있었는지를 설명했다. 은빛 암사슴과 연못 속에 있던 검 이야기가 나오자 헤르미온느는 심각한 표정을 지으며 둘을 번갈아 보았다. 그 이야기에 너무 정신이 팔린 나머지 팔다리를 꼬는 것도 잊어버린 듯했다.

"그건 틀림없이 패트로누스였을 거야!" 그녀가 말했다. "누가 만들어 냈는지 못 봤어? 아무도 못 봤단 말이야? 그리고 그게 너희를 그 검이 있는 곳으로 데려다주다니! 믿을 수가 없어! 그다음엔 어떻게 됐어?"

론은 해리가 연못에 뛰어드는 것을 지켜보고 그가 다시 떠오르기를 기다렸다는 얘기, 뭔가 잘못됐다는 것을 깨닫고 물에 뛰어들어 해리를 구한 뒤 검을 가지러 다시 물속에 들어갔던 이야기를 풀어놓았다. 그는 로켓을 여는 데까지 말을 잇다가 그만 머뭇거렸다. 그때 해리가 끼어들었다.

"……그러고 나서 론이 검으로 그걸 찔렀어."

"그래서…… 그래서 파괴됐어? 그냥 그렇게?" 그녀가 속삭였다.

"어, 그게…… 그러니까 비명을 질렀어." 해리가 론을 힐끗 바라보며 말했다. "자."

그는 로켓을 그녀의 무릎 위로 던졌다. 그녀는 조심조심 로켓을 집어 들고 꿰뚫린 유리를 살펴보았다.

이제야 안전해졌다고 판단한 해리는 헤르미온느의 지팡이를 한 번 휘둘러 방패 마법을 해제하고 론에게 돌아섰다.

"너, 지팡이를 하나 더 가지고 인간 사냥꾼들한테서 도망쳤다고 했지?"

"응?" 로켓을 살펴보는 헤르미온느를 지켜보던 론이 말했다. "아…… 응, 그래."

그는 배낭을 열고 검은 색깔의 짤막한 마법 지팡이를 주머니에서 꺼냈다. "여기. 예비로 하나 있으면 쓸모 있을 것 같더라고."

"네 생각이 맞았어." 해리가 손을 내밀며 말했다. "내 지팡이가 부러졌거든."

"진짜?" 론이 말하는 순간 헤르미온느가 자리에서 일어났다. 론은 다시 불안한 얼굴이 되었다.

헤르미온느는 파괴된 호크룩스를 구슬가방에 집어넣고 다시 침대로 기어들어 가더니 아무 말 없이 누웠다.

론은 해리에게 새로운 지팡이를 건네주었다.

"이만하길 다행이다." 해리가 중얼거렸다.

"그러게." 론이 말했다. "더 끔찍할 수도 있었어. 쟤가 나한테 새 떼 풀어놨던 거 기억하지?"

"아직 그 방법을 고려 중이야." 담요 속에서 헤르미온느의 목소리가 작게 들려왔지만, 해리는 론이 배낭에서 고동색 잠옷을 꺼내면서 슬며시 미소 짓는 것을 보았다.

(제7권《해리 포터와 죽음의 성물 3》에서 계속됩니다.)

강동혁은 서울대학교 영문학과와 사회학과를 졸업하고 같은 학교 대학원에서 영문학 석사학위를 받았다. 옮긴 책으로는 《신비한 동물사전 원작 시나리오》, 《일곱 건의 살인에 대한 간략한 역사》, 《레스》, 《이 소년의 삶》 등이 있다.

해리 포터와 죽음의 성물 2(슬리데린 기숙사 에디션)

초판 1쇄 인쇄 2022년 10월 19일
초판 1쇄 발행 2022년 11월 19일

지은이 | J.K. 롤링
옮긴이 | 강동혁
발행인 | 강봉자, 김은경

펴낸곳 | (주)문학수첩
주소 | 경기도 파주시 회동길 503-1(문발동 633-4) 출판문화단지
전화 | 031-955-9088(마케팅부), 9532(편집부)
팩스 | 031-955-9066
등록 | 1991년 11월 27일 제16-482호

홈페이지 | www.moonhak.co.kr
블로그 | blog.naver.com/moonhak91
이메일 | moonhak@moonhak.co.kr

ISBN 978-89-8392-989-1 04840
       978-89-8392-901-3 (세트)

* 파본은 구매처에서 바꾸어 드립니다.